La Reina de los Huites

René Soto Reyna

Compre este libro en línea visitando www.trafford.com
o por correo electrónico escribiendo a orders@trafford.com

La gran mayoría de los títulos de Trafford Publishing también están
disponibles en las principales tiendas de libros en línea.

Aviso a Bibliotecarios: La catalogación bibliográfica de este libro se encuentra en la base de datos
de la Biblioteca y Archivos del Canadá. Estos datos se pueden obtener a través de la siguiente
página web: www.collectionscanada.ca/amicus/index-e.html

Impreso en Victoria, BC, Canadá.

ISBN: 978-1-4269-2817-8 (sc)

*Nuestra misión es ofrecer eficientemente el mejor y más exhaustivo servicio de publicación de libros en
el mundo, facilitando el éxito de cada autor. Para conocer más acerca de cómo publicar su libro a su
manera y hacerlo disponible alrededor del mundo, visítenos en la dirección www.trafford.com/*

Trafford rev. 4/8/10

www.trafford.com/4501

Para Norteamérica y el mundo entero
llamadas sin cargo: 1 888 232 4444 (USA & Canadá)
teléfono: 250 383 6864 ♦ fax: 812 355 4082

Capítulo, Se-nu, Uno

La mayor parte del año en la provincia de Sinaloa, veinte leguas al norte de la Villa de San Miguel de Culiacán, el calor es excesivo. Tanto que aún las cabalgaduras fatigadas del camino, con el calor de agosto y septiembre, se les derrite el unto en el cuerpo y se caen muertas. La tierra desértica es tan basta que si no la humedecieran los ríos que por ella corren al Mar del Sur no fuera habitable porque no hay fuentes ni manantiales fuera del agua que viaja en sus caudales. Erectos como soldados armados de espinas, los sahuaros levantan sus brazos implorándole al cielo unas gotas de agua, y a la noche un sorbo de rocío para mitigar su sed en medio del desierto. La otra variedad de cactus que dobla sus brazos en reverencia hacia el suelo ofreciendo al caminante una pitahayita redonda, llamada *Sina-lobolai*, es tan abundante que le dio su nombre castellano de *Sinaloa* al río, a la región y a la tribu que habita en este yermo.

-¡Capitán! ¡Capitán!

La voz del misionero encontró múltiples ecos entre el sahuaral y los mezquites. Y cuando parecía callarse apareció el joven hidalgo, rubio de 25 años, vestido con armadura de cuero y bronce primorosamente labrada y bordada con hilos de plata, hizo girar su cabalgadura, un brioso corcel blanco, elegantemente enjaezado, constantemente a punto de alzarse en ancas. Su yelmo de hierro tenía incrustaciones de oro rematado con unas plumas rojas. Su custodia portaba un vistoso estandarte de seda color azul celeste con el escudo del rey Felipe II, bordado en oro, y en la parte inferior un Cristo Crucificado. En el reverso del pendón, bordado también en oro, el escudo de la familia Ybarra, que es un león dorado y una imagen de La Virgen María.

Tardó un rato en escucharse la respuesta del ronco pecho del Capitán Ybarra, diciéndole en voz alta:

-Por el amor de Dios, Fray Pablo, ¿Qué os pasa, señor de todo mi respeto? -le cuestionó el impetuoso joven. Siga las bestias de carga y los caballos que olfatearon agua y corrieron a toda prisa.

Mientras el pendón del rey ondeaba en el aire caliente y transparente del desierto, el jefe de la expedición, que cabalgaba por la polvorienta vereda -que quemaba al que quisiera pisarla- exclamó a gritos, dándole media vuelta a su montura:

-Vuestra misión será llevar la santa fe a los bárbaros de estas tierras nuevas.

-No lo dudéis, caballero, que lucharé contra el mismo demonio, si fuese necesario.

-Pero ahora deberéis vencer al calor y la sed, los verdaderos demonios del fin del mundo. ¡Ja, Ja, Ja!

Oyó Fray Pablo de Acevedo las últimas palabras del Capitán alejándose con una sonata de carcajadas llena de ironía, y herido en su propio orgullo contestó:

-Ante Dios que todo lo mira, oye y sabe; juro ser leal a mi santa fe –respondió el Padre sin que ya nadie le escuchara, mas que su mula- y en esto, como a vos, nos va la vida, *garzoncito*.

Siguió la vereda que tenía menos chollas -todas las veredas son iguales, como serpientes de cascabel, sinuosas y camufleadas- con rumbo a la caída del sol ya sin arredrarse de la monótona uniformidad de la naturaleza aparentemente muerta y latentemente viva de espinas, mezquites y cactus que la circundan. Una pithaya en plena agonía, como un corazón palpitante de muchacha, abierto y saqueado por los pájaros, teñía de rojo intenso un solo puntito del enorme azul del cielo, antes de volverse una fantasía en recuerdo de las ricas viandas y pucheros, de la mesa exuberante de su lejana casa familiar de Andalucía.

-"Aquí, en cambio, -habló el misionero para si mismo-quien se atreve a rebelarse de manera manifiesta contra la ley del desierto –*vivir con valor, morir sin miedo*- debería ser enviado directamente al infierno, porque comete un grave pecado que es dudar de Dios: esta es una tierra sin amos ni fronteras; no hay propiedad, es de todos y es de nadie; cumple, inversamente, todos los requisitos del Edén para ser perfecta. Pero, a la vez, es una patria soberbia, enigmática y divina".

La mula forcejeó para salirse de la vereda cuando olfateó a lo lejos el vital aroma del agua. Por primera vez en varios días caminaron tierra adentro sin encontrar neófitos ni jacal alguno. Los cien soldados españoles iban a caballo bien armados y cincuenta *Tepehuanes* de la sierra, a pie. Un hato de veinte vacas arrastraba sus cansados mugidos entre las pezuñas. Una jauría de diecisiete galgos con la lengua colgante seguían afanosamente las cabalgaduras de sus amos, y una recua de treinta acémilas insolentes cargaba bastimentos, armas y herramientas bajando desde el sinuoso y quebrado camino, desde El Real de San Martín hasta la planicie costera y seca de la provincia de Sinaloa, conocida como: "El Fin del Mundo".

El Capitán Ybarra, nombrado "Gobernador de las Tierras al norte de la Nueva Galicia" por el Virrey Don Luís de Velasco, suegro de su tío Don Diego de Ybarra, fundó primero el Real de Sombrerete de San Juan Bautista, el 24 de junio de 1554, y posteriormente a los pies de "La Montaña de Plata" El Real de San Martín, el primero de julio de 1554, día dedicado al santo mártir obispo, y en menos de un año llegaron a sumarse mas de dos mil habitantes en el feudo minero. También le decían "La Tierra de los Martínez", porque de los primeros siete fundadores, cinco se llamaban igual: Martín Pérez, Martín de Gamón, Martín Retana, Martín López Ibarra, y Martín Carraga (Bartolomé Arriola y Rodrigo Río de la Loza, se llamaban los otros dos).

Casi nueve años después, en torno a una hoguera, frente a la capilla de adobes en construcción de San Juan de Analco, reunidos los nuevos pobladores europeos del Real de San Martín –Juan de Heredia, Esteban Alonso, Pedro Morcillo, Alonso González, Gonzalo Martín, Pedro Raymundo, Domingo Hernández, Gonzalo Corona, Agustín Camello, Lope Fernández Díaz, Clemente Requema, Sebastián Quiroz, Alonso de Pacheco y su mujer, Ana Leyva, junto al fraile franciscano Pedro de Espinareda- el Capitán Ybarra fundó, en lugar del Real de San Martín, la Villa de Durango, en abril de 1563, nombrándola "Durango" igual que la villa española donde nació su familia, diciendo así a los reunidos:

-Toca a vosotros abrid camino a los que vienen, vivan y vivirán en esta nueva Villa –señalando con su índice derecho la gran montaña- para admirarla, amarla y defenderla cuanto nos preste la luz del sol Nuestro Señor Jesucristo. Haced sabed a propios y extraños que de aquí en adelante, por gracia y voluntad de su Majestad el Rey Don Felipe, deberéis nombrarla -para siempre- en documentos y conversaciones: Villa de Durango de la Nueva Vizcaya.

-¡Alabado sea el Señor! –dijo Fray Pedro.

-Amén –susurraron los testigos.

-Esta montaña esplendorosa costó la vida a Don Ginés Vázquez del Mercado –comentó Martín Pérez- porque los conocedores de metales le contestaron una y otra vez que a su saber no había plata sino vil fierro. Tres días anduvo Don Ginés desesperado personalmente haciendo pruebas en laderas, cimas y crestones hasta que se convenció de su mala suerte y cortando de tajo sus ánimos, dio órdenes de desandar lo andado, dejando a sus espaldas la montaña despreciada.

-Entonces ¿por qué se ha extendido tanto la fama de "La Montaña de Plata"?

-El populacho lo bautizó: "Cerro del Mercado". Es que Don Ginés se volvió loco y decía en su delirio que el Rey del España lo nombró "Caballero de la Orden de Santiago" y "El Marqués de la Montaña de Plata", convertido en un personaje fabulosamente rico, que todos los ambiciosos quieren igualar.

-¿Perdió su cordura?

-Si. La locura de un hombre es la fortuna de otros, dice el refrán. A don Ginés Vázquez del Mercado lo asaltaron los guachichiles en la ciénega de Sombrerete y de una pedrada en la cien extravió el seso, y de una herida putrefacta en los ijares, perdió la vida en medio de fiebres en el camino de regreso a San Andrés, donde quedó sepultado hace diez años.

-Lo sé, Don Martín –le contestó el Capitán- y que algunos franciscanos llamaban a este lugar: "Río y Valle de Guadiana", en remembranza de otro río de Castilla, pero, recordad, que las ferrerías son el corazón de Vizcaya y el nombre de *Durango*, nace de aquella lejana patria donde el agua y los montes son iguales a estos que miramos; allá en aquel Durango el hierro es leche, pan y sangre, al igual que lo será de este Durango por mi fundado...Trazad la plaza de armas y su catedral mirando al sur, y en sus lados obtened merced de los solares y ranchos que a vuestro interés mas os cuadre. Ya lo sabéis vos y todos con verdad, Don Martín.

-Así se hará y así será, Capitán -contestó con gesto de cortesano- que de suyo es apropiado y hermoso nombre de *Durango*.

El acta oficial de la fundación de Durango, que desde abril estaba a resguardo del Alcalde mayor Alonso de Pacheco y el Secretario del Cabildo Sebastián Quiroz, la firmó el Capitán Ybarra hasta el 8 de julio de 1563, en el Valle de San Juan, a medio camino de "*Topiame*", centro ceremonial de los, "*Ódami*", o "Señores de la Montaña". Los Tepehuanes usaban en su lengua la palabra "*Óbai*", para referirse a los "Señores Extranjeros".

Aquí se rebeló a la real autoridad Don Martín de Gamón, rico minero del Real de San Martín y enjuiciado por desertor, por órdenes del Capitán Ybarra, bajo una llovizna persistente.

-Capitán, con el debido respeto, me parece os excedéis en juzgar de criminal a Don Martín de Gamón –habló, Martín Pérez intercediendo por el acusado, su socio minero.

-¿Ignoráis, acaso, qué acusaciones pesan sobre este rebelde vasco? Hallamos al desertor en el Real de San Martín en brazos de la italiana, y lo capturamos sin oponer resistencia.

-Las ignoro, pero si se que ha luchado valientemente para salvarnos de los ataque de los *Chichimecas*. Que es un hombre de gran valentía. Es un hombre rudo, como todo montañés, pero de valor a toda prueba. Vos venís también de la Nación Vasca ¿No es verdad?

-Pues sabed que desertó de mi ejército, y por su desobediencia murieron tres soldados españoles.

-"Para que la cuña apriete ha de ser del mismo palo".

-Si, su arrojo y su valor son grandes y admirables, no lo niego, pero su rebeldía es mayor a tal grado que borra cualquier posibilidad de perdón.

-Me desconsoláis, mi señor, porque Martín Gamón no huyó de la guerra, sino que regresó por su corazón enamorado al Real de San Martín, sin medir las consecuencias militares de sus actos personales. No se defendió cuando lo capturaron para no poner en riesgo la vida de su amada.

-La mujer italiana está casada. Es la primera fémina que llegó al Real y todos le debían respeto.

-Sarah Beatriz de Mier, es de una belleza imperdonable. Su rubia cabellera ensortijada realza la mirada erótica de sus ojos azules; el óvalo de su rostro engalanado de labios color carmesí. Su talle esbelto y alto es un perfecto reto de anatomía para cualquier escultor. Pero lo más fascinante de esta sirena veneciana es el tono sonoro de su voz latina, que arrastra las palabras como una red a los pececillos de colores. Es un poema inabarcable.

-Lo es. Y vos ¿Caísteis en sus redes también?

-Soy su más ferviente admirador, no lo niego.

-Martín hirió al cónyuge, Salvatore Luquini, afrenta que no se perdona ¡Que los amantes recen para salvar su alma!

-Aquel duelo ya es cuestión olvidada. Hace tres años vuestro tío, el mismo Gobernador Don Diego de Ybarra, lo perdonó por escrito. Fue un desafío público, por el amor de una mujer, y el vasco salió vencedor.

-Ama la muerte quien ama la mujer ajena –reza el refrán- pero no se le juzga por mujeriego si no por desertor.

-Por Dios que me asombráis, Capitán, por condenarlo a muerte, pero quiero pediros al menos conceder la última gracia al condenado.

-¿Qué sugerís, si este hombre está ya sentenciado? ¿Insinuáis que soy injusto? Todo soldado del rey está advertido, y en ello les va la vida, que es intolerable la deslealtad, la insubordinación y la deserción, faltas que se castigan con la mayor severidad.

-Insinúo que sois demasiado joven para reconocer vuestros yerros. Permitidle al menos haced su propio testamento.

-Sus bienes materiales le serán confiscados para solventar los gastos de la conquista de El Fin del Mundo.

-Tiene su enorme fortuna en minerales de plata, y el derecho de darla a quien le plazca, porque la obtuvo sin delito alguno. Si de verdad no queréis lucrar con su muerte, dejad libre su herencia.

-Tus argumentos me convencen –le contestó rápido y enfadado- ¡Que dicte su última voluntad!, pero la sentencia ya es irrevocable.

Cinco arcabuces le quitaron la vida al rebelde vasco, que dejó dos tercios de su enorme fortuna para su mujer, hijos, hermanos y madre en la región montañosa de los Pirineos; el otro tercio de su mina de plata de Santa Cruz, en su testamento de arrepentimiento para la construcción del templo de San Mateo en el Real de Minas de Sombrerete, para que no se olvidaran de rezar por la salvación de su alma. Y para su amada, Sarah Beatriz, once mil escudos de oro.

La sierra, alta y majestuosa, que presenció la ejecución se convirtió en la tumba del soldado arrepentido, y se llamó –para lección de los desertores y amantes- desde entonces: "La Sierra de Gamón".

Cuando la italiana recibió la infausta noticia rompió a llorar desconsoladamente y decidió entregar su pequeño hijito de tres años al albacea, Martín Pérez, quien lo adoptó y educó con su propio nombre. La belleza veneciana en señal de arrepentimiento decidió convertirse en monja el resto de su vida, entregando los once mil escudos como dote, rapándose la hermosa cabellera, para no volver a amar a ningún otro hombre. Cada atardecer, sin embargo, subía en secreto la escalera de la torre mas alta de la catedral en la espera vana de su amante hasta que murió de melancolía. La luna que presenció la pasión, el amor y el triste destino de la monja, decidió convertir su amor en una leyenda, iluminando su contorno, cada crepúsculo, entre las campanas de la torre de la catedral con un pincelito de la eternidad. Y con el azul intenso de sus ojos, el galante sol coloreó, con el mismo pincel, el cielo de Durango.

Fray Pablo cerraba los ojos al recordar cuanto ruego hizo pidiéndole a Dios nuestro señor el consuelo para tanto quebranto que se requiere para cruzar aquellos enormes acantilados de la Sierra de Gamón –por encima de las mismas nubes- sin caer al precipicio. Un paso en falso del caballo y la caída con su jinete era sin remedio en el oscuro y mortal despeñadero. Tal desastre no ocurrió porque el Capitán atinó al poner *Tepehuanes*, herrados con una "Y" griega en el hombro derecho, el hierro de Don Diego de Ybarra, el gobernador con una pata de palo, como guías con muchas habilidades en su modo de dirigir la caravana. Solo el eco de los pájaros y cascadas por doquier los acompañaron por el rumbo desconocido, haciéndolos sentirse pequeños frente al gigantesco y verde laberinto del cual salieron ilesos si no fuera por "La Gracia y Socorro del Espíritu Santo" –rezaba el fraile.

También la mula tropezaba contra la barrera infranqueable de los músculos acalambrados por la sed y el enorme cansancio siguiendo la vereda que trazaba el grueso de la expedición rumbo a un fresco riachuelo, río *Mo-cocti*, Mocorito, Río de los Muertos, donde llegaron los de a caballo primero. En tal sitio, como magnífico oasis, que causó admiración a los españoles, había mezquites, nopales, agaves y tupidos arbustos espinosos que alfombraban la tierra seca y polvorienta. Mientras que en la sierra que cruzaron atrás las aves y los árboles consumen más agua que sol, en este páramo los cactus, la cholla, la iguana, el nopal y sus tórtolas pithayeras consumen exclusivamente sol y un poco de agua.

Los jinetes ya no usaban la armadura de la cabeza ni los petos de bronce, insoportables en este tórrido paraje, solo portaban los escudos, lanzas y espadas de hierro. Algunos –los ballesteros- llevaban la ballesta colgando a la espalda. Los más aguerridos –los mosqueteros- portaban el arcabuz, su mortal arma de fuego, encajado en las alforjas.

Los diecisiete perros flacos, altos, galgos de ojos llameantes y hocico jadeante, que cerraban la comitiva eran perros de guerra y caza, provenientes de la tribu nómada de los Alanos en Mesopotamia, utilizados en la caza y ganadería de la región de Andalucía. Son dogos grandes, de unos 65 centímetros de altura a la cruz y unos 45 kg de musculatura. Cabeza grande, trufa ancha de color negro, belfos tensos, ojos expresivos pigmentados de color ámbar, mandíbula poderosa, orejas de inserción alta, trasera y caídas, cola corta vigorosa que no rebasa el corvejón, pelaje corto de color predominantemente aleonado, atigrado, arlequín y negro. En relación a su temperamento, solo una palabra puede definirlo como el compañero ideal de los conquistadores españoles: bravo.

Llegaron antes que la tarde. Acamparon al pie de los altos guamúchiles y mezquites entre una nopalera y encendieron fuego para asar carne –condimentada con su propia hambre, y aderezada con el mas exquisito de los olores, que es el aroma del aire puro en el inhóspito campo abierto- con la que el Capitán obsequió a todos, hasta los *Tepehuanes* que los acompañaban. Tan grato fue el tasajo como el agasajo después de bañarse en el río que nadie pensó poner una guardia para dormir, hartos de cansancio en el improvisado campamento.

La enorme curiosidad de la luna surgió entre los picos más altos de la sierra para mirar acampar a los blancos extranjeros a la intemperie sofocados por el intenso calor que sigue irradiando del suelo del desierto aún de noche. Su enorme círculo de oropel se miraba tan cercano al campamento que un Capitán de los fatigados aventureros, llamado Sergio Armando Cano Morales, tuvo que ponerse en pie, como otro sahuaro, para admirarla en toda su grandeza:

-Un sahuaro con los brazos en lo alto tiene que sentir algo, como siento yo –pensó a solas el forastero- tiene que corresponderle a una pasión, digamos, secreta –ignorada por los humanos- bajo esa especie de fragancia femenina que tiene la luz de esta luna, la diosa creadora, para estas tribus del desierto. Lo imposible es creer que el cactus permanezca quieto, pusilánime, inanimado, por los años de su vida longeva. Detrás de las espinas siempre se oculta un poema. O, bajo la seda, la lepra. Sería un lindo tema para una verso enamorado –concluyó antes de conciliar un nuevo sueño.

Con la brevísima duración del alba y su muerte anunciada con la salida del sol los extranjeros despertaron aterrados por los aullidos y gritos espantosos de una horda de salvajes armados de flechas, lanzas, hachas de piedra y macanas de palo fierro, dispuestos a aniquilarlos. Los *Tehuecos*, aguardaron ocultos toda la noche sin hacer ruido alguno que los denunciara, solo con graznidos simulando el ulular tenue del búho –"U-uhú"- y el lúgubre aullido del coyote –"Au-úuh-uh"-, se comunicaban su diabólico plan.

Porque en el desierto es más común oír a un coyote -el rey solitario- que verlo, su aullido se ha convertido en un código secreto para guerrear, porque rehúye la compañía de todos. Sus aullidos son una larga nota del diptongo "au" cuya tonalidad sube y baja con la misma lentitud del crepúsculo que hace caer el telón cada tarde. Su aspecto es engañoso, es un animal flaco pero muy vigoroso, con ojos de rápida inteligencia y paciencia sin límite. Debido a que su aullido se pierde en la distancia, parece que el coyote está en otro lugar distante cuando realmente se encuentra muy cerca, a punto de saltar sobre su víctima.

Los indios que andan por estas lejanas tierras son altos, muy fuertes -se dicen "*Tehuecos*", "Hijos del cielo"- arrogantes y valientes por su dotada musculatura y su larga cabellera atada en la frente con una cinta de cuero de venado. Acostumbran traer el dorso desnudo cruzado en la espalda con un carcaj; en el antebrazo izquierdo un cuero delgado donde golpetea la cuerda al ser disparada la flecha del arco; pantalones de gamuza y botas de media caña del mismo material de piel de venado; y lo mas impresionante cuando guerrean es su rostro pintado con barras paralelas sobre la nariz y los pómulos de un barniz que hacen de aceite de gusano y hollín de sus ollas que los convierte en demonios de color rojo, amarillo y negro dispuestos al vicio de comer carne humana, pues comiéndose a sus enemigos, les parecía, hacían crecer en ellos su valentía, guardando la cabeza decapitada de su víctima para llevársela como adorno a la entrada principal de su choza. Cuando pelean es tal el movimiento contorsionista de su cuerpo que no se dejan hacer puntería al mismo tiempo que atacan a gran velocidad brincan, gritando:

"*Jacuni ue-ie, Yori*" "¿A dónde vas, hombre blanco?",

y golpean con fuerza demoledora y brutal. Por su aspecto tan fiero parecían tener parentesco con el mismo diablo, así en lo salvaje como en lo implacable de su fuerza.

La cacería humana amenazaba con matarlos a todos en un santiamén. No había escapatoria posible. Once *Tepehuanes* y seis dogos cayeron primero destrozados en la sorpresiva embestida. Aquí sería, sin duda alguna el final de esta aventura, si no fuera porque el Capitán Ybarra levantó, decidido a defender cara su vida, su espada toledana con el brazo derecho, y, su arcabuz con la mano izquierda. Contábase entre los más valerosos a Rodrigo Río de la Loza, natural de Castilla, y a Baltazar de Obregón, el único "escribidor" del grupo.

Al sonoro estruendo del primer disparo, al ver caer a uno de sus principales cabecillas con un hueco en el pecho brotándole sangre los asaltantes quedaron paralizados de terror, no por la herida mortal –que habían visto antes- si no por el poder del trueno como un simple artefacto todavía humeante –que nunca habían visto- en manos del Capitán. Al grito de: ¡*Santiago*! patrono de los españoles, cuyo nombre invocaban al entrar a batalla –siempre podía aparecer el apóstol en su caballo blanco para ayudarlos a acabar con sus enemigos- los demás soldados rápidamente montaron en sus caballos, dispararon también sus armas, y un mayor estrépito inundó el campo sembrando el pánico entre los salvajes que, perdiendo la fuerza intimidatoria de su ataque por sorpresa, ahora quedaban atrapados por el miedo a la desconocida fuerza del rayo que portaban sus enemigos montados a caballo.

Una veintena de *Tehuecos* quedaron muertos y un centenar de horrorizados, sorprendidos, desorientados y desorganizados atacantes huyeron, vencidos por el terror, dejando atrás su premeditada cacería convertida en la primera derrota de su letal encuentro con la raza desconocida de los "*Yoris*", los hombres blancos. El último rebelde herido nunca se rindió: rodeado por tres jinetes españoles les arrebató y quebró las lanzas que llevaban pero el cuarto le atravesó el corazón caído en el suelo.

Los últimos salteadores, arrastrando a sus heridos, caminaron derrotados hacia la cima de una loma cercana, donde los esperaba impertérrito el gran jefe, *Naca-beba*, ataviado con una manta blanca de algodón, adornada con conchas y corales en su espalda, y un arete de oro en la oreja izquierda porque la oreja derecha la tenia cortada. Con el último de los heridos el jefe desapareció tras el lomerío. El lugar de la triste derrota se llamó, desde entonces: *Naca-beba*, "Oreja Rajada".

Pasado el riesgo de perder la vida, todos juntos descansaron, ese día de otoño, en el año del Señor de 1563, antes de rehacer su camino, diez leguas rumbo al norte del río Mocorito. Encontraron al río Sinaloa poblado de corpulentos y frondosos árboles llamados *Nacapules* por lo cual su trayecto sinuoso, del levante al poniente, se mira desde lejos, como gigantesca serpiente verde, así como el humo de las rústicas cocinas de lodo y piedra anunciando asentamiento de gentes.

La mayor sorpresa fue encontrarse con cinco soldados españoles viviendo, idílicamente, entre estas tribus salvajes, amancebados con preciosas mujeres de la tribu *Sinaloa*, dedicados a la siembra del trigo, la crianza de caballos, vacas, y a procrear hijos mestizos. Estos soldados renegados de aquel ejército desbandado de Coronado se quedaron a vivir, desde hace veinte años, rodeados de la vida a plenitud dedicada a hacer crecer su nueva familia, enseñándoles a cultivar la tierra. Se convirtieron en unos perfectos amantes del desierto y nunca más desearon regresar a la Nueva España. Los *Sinaloas* llegaron a adoptarlos no como *Yoris*, si no como hermanos de su propia raza: Bartolomé de Mondragón, Juan Martínez del Castillo, Tomas de Soberanis, Juan Caballero y Antonio Ruiz. Los nombres de sus mujeres eran respectivamente: *Se-ua-li*, Flor Amarilla, *Ba-a-je-ca*, Vendaval, *Jiapsi*, Corazón, *Tu-tu-li*, Bonita y *Ta-usio-li*, Sol-hermoso. Precisamente, Antonio Ruiz aprendió de su mujer la lengua *Ca-ita* y escribió su primer vocabulario por medio del cual los conquistadores lograron dominar estas tribus, fácilmente.

Después de informarse el Capitán Ybarra de los hábitos y costumbres de las gentes que poblaban aquel río por pláticas de los españoles –y sus consortes indias- que ahí encontraron les narraron algunas de sus costumbres. Celebraban una fiesta de bienvenida con los extranjeros acomodándolos previamente en dos casas de petates. Por esta costumbre también llamaban al río *Sinaloa*, "Petatlán", o "Casas de Petates".

En la primera casa de frente al norte, hospedaban a los recién llegados alimentándolos con atole y guamúchiles. En la otra casa colocada como a cien pasos de frente al sur, esparcían los anfitriones arena suelta en forma de círculo. En ese círculo los *Tehuecos* cantaban y bailaban dibujando sobre la arena plantas de maíz, varias figuras de animales y dos figuras humanas principales: *Ba-a-i-sebe*, su dios del viento norte, y su madre Ma-*iam-Etsi*.

Duraba la fiesta una semana de modo que día y noche danzaban con gran reverencia. Su única ceremonia consistía en encender una gran hoguera en la plaza del pueblo, a cuyo rededor se sentaban los guerreros y los ancianos, y comenzaban a fumar cañas con tabaco; en medio de un profundo silencio se levantaba el de mayor autoridad, y comenzaba a pronunciar un discurso conforme al objeto para que se habían reunido: prepararse para la guerra.

Al principio el orador daba la bienvenida con el nombre de cada guerrero y su lugar de origen, con voz mesurada, dando lentamente vuelta, a la plaza; Tras nombrarlos a todos, relataba la más reciente de las victorias y las hazañas de sus héroes. A medida que la importancia del asunto crecía mayor era la aceleración del pulso, y la voz era tan fuerte en el silencio de la noche que llegaba a oírse en todo el pueblo. Media hora o más duraba el discurso, el que concluido, tomaba el orador asiento en la tierra en medio de universales aplausos, convidándole una pipa de tabaco; entonces, otro se alzaba en su lugar, y así se pasaba gran parte de la noche. Aquellas arengas, llenas de figuras y de diatribas, que a los pueblos civilizados parecerían groseros, tenían la fuerza bastante para conmover el corazón de los salvajes y encender en su pecho el amor de su patria y la venganza contra el enemigo; palabras vigorosas, varoniles, fervorosas. Los discursos en torno a la fogata ocupaban el alma de la reunión y del pueblo, lo cual explica como puede sobrevivir una nación sin escritura: con grandes oradores.

Cumplido el plazo, al alba del tercer día, regresaban por los huéspedes encerrados en la primer casa y en forma de ceremonia les colocaban de frente para lanzarles flechas directamente a la cabeza, pero los indios más capaces, poseedores de tal vista y destreza, desviaban con su arco el trayecto de la flecha en rápido reflejo antes de que se clavasen en pleno rostro del invitado, que miraba desorbitado la muerte de cerca en cada disparo. Terminada la suerte cada invitado es llevado a la casa del círculo para presentarlo a los dioses refregándole el cuerpo con su arena. Primero le ofrecían beber en una media jícara, un trago de bacanora. Luego le daban de comer abundante carne seca de venado, y habiendo concluido la comida todos se iban a bañar al río. Con esto se daba fin a la fiesta de bienvenida. Sin someterse a esta ceremonia serías considerado enemigo para siempre.

Los soldados españoles que nunca reconocieron esta costumbre, dieron nacimiento al odio contra los *Yoris*, blancos, porque llegaban con violencia a capturarlos como esclavos, ultrajando a sus doncellas y dejando anidadas de repugnancia sus casas de petates. La epidemia de viruela, que llegaba de inmediato como devastadora plaga, propagando de cadáveres los jacales, hacía el resto de la conquista española: una tremenda masacre.

Con ocasión, pues, de estas pláticas, inquiriendo el Capitán de lugares con oro y plata, dio orden que se dispusiese continuar la jornada al norte, acompañados por una veintena de *Tehuecos* pacíficos como guías. Esta escuadra puesta en orden se determinó partir rumbo al río de los *Suaquim*, los más valientes y aguerridos, de esta lejana región. En el camino hubo otra refriega contra la tribu de los *Ocoroni* que los asaltaron, pero sin consecuencias porque no se atrevieron a pelear a campo abierto. Los *Ocoroni* era el nombre, que significa "Donde tuerce el camino", de la tribu más valiente y temeraria de aquel río que no tiene nada que ver con la palabra española "indios", como estigma de temerosos y domesticables, si no todo lo contrario: como formidables y temibles guerreros. Cuando Coronado regresó ya enfermo, pues había sufrido una caída del caballo, en búsqueda infructuosa de las ciudades de oro, *Cibola* y *Quivira*, dejó en Ocoroni a su jovencita mujer, que llamaban *Tui-tsi Ocoroni* "La mas bonita de Ocoroni", que llegó a ser cacique de su propio pueblo, y a dominar la lengua castellana de su amante europeo. Cuando el Capitán Ybarra llegó a *Ocoroni*, fue bien recibido, y la convenció de que lo acompañara en su aventura. Y esta fue la primera y única doncella de las muchas que se le vinieron a ofrecer que se quedó con el Capitán sirviéndole como intérprete en sus conquistas y como mujer en la intimidad de su vida. Continuó muchos días como su lengua consejera y por las noches encendía la llama apasionada bajo la enramada que se convirtió en refugio y descanso del audaz aventurero.

Después de recorrer un terreno de diez leguas áridas y ondulantes encontráronse con un majestuoso caudal lleno de peces y aves en su litoral, el río *Suaquim*, situado a 25 grados de latitud norte, pródigo de árboles frutales y plantas silvestres tan exuberantes que el valeroso Capitán Ybarra decidió en el lugar fundar *La Villa del Espíritu Santo de Carapoa*.

En las riveras del hermoso río *Suaquim*, nadie estaba exento de peligros: al levante, vivían los *Chínipas*, los *Huites* y los *Zoes*; al poniente rumbo al desemboque en el mar de Topolobampo, los *Guasaves* y los *Ahomes*; al sur los *Tehuecos*; y al norte los *Pimas, Mayos y Yaquis*. A medio camino del río la indómita nación *Suaquim* tenía fundado *Motchi-Caui*, la aldea mas poblada de la región y dos vecinos igualmente rebeldes y valientes: *Charai*, y *Tsi-ui-ni*: "*La* gente mas bárbara del orbe" según la opinión de los conquistadores y misioneros extranjeros.

Pasados dos años de extenuante trabajo el Capitán Ybarra dejó esta Villa con cuarenta soldados repartiéndoles "Encomiendas" de indios, tierras y aguajes, haciendo los oficios Fray Juan de Herrera, apresurado de continuar hacia el norte, llevando a *Tui-tsi Ocoroni* como intérprete, en busca de dos ciudades de oro: *Cíbola* y *Quivira*.

-"Señores -les dijo solemnemente el Capitán Ybarra- todas estas gentes bárbaras son enemigos diabólicos del nombre de Cristo, el cual sacará, con mucha honra, a la escuadra española en este empeño. Toca a vosotros abrir camino futuro a los que vendrán a nacer en esta nueva tierra, que en nombre de su Majestad Felipe Segundo, Rey de España, la nombro: La Villa de del Espíritu Santo de Carapoa; y por Justicia Mayor a mi amigo Antonio Sotelo de Betanzos, hombre experto, cursado y diligente en cosas de la guerra, para que os gobierne y administre. Después de recorrerla y reconocerla la defenderéis a costa de vuestra propia vida, nombrándola en sus escritos y conversaciones como propiedad del reino de España, desde ahora y para siempre" -terminó su discurso el Capitán entregándole a la nueva autoridad un pergamino y una espada.

En término de veinte días, el lugarteniente, Don Antonio Sotelo, utilizando sus ocho esclavos negros, construyó las tapias de adobe para defensa y seguridad de sus vidas, e inició la construcción de una iglesia de adobes, teniendo como su abogado defensor a San Juan Bautista, porque llegaron el 24 de junio de 1565, por ventura del Señor.

Partió el contingente el primero de mayo de 1567 rumbo a Sahuaripa, *"Pueblo de Los Corazones"*, a donde llegaron después de cruzar, tras una penosa caminata por el calor infernal de la jornada, el caudaloso río de los Mayos, que el Capitán llamó "Río de La Santísima Trinidad". Los soldados renegaban de la aventura desde su partida porque solo encontraban unos cuantos caseríos de lodo y ocotillo y ningún palacio de oro como esperaban.

-¿Dónde está el oro? ¿Dónde la plata? –preguntaban los conquistadores. ¿Dónde están *Cíbola* y *Quivira*?

-"*¡Ca-ita!*", "*¡Ca-ita!*", "¡No haya nada!", "*¡Ca-ita!*" "¡No sé nada!" –contestaban los indígenas asustados, que encontraban en el largo camino.

-Es lo único que saben decir "No hay nada", *"Ca-ita"*, y así se llamará a esta raza y lengua de ignorantes: *"Ca-ita"*

Las órdenes del Capitán se impusieron a los rumores de la rebelión y avanzó más al norte, por la rivera del río, *Iac-quim*, de los *Yaquis* -bautizándolo como *"El Rio Grande del Espíritu Santo"*- hasta el territorio de los *Ópatas*, "Los eternos enemigos" en el río y valle de los *"Sonora"* que vivían en rústicas chocitas hechas de caña y hojas de maíz, *Sonotl*, hasta el poblado que el primer conquistador, Coronado, bautizó anteriormente como: "San Jerónimo de los *Ures"*.

El descontento de sus soldados iba en aumento, como el calor del desierto al mediodía, y conspiraron para destituirlo del mando, pero la astucia y la autoridad del Capitán logró convencerlos, por última vez, de continuar al noroeste en busca de las ciudades fabulosas explotando la ambición de sus huestes.

-Nada de *Cíbola*. Nada de *Quivira*: ¡Todo ha sido una farsa! –renegaban los descontentos.

Nunca imaginaron encontrar en lugar del oro solo desolación, cactus y arenas candentes en el desierto reino de los *"Pápagos"*, "Los que comen frijoles". A costa del hambre comieron bellotas amargas y hongos. Una noche, a efecto de los hongos, el Capitán Ybarra, corrió enloquecido por todo el campamento, a causa de las alucinaciones, diciendo a gritos: "Soy el riquísimo, *Marqués de Cíbola y Quivira*, las ciudades de oro puro" ante la alarma de todo el campamento que lo veía correr desnudo, dando voces, enajenado su pensamiento hasta el amanecer. Nadie volvió a comer hongos después.

En su fatídica aventura la muerte se cobró –a la mayoría con sed- la osadía de profanar el imperio del sol. Herido y vencido en su orgullo, el Capitán Ybarra tuvo que aceptar el regreso de su diezmado contingente bordeando la costa de los *Se-e-li*, Seris, "Los que corren en la arena" y los *Uai-maim*, Guaymas, "Los parientes de la playa", rumbo al sur y tuvieron que comerse los caballos y los perros para sobrevivir hasta que regresaron a *Bica-m*, o "Pedernales", capital de la gente del río *Iac-quim*, Yaqui, donde les obsequiaron exquisitos elotes, carne de venado en abundancia, tamales, y agua con pinole a los exhaustos forasteros.

Con el fracaso a sus espaldas, no hubo crónica para los sobrevivientes, que regresaron a la Villa del Espíritu Santo, hallándola abandonada por los fundadores.

De nuevo procedió el Capitán Ybarra a repartir otras Encomiendas entre los inconformes expedicionarios, dejando veinticinco nuevos Encomenderos, al mando del Capitán Gonzalo Martín, dispuesto regresarse a Chiametlan donde le avisaron se habían descubierto unas minas muy ricas de plata. Su fiel intérprete *Tui-tsi*, regresó con su tribu *Ocoroni*, donde quiso quedarse por estar embarazada. De nuevo utilizó el recurso de la oratoria, de profundos efectos para elevar la moral de su milicia:

-Escogidos y esforzados soldados: yo quisiera haber descubierto otra nueva Constantinopla, o al menos otra riquísima Venecia, para haceros amos de sus señoríos, pero en lugar de *Cibola* y *Quivira* hallé solo las penas más atroces del infierno. Los tesoros y riquezas los da Dios a quién, cómo, y cuándo, Él es servido. Ahora, en este desconocido lugar, de *El Fin del Mundo,* seamos principio, parte y medio de esta nación bárbara, rústica e ignorada para hacer resplandecer el sol de la justicia al servicio y aumento de nuestra santa fe católica y los dominios de la Imperial Majestad del Rey de España. Para cuyos efectos acordé renombrar este lugar, en busca de grandeza y colmo de mis deseos: *"Fuerte de San Juan Bautista de Carapoa".* He dicho.

Aunque los monarcas del imperio español abolieron la "Encomienda" por las críticas de Fray Bartolomé de las Casas desde 1542, perduró en la provincia de Sinaloa más de siglo y medio como forma de dominación, y evangelización obligatoria. El derecho otorgado por el Rey dotaba a cada súbdito de una "Encomienda": un extenso territorio para asegurar el establecimiento del "Encomendero" español en tierras recién descubiertas; conjuntamente con los "Encomendados" indígenas como mano de obra forzada que lo habitaban, y; finalmente, reagrupándolos en pueblos llamados "Doctrinas", al mismo tiempo recibían la educación religiosa a cargo de los misioneros.

El Fuerte de San Juan Bautista de *Carapoa*, después de su fundación, quedose rodeado de Encomiendas, Encomenderos, Encomendados, de una falsa paz, y, de los temibles *Suaquim*.

Capítulo, *U-oi*, Dos

Dicho con llaneza nadie conocía a todas las mujeres que se bañaban desnudas en el río, pero las más hermosas eran de los *Suaquim*, tenían esa fama. De modo que en poco tiempo los aventureros de *Carapoa* las habían elegido como compañeras para su desterrado destino. Yo no recuerdo ningún argumento entre cada pareja que con idioma y país tan extraños emplearan para la conquista amorosa –tal vez las hembras les enseñaron el idioma ancestral de la mirada, la señal olfatoria y el tacto- que los hidalgos montados a caballo -mitad dioses, mitad bestias- aprendieron de inmediato haciéndoles olvidar, en ambos seres, su destino. En todo caso el argumento sería este: cuando uno juega a estar solo, uno pierde de vivir; es una repetición del primer verso de Adán y Eva. Si lo único real son dos seres humanos en cuestiones del amor, entonces no se puede hablar de países, de religiones, ni de imposibles. Al contrario, se trata estrictamente de excepciones –no de leyes- entre un par de individuos, que solo viajan en dirección opuesta a sus sentidos hacia una cita con el eterno juego del amor.

Excepto el Capitán Gonzalo Martín, que seguía soltero, que podía prescindir del amor, vivían los españoles amando a sus mujeres en casas con vigas de amapa y paredes de ocotillo, lodo y paja. De la misma hechura terminaron de construir la iglesia de San Juan Bautista en la loma más alta de *Ca-ara-poa*. Los caballeros aprendían la lengua *Ca-ita* de sus consortes, y estas se engullían las vocales fuertes y sonidos extraños de la "equis", la "efe", la "eñe", la "erre" y la "zeta" como aderezos de la voz firme y segura de sus enamorados castellanos de piel blanca, ojos de color, y, frondosa barba.

En esta ocasión en vez de guerra las victorias eran a expensas del amor más rústico, y las derrotas terminaban en los contorneados brazos y senos erectos de sus adversarias. La lucha no era desigual, ni terminaba con cada aurora, más bien empezaba cuando el sol pintaba de rojo los cactus y el cielo de cada atardecer.

Una tarde de abril caminaba el Capitán por la ribera, cuando el tañido de una flauta, *baca-cusi*, alma de carrizo, vagaba por el viento con la misión de hacer lento el ritmo del corazón, pero cada latido más poderoso e intenso, de quien la escuchara. Por curiosidad, evidentemente, caminó el Capitán por la rivera, guiado por el oído, buscando el principio de las notas musicales. Aunque no hacia distinción alguna entre los rudos oídos europeos y los agudos sentidos de la raza *Ca-ita* nadie escuchaba de la flauta ni su clamor, ni sus cantares, como el Capitán Gonzalo.

Oír es uno de los privilegios humanos más finos y raros: sirve para detectar al enemigo a grandes distancias, más allá del campo visual, al mismo tiempo actúa de caja de resonancia de la respiración de la mujer amada. Escuchar la voz humana es una interpretación acústica de la respiración cuando exhala. Por lo tanto la música perfecta seria la voz, con tonalidad respiratoria, de una mujer directamente al oído –de la gestante al recién nacido, de la doncella al amante, de la madre al moribundo– como sucede con los sonidos de la flauta.

En un remanso tranquilo, cuando la amapa florea de color ambarino el panorama, junto a un tronco reclinado sobre el río, estaba *Seua-Li*, "La Hermosa Flor", una bella princesa de los *Huites* tañendo la flauta. Aquí quiero dejar escrita una confesión que a un tiempo será íntima y general, porque las cosas que le ocurren a un hombre, tarde o temprano, le ocurren a todos: que cuando tantas amapas callaban de celos arrojando sus flores al suelo, yo también sentí envidia del Capitán Gonzalo que de la espléndida belleza salvaje de *Seua-Li*, perdidamente, se enamoró:

-Te amo –le confesó mirándola a los ojos- como solo sabe amar un caballero andaluz.

Enamorarse es el único acto de los hombres que no merece el arrepentimiento, ni el fuego ni los cielos porque es un vínculo divino: eres tu cuerpo, eres tu alma; y es imposible hallar la frontera que los divide cuando se ama.

-*Siali pusem ba-tue* "Tienes los ojos verdes como el mar" -le respondió sin entenderle.

-Todo lo bueno que yo conocí de mi España te lo ofrendo; lo material y lo espiritual; coas para tus campos; rosas que desprenden fragancias para tu jardín; palabras nuevas para unirte con el mundo; libros para aprender a vivir; pero sobre todo, cuando me pongo a pensar que algún día me tengo que morir, te entrego -en este sencillo verso- mi propia alma, porque mi amor por ti es: In-fi-ni-to.

-*Amapa no-oca uasa-bú* "La Amapa hablará por mí" –le dijo *Seua-Li* - entregándole, en lugar de palabras, la flor de Amapa que adornaba su negra cabellera.

La Amapa es un árbol nativo de la provincia de Sinaloa y desconocido para los españoles. Es un árbol de buen porte que puede alcanzar los 30 metros de altura y su tronco, esbelto duro y fuerte, luce con el follaje concentrado en su copa alta. Las flores más comunes son violetas pero las hay también amarillas que compiten en galanura con sus cinco pétalos rizados y los cuatro estambres nacidos en su cónica garganta. Si describo todo lo demás se parecerá a un amor cualquiera, meros juegos verbales, y no fue así. Fue un amor insensato, extravagante y de excepción. Tuvo que ser apasionado para unir a dos amantes entre dos mundos opuestos y sin palabras.

Subió el Capitán a su caballo con lenta agilidad y con un gesto viril de inclinarse desde la montura capturó la cintura de la joven princesa y por el sendero que se bifurca desaparecieron como termina un cuento muy corto: rodeados de felicidad. Desde entonces el árbol de Amapa arroja sus flores -amarillas y violetas- a los pies de toda mujer hermosa y se queda desnudo en el invierno esperando que, algún día, regrese *Seua-li*. Del tronco herido de la Amapa, dice la leyenda, escurre la savia de color violeta con que se tiñen su blusa de algodón las mujeres de los ríos de Sinaloa, con una flor amarilla bordada en su pecho para conmemorar el recuerdo de aquel, que fue más tarde, imposible amor.

Se sustentaban los habitantes de *Ca-ara-poa* de codornices, y, algunas veces de la pesca del río; otras del maíz y frijol que sembraban sus vecinos y la carne seca de venado que les obsequiaban por medio de sus mujeres.

Con el oficio de hacer amigos el Capitán Gonzalo se acomedía con sus armas y arcabuces cuando alguna tribu enemiga merodeaba contra los *Suaquim*, haciendo el mismo oficio los demás extranjeros para proteger a los nuevos parientes. No obstante, en medio de esta calma, los *plebes Suaquim* renegaban de la presencia de los extranjeros acusándolos de raptar a sus mujeres, reuniéndose a escondidas los inconformes para planear su venganza.

A excepción de *Seua-Li* las otras mujeres aceptaron tenderles una trampa a sus consortes, pero la condicionaron a que huyera si no aceptaba ser su cómplice.

-No acepto –les dijo *Seua-Li* decidida. La mujer *Huite* es para un solo guerrero y para una sola vida. Les pido otra oportunidad para los extranjeros y la mayor tregua posible para que demuestren su valor e inteligencia.

-Calla, no sabes lo que dices.

-Te embrujaron sus ojos verdes.

-Los *Yoris* son traicioneros y tratan mejor a sus perros y caballos que a las mujeres.

-Las costumbres son diferentes, y habrán de cambiar en poco tiempo –alegó en contra, pero nadie quiso escuchar sus argumentos.

En los dominios de los celos la vida se convierte en un infierno. Cuando confirmaron los *Suaquim* que la mayoría de las jóvenes estaban preñadas, el odio se anidó en el pecho de los guerreros más sanguinarios del río. En los linderos del odio la razón se detiene. No se puede decir esencialmente odio porque los celos y el odio se parecen como una imagen vista en su propio espejo: exactamente igual, pero a la inversa. La única diferencia entre los celos y el odio es una cuestión tan indistinguible como los dos filos de una espada ensangrentada. Quizás la mas linda de aquellas mujeres nos revele algún día el secreto de cómo alimentaron en los hombres de su raza el odio contra los blancos, para descifrar el motivo que hizo hervir la sangre de los *Suaquim* sedienta de venganza.

Seua-Li, conociendo las costumbres bélicas de los Suaquim, trataba en su dialecto de hacer alusiones a la traición de los *Suaquim* cortando el aire con el canto de su mano izquierda alrededor de su cuello y colocando la palma de la mano derecha del Capitán sobre su corazón diciéndole a su amado:

-"*¡Jiapsy Mo-octi*, *Jiapsy Mo-octi*!", "¡Corazón-Muerte!", "¡Corazón-Muerte!".

-No temas *Seua-Li* –contestó el arrogante conquistador rodeando con firmeza el suave contorno de su breve cintura. Mi valor y lealtad al rey han sido probadas en muchas batallas y he salido vencedor. No se turbe vuestro corazón, os juro defenderos con mi propia vida. Vos sois tan inocente que no imagináis lo que significa la palabra "Caballero": un hombre de nobles ideales, de valor a toda prueba e incapaz de doblegarse ante las injusticias. Un hijo verdadero del bravo e indomable pueblo español.

La voz varonil del joven europeo, sin temblar, se elevaba demasiado, tal vez soñando –como solo los enamorados y los poetas sueñan- que sobre aquella tierra ignota se erigiría el poderío del Rey de España, que enorgullecería a una raza nueva, hasta que sus labios quedaron prisioneros con un beso de su amada.

Mientras *Seua-li* se estremecía sin comprender la extraña valentía del Capitán, al hablar con la mirada en lo alto, que solía cabalgar hasta el límite de la imprudencia con la sola compañía de su fiel dogo, rodeado del invisible desprecio de los feroces *Suaquim*. El orgullo y la soberbia no necesitan de intérprete alguno. Así lo entendió *Seua-Li*, y decidida a luchar por salvar a su amado, esperó a dejarle dormido y se escapó de noche rumbo a la sierra para pedir ayuda a su tribu para rescatarlo a tiempo de los sanguinarios *Suaquim*.

Aconteció al día siguiente, que las mujeres, para engañarlos, halagaron a los españoles haciéndoles un convite de *bacanora*, carne asada de venado, elotes cocidos y frutos de la tierra. Al Capitán le mintieron que *Seua-Li* lo había abandonado porque aceptó los cortejos de "*Omte-eme*", "El Furioso", cabecilla de los renegados *Huites*, sin saber nunca que lo había abandonado para reunirse con su tribu y pedir ayuda. Su pecho se hinchó de sed de venganza y su corazón de soledad, de triste amargura.

-No tiene caso que la busques porque hay tantas doncellas como peces trae el río –le dijo el Padre Juan de Herrera.

-No quiero consuelos ni palabras mutiladas. Mi amor, que no acepta ninguna limosna a cambio, casi con desdén hace fuego con sus recuerdos. Aposté mi vida a sus pies para que la ingrata aceptara esta historia de amor, que es un poco extraña. Tal vez gané, o, tal vez perdí. Este amor se escribió en un día, pero será para siempre. Ella es el único amor de mi vida, así, un poco apresurado y fugaz. La otra muerte aparecerá después.

-Estás embrujado porque ella tramó esa coartada, pero sé que nunca volverá.

-Cuando el amor se va, no vuelve jamás.

Los *Suaquim* traidores atacaron por sorpresa a quince soldados españoles y los dos frailes, Pablo de Acevedo y Juan Herrera, mientras comían confiados y los decapitaron, según su bárbara costumbre. Fue tan cruel la represalia de los *Suaquim* que ataron el cuerpo cercenado de los odiados *Yoris* a cada tronco de los árboles del fatídico paraje. En el centro las mujeres cómplices, antes sujetas a su obediencia, ahora celebraron bailando a tamborazos, con el mismo alboroto de los victimarios, el hecho inhumano ignorando los estremecimientos de su vientre abultado por el embarazo -al recién nacido de la unión de dos mundos se les llamó *Uo-oi*, Coyote, y a las mujercitas, *Uo-oim*, Coyotas; la mayoría tenían los ojos zarcos, azules, verdes, grises, y muy pocos de ojos negros como sus progenitoras; todos de piel blanca.

Al atardecer del día siguiente, cuando regresó *Seua-Li* con su padre *Ui-tche Bui-ca-me*, "Canta la Flecha", al mando de unos cincuenta temibles *Huites* que venían a defenderlo en aquel peligro y a morir con él, si fuese menester, la masacre había terminado. De dos españoles que lograron huir, a uno que atraparon con vida lo despedazaron en medio de su festín victorioso; el único que logró escapar, el Capitán Gonzalo Martin, llevó la triste nueva a los que quedaron en la Villa de San Juan Bautista, que de inmediato se prepararon para abandonar el peligroso río y huyeron a todo galope de regreso al río Sinaloa, en lo que se podría hacer para remediar su desventura en *Ca-ara-poa*.

Seua-Li dejó de llorar cuando se dio cuenta que el Capitán se había salvado. Se sentó frente al viento norte y una seña de movimiento de su vientre le hizo tomarse con fuerza de las manos de su padre para regresar con su gente.

Teniendo noticia de los delitos de los *Suaquim*, llegó de la capital de la Nueva Vizcaya una Compañía de cien soldados para castigarlos. Luego de llegar a Carapoa, el Gobernador Hernando Bazán, subestimando a sus enemigos, envió al Capitán Gonzalo, sediento de venganza, con cuarenta soldados a explorar el campo de los enemigos. Cruzando el río *Suaquim* salieron a un llano pequeño rodeado de una espesa arboleda, trampa perfecta de los aguerridos *Suaquim* ocultos silenciosos entre la maleza antes de caerles por sorpresa. Primero, les cortaron la retirada para que no pudiesen escapar de la emboscada. Después, sin misericordia, descargaron una lluvia de flechas que acabaron de darles la muerte a todos. Antes de morir uno que otro se desahogaba maldiciéndolos a gritos; alguno dijo el principio del *Padrenuestro* sin terminarlo; casi todos estaban aturdidos y muertos de miedo por la gritería de los montoneros enemigos.

El Capitán Gonzalo Martín estuvo tan valeroso defendiéndose con su espada por tanto tiempo que sus enemigos iban a refrescarse al río para seguir atacándole hasta que de tantas heridas lo derribaron. Como fue tan valiente, aparte de decapitarlo, todos peleaban por arrancarle el corazón para comérselo y quedarse con su tremenda valentía, pero se conformaron con un trozo de su cuerpo como prenda de su temeraria bravura. Cuando le contaron su osada gallardía, *Seua-Li,* inconsolablemente lloró –y su flauta también.

La noticia no tardó en cundir por toda la Nueva España. El degolladero de españoles a manos de una tribu bárbara era una cuestión inusitada, por lo tanto, impensable e inadmisible para los soberbios extranjeros.

El Gobernador Bazán, al confirmarse la debacle de su escuadra, salió al día siguiente a recorrer la tierra desolada, encontró rastros del festín donde se comieron a sus soldados pero sin cabeza, como acostumbran los *Suaquim* llevárselas para adornar la enramada de sus jacales. Con gran coraje llegó hasta el río Mayo, veinte leguas mas al norte donde capturó a unos cien esclavos, y en represalia se los llevó encadenados hasta las minas de Chiametlan.

Los orgullosos *Suaquim* sin recibir castigo alguno continuaron con gran alboroto de fiesta. En sus poblados de *Motchi-caui* y *Charai*, danzaban al ritmo de sus tambores y flautas de carrizo, mientras se tragaban la carne de caballo asada a las brasas acompañados de bacanora prendiéndole fuego a la Villa de San Juan Bautista para terminar así con la corta historia de *Carapoa*.

La planicie sinaloense parecía distorsionarse cada mediodía con los espejismos producidos por el ígneo calor del desierto, mientras las chollas, sinas, biznagas y cactus, presagiaban malos augurios para los atrevidos *Suaquim* por la sed de venganza de los blancos heridos en su pantagruélico orgullo de conquistadores del mundo –creyéndose, por lo tanto, invencibles. El Gobernador Hernando de Trejo envió, en 1583, otra expedición armada al mando del Capitán Pedro Montoya para dominar a los alzados encontrando solamente ruinas y condiciones tan adversas que decidió replegarse al rio Sinaloa donde fundó la Villa de San Felipe y Santiago de *Carapoa*, en memoria de la población aniquilada, por haber llegado a ese lugar la víspera del tres de mayo, día de dichos santos apóstoles, después conocida como "Villa de San Felipe y Santiago de *Sinaloa*".

El nuevo Gobernador de la Nueva Vizcaya, quien conoció muy bien *Carapoa*, ahora Rodrigo Río de la Loza, pidió al provincial Antonio de Mendoza que le enviara doctrina y Padres para extender la cristiandad entre las belicosas naciones de Sinaloa, en base a su reciente experiencia de dominación y exterminio de los *Chichimecas* en Zacatecas donde aprendió que la espada vence, mas la palabra convence.

Dos años después, los dos primeros misioneros Jesuitas, Gonzalo de Tapia y Martín Pérez arribaron a la Villa de Durango en 1590 y, comisionados, vía Mocorito, arribaron al río Sinaloa donde estaba fundada la Villa de San Felipe y Santiago. El Padre Martín Pérez se encargó de iniciar la conversión de los pueblos río abajo: *Cubiri* y *Bamoa*. El Padre Gonzalo Tapia de río arriba: *Ba-a bo-ia, Tobo-o-opa*, y Ocoroni, procurando hablarles en su lengua con los cinco españoles que desde las Encomiendas del Capitán Ybarra, vivían con ellos, como intérpretes.

Halló el Padre Gonzalo en el poblado de *Ocoroni* noticias de que en un monte cercano, bajo un nacapule de notable grandeza solían los indios adorar, en tiempo de guerras y de cosechas a *Ba-a-Ue Tutuli* "La hermosa diosa del mar, del río y la lluvia". El Padre hizo derrumbar el ídolo de piedra y tumbar el árbol plantando en su lugar una sencilla cruz de madera. Los indígenas quedaron estupefactos conservando la superstición de la venganza del ídolo caído y la memoria del árbol sagrado cercenado. Cada pieza de la roca mutilada fue arrojada con desprecio al fondo del río Sinaloa. Su hijo, *Ili-Siua Sebe Jeca Betchi-bo-o* "Dios del viento norte", permaneció escondido porque sus feligreses llevaron su estatua de piedra mas al norte de Cedros, uno de los arroyos del río Mayo -cuyo trayecto ocultaron para que no lo destruyesen sus enemigos- en espera del día de la venganza.

En este tiempo, 1593, con la llegada de otros dos misioneros, Alonso de Santiago y Juan Bautista de Velasco, el empleo de la misa y el bautizo se extendió a todos los poblados del río Sinaloa, llegando a mas de mil bautizados con nombres de cristianos. El Padre Juan Bautista compiló la primera gramática "*El Arte de la Lengua Ca-ita*" con unos mil setecientos vocablos originales base fundamental para el vasallaje intelectual de las rebeldes tribus de Sinaloa.

Nunca nadie jamás la esperaba. Cuando la muerte llegó al río Sinaloa fue una cruel mortandad de viruelas y sarampión tan pestilente que arrojaban cadáveres con llagas hediondas sin que nadie se escapara de enfermar. Las moscas criaban gusanos en el cuerpo putrefacto como si fuese sobre la tierra de suerte que hervían de ellos echándolos por los ojos, las narices y la boca. Nunca nadie jamás había visto en el río Sinaloa muerte tan espantosa y tan apestosa. Los Padres bautizaron a los *buquis* que luego murieron. Los Padres bautizaron a los adultos que también murieron. Por los pueblos y las milpas, unos cuantos que sobrevivieron, cansados de enterrarlos, arrojaban sus enfermos -todavía vivos- en los montones de los muertos convencidos de que la venganza del ídolo caído no parecía tener fin.

A causa de un terremoto la tierra tembló también herida de muerte rompiendo la roca viva del cerro *Motchi-caui*, Cerro de la tortuga, arrojando grandes chorros de agua causando tremendo espanto entre los *Suaquim*, creyentes del oculto poder del dios derrocado:

-¡*Ili- Siua*! ¡*Ili-Siua*! ¡*Se-be Je-ca Betchi-bo-o*! dios de los guerreros, dios del viento norte -gritaba la turba enardecida con los estragos de la oratoria de violentas olas que el hechicero lanzaba sobre la concurrencia separando frase tras frase con tan profunda inspiración que hasta la piel se erizaba de la exaltada prédica:

-¡*Suaquim*! ¡*Sinaloas*!: ¡No tengan miedooo! -gritaba *Naca-beba* levantando su grueso bastón de mando en lo alto del *Motchi-caui*, arengando a sus huestes para la rebelión- Los males y los temblores son la venganza de nuestros dioses por no arrebatarles la vida a los *Yoris:* Los que rezan y bautizan son *Quelele Chucu-li Cualim*, "Buitres con faldas negras" que traen las señales de la muerte –vociferó el hechicero. Hasta la tierra tiembla de coraje. Si no atajamos su curso ellos acabarán con nosotros. Y el río, en vez de seguir al mar, se regresará al cielo. El maíz se secará. La casa se la llevará el viento. El hombre que canta la misa tiene que morir. El sol de la tarde pintará su mensaje de color sangre dentro de las pitahayas. El temor es peor que la flecha envenenada porque mata dos veces: una paraliza de miedo; la otra en el corazón de verdad.

Enterado el Padre Gonzalo de las arengas y amenazas de *Naca-Beba*, lo mandó denunciar con el Capitán Miguel Ortiz Maldonado, quien capturándolo en *Te-bo-o-pa* "Camino de las piedras" de inmediato lo mandó azotar en público. Atándole los brazos alrededor de un tronco torcido, *"Uetche-ueca"*, con el torso desnudo, el hechicero alzaba la vista al cielo para recibir cien azotes haciéndole brotar la sangre a cada latigazo del verdugo. *Naca-Beba* no se quejaba ni pedía perdón como le exigían los soldados españoles que rodeaban el brutal espectáculo, trataba de mantener apretadas las mandíbulas para no gritar, pero el reflejo del dolor lo hacía bramar a cada surco que dejaba el látigo en la carne morena de su espalda.

El verdugo perdió la cuenta de los cincuenta y siete azotes cuando su victima cayó de bruces sin poderse levantar. Sus ojos tenían los párpados sin cerrar pero no veían a ninguno de sus familiares y vecinos que lo rodeaban, solo una mancha nebulosa de la misma intensidad del sol del atardecer que fue el último testigo que presenció la fatídica sentencia.

A los hijos de *Naca-Beba* les permitió el Capitán recoger, casi inerte, a su padre con sanguinolento aspecto. La tierra, como arcilla de las ollas de sus ancestros, se le pegó a las heridas abiertas como bálsamo que mezclado con la sangre detuvieron la hemorragia. Cuando ya nadie podía oírle, postrado en su lecho de petates *Naca-beba* masculló entre dientes:

-He sido señalado en la oreja para expulsar de nuestra tierra a los *Yoris*. Sus costumbres no son de nosotros ni de nuestros ancestros. No nos permiten poseer más que a una sola mujer, pero ellos si se roban dos o más de nuestras doncellas. El mal oficio viene del Padre Gonzalo, está poseído de la maldad, es un demonio de color negro que trae entre sus faldas la enfermedad y las desgracias...He sido señalado para la venganza -balbuceó el hechicero la última frase antes de sumirse completamente en la inconciencia.

Reunidos alrededor de la choza de paja y petates, los aliados de *Naca-beba* esperaron pacientemente a que el tiempo curase las heridas acompañándolo cada atardecer. El hechicero no hablaba con nadie. Mientras recobraba el brillo maligno de sus ojos negros las cicatrices del rostro, el torso y el pecho, le agregaban un aspecto de ultratumba a su alta figura de pelo largo y capa blanca incrustada de corales. Como no volvió a hablar, creyeron los extranjeros que estaban dominado y lo dejaron caminar solo por las orillas del río Sinaloa. Prefería caminar de noche por la orilla norte con rumbo al mar y nadie se enteraba cuando y como regresaba al amanecer a su jacal. Los Suaquim y Sinaloas creyeron entonces que *Naca-Beba* tenía "La señal" y esperaban que hablase alguna noche sin luna.

Siempre llueve en septiembre, pero nunca con vientos huracanados como esa noche en *Te-bo-o-pa*. El Padre Gonzalo, originario de León en España, en su choza rezaba el último Rosario del día ante la tenue presencia de una vela que a veces se negaba a seguir encendida pero regresaba con su luz medrosa a dibujar de color sepia la facies blanca del Padre Gonzalo de Tapia. Su nariz enmarcada por dos salientes arcos frontales era recta. El labio superior de su boca era muy delgado como si estuviera permanentemente sonriente. Su cabello rubio, y ensortijado nacía alrededor de una calva rasurada como símbolo de su humildad. Como no cerraba los párpados totalmente para rezar, aquella noche sus ojos azules dilataban un tanto las pupilas acostumbradas a la tenue oscuridad. Una palma frente a la otra, como tocándose en un espejo, dibujaban el perfil del mentón hasta la punta de la nariz, como símbolo de extrema reverencia de la cerviz que se inclina para decir el *Padrenuestro*.

A esa hora inexacta la choza de paja dejó pasar una ráfaga de viento frío antes que en su portal apareciera *Naca-Beba*. Entró como quien iba a besarle la mano y cuando el Padre Gonzalo confiado se la extendía, hasta entonces habló:

-Vengo a rezar contigo el Rosario como tu enseñar a mis hermanos –dijo el hechicero recogiéndose el pelo canoso que cubría su cara.

Una fuerte llovizna empezó a caer del cielo oscuro tratando de avisarle al misionero, con su inútil danza sobre el tejado de palma, la traición que se avecindaba en su contra. Mientras el hechicero, con el rostro hundido en el tórax, para que la luz de la vela no descubriera ningún trazo del tinte ocre que tiñe la cara de todo aquel que osa ser traidor, se inclinaba en falsa obediencia.

-Solo los valientes aceptan con ánimo parejo la derrota y las palmas. Felices los que guardan los Mandamientos, porque estas palabras darán luces a sus días. Alabado sea el Señor Todopoderoso -respondió el Padre sin que lo entendiera su nocturno visitante.

-Queremos pedirte que los tres ríos, Mocorito, Sinaloa y Suaquim, sigan viajando al mar -pidió el hechicero con voz taimada sin levantar la vista ni mover un solo músculo de la cara cicatrizada.

-Sea el Nombre de Dios bendito –respondió el Padre Gonzalo- El es el Señor de los tiempos y de los cielos, y los muda según su divino beneplácito: Él remueve reinos y ríos, los da y los quita, conforme a su divina voluntad. Es cuestión escondida a los discursos de los hombres como y cuando corre el agua, el sol y el viento. Tenemos que aceptar que somos tan peregrinos como una mazorca: trabajosamente vivimos unos años en las milpas cuando la vida tenemos que dejar.

Complacido del arrepentimiento del hechicero, hablaba mas para si mismo que para el rencoroso indio que no entendía más que unas cuantas palabras castellanas, comenzando a trabar plática con él. Cuando el Padre Gonzalo convencido de la fuerza de su fe mas interesado estaba en evangelizarlo, entre las sombras de la noche lluviosa, de pronto *Naca-Beba* levantó velozmente el astil corto de su durísima macana de palo fierro destrozándole la sien derecha. Pero no lo mató de inmediato, si no que, tambaleándose y desangrándose lo dejo salir herido y caer de rodillas en el lodo mientras le gritaba:

-¡Si viniste del cielo! ¡Ja, ja, ja! ¿Cómo te dejas matar?

De la misma oscuridad de la noche sin luna surgieron los cómplices de *Naca-Beba* rompiéndole el cráneo con golpes de hacha que acabaron de quitarle la vida al Padre Gonzalo en silencio: excepto los charcos de la lluvia hicieron dos veces ruido; una, al caer el cuerpo yerto; y, la última, al caer el hacha de piedra ensangrentada.

No saciada su crueldad, al verlo muerto, los asesinos destrozaron su vestimenta, le arrancaron la cabeza –según su bélica costumbre- y se llevaron su brazo izquierdo para celebrar, con un festín, su venganza. En la misma oscuridad de la noche del once de julio de 1594 los indios del pueblo de *Tebo-o-pa*, donde fue muerto el Padre

Gonzalo, aunque no todos eran cómplices, huyeron rumbo al río de los *Suaquim*, dejando desolado el escenario.

Al día siguiente, tiempo que tardaron en enterarse en la Villa de San Felipe y de Santiago del cruel sacrificio del Padre Gonzalo, el Capitán Miguel Ortiz convocó a los pocos soldados españoles a tomar sus armas y caballos para buscar a los fugitivos.

Llegaron al pueblo abandonado encontrando el cuerpo decapitado del Padre Gonzalo en medio de la plaza y envolviéndolo en una sábana limpia lo trajeron a la Villa de Sinaloa para enterrarlo al siguiente día. Llegaron con brevedad otros veinte soldados de la Villa de San Miguel de Culiacán, pero la batida fue en vano porque el tiempo seguía lluvioso, como lagrimas del cielo, y se regresaron sin dar con el rastro de los delincuentes en medio del lodazal.

Al regreso de los soldados se encontraron con un indefenso campamento de peregrinos *Huites* en sus clásicos *tipí*, tiendas cónicas de piel y carrizo, mientras los aguerridos flecheros salieron de caza. Trataron de capturarlos con vida pero en la lucha murieron todas sus familias incluyendo a *Seua-Li*, incapaces de enfrentar a los soldados sin alma, montados a caballo y armados con arcabuces, dagas, yelmos, espadas y ballestas. No hubo heridos que no fueran rematados en afán de cobrar venganza. No hubo sangre que no se mezclara con el lodo. No hubo, al parecer, sobrevivientes.

Al salir del campamento de los *Huites*, hallaron escondida entre los petates del último *tipí* a una niña como de cinco años, asustada por la dramática muerte de su madre, temblorosa de pánico, con el rostro inundado de llanto. Con una punta de pedernal negro y filoso, en el suelo arcilloso y lodoso trazaba, una tras otra, varias líneas que se bifurcan, (como las ramas secas de un árbol sin hojas) dejando surcos profundos de significado incomprensible para los asesinos de su clan, como incomprensible les era su corta llamada al dios del viento norte:

-"¡*Ili-Siua, Ili-Siua, Ba-a-i-Sebe Betchi bo-o*!", "¡Dios del viento norte, Dios del viento norte!" –clamaba la niña entre dientes.

Compadecido de la triste escena de la niña y su dibujo, el Capitán Ortiz la levantó en sus brazos, tratando de consolarla sin conseguirlo y decidió traerla a la Villa bajo su custodia. Aunque dos veces trato de escabullírsele, la niña no era fiera, pero su carácter altivo e independiente, en medio de gente tan desconocida para ella, no se doblegaba ante nadie. Se negaba a dejarse acariciar y responder como se llamaba. Sus extraordinarios ojos negros y su cabello largo, sedoso –del mismo color- se mostraban rebeldes en todo, dando prendas de una inteligencia tan incomprensible como la exótica hermosura de su piel blanca.

-¿Cómo te llamas? *¿Ja-be em-po?* Le decía en su propia lengua, con ternura, el capitán.

-¡Mmhmm! -Respondía la chiquilla apretando la comisura izquierda de su boquita para evitar pronunciar la letra "u", sin mostrar el dientecito de leche que le faltaba.

Al mismo tiempo que lloraba, con discreción, secaba sus lágrimas con la más lenta agilidad del dorso de los largos dedos de sus manitas. Una cintilla de venado coronando su amplia frente aprisionaba la cascada de su cabellera negra, un brazalete de piedrezuelas azul-topacio lucía en su muñeca izquierda, una concha de nácar bailaba colgando de su cuello, y un lunar en lo mas alto del muslo derecho eran los únicos adornos para contrastar con la humilde blusa de algodón y su faldita de gamuza. Sus pies desnudos mostraban el arco plantar alto y uno de sus esbeltos tobillos portaba una cinta trenzada de cuero, teñida de rojo, distintiva del linaje real de los guerreros *Huites*.

Como el tiempo y la ocasión señalada para decir su nombre tardaron varios días en llegar –sospechando de algo mestizo en su linaje- apodaban a la niña "*La Coyota*", en alusión al color de su piel, y a su carácter evasivo e inconmovible. Nadie sabe con exactitud donde nació "*la Coyota*": en *Choix*, en *Ahome*, en *Motchic-Caui*, en *Ba-ca*, en *Charai*, *Ciuini*, *Cutchu-Iiac-quim*; pero su leyenda surgió en todos esos lugares, como fueron naciendo los nómadas flecheros de la tribu *Huites* a la rivera del río *Suaquim*.

Cada mañana el Capitán se le acercaba a "La Coyota" con una rebanadita de fruta seca en las manos tratando de vencer su desconfianza, con dosis altas de perseverancia, celebrando al fin, como si de una victoria se tratara, aquel día que pronunció su nombre a los Yoris:

-*Ósali-Ba-tui*, Paloma.

Capítulo, *Ba-ji,* Tres

En la Villa de San Felipe y de Santiago, estaban los españoles tan lejanos y desesperados en El Fin del Mundo que decidieron enviar al Capitán Ortiz a pedir ayuda al Gobernador, Don Rodrigo Río de la Loza, para construir un fuerte en este lugar, y un año después, por orden del Virrey, Gaspar de Zúñiga y Acevedo, Conde de Monterrey, se construyó un fuerte de adobes resguardado por veinticinco presidiales, ahora denominado: *"Fuerte de San Felipe y de Santiago de Sinaloa".*

Partió el Capitán con cinco soldados y sus monturas llevando como su propio y valioso bagaje a la hermética niña de los *Huites.* Tardaron cuarenta días en subir los imponentes cañones y quebradas que forman "El Espinazo del Diablo" en lo más alto de la sierra sin más contratiempo que la fatiga por las largas jornadas.

Las torres de la Parroquia de la Asunción enmarcadas del azul sereno de la Villa de Durango los recibieron con doce campanadas de bronce, marcando exactamente el cenit del 8 de julio de 1596. En torno a la plaza central y la parroquia las altas canteras de orillas ondulantes, que -no eran mecidas por el viento, como las campanas- se contorneaban como perfecto símbolo pétreo de la riqueza minera de las majestuosas casas coloniales. Dos cuadras rumbo al sur del río Guadiana, homónimo del río de España, en el barrio de San Juan de Analco, se ubicaba la iglesia de San Juan de los Lagos, hecha de madera, adobe y cantera, que servía de seminario para los niños. En los salones de su amplia arquería de piedra los franciscanos Jerónimo Ramírez, Agustín de Espinoza, Pedro de la Serna y Juan de la Carrera, enseñaban letras y gramáticas a la niñez de la clase criolla y española de la Nueva Vizcaya.

El Capitán Ortiz llegó a dar gracias a la iglesia de San Juan de los Lagos, y entregó a la niña de los *Huites,* con su donativo de mil pesos, para que los Padres la educaran, junto a los hijos de los ricos mineros y hacendados españoles:

-*Osali-Batui* viene de un país extraño, cimarrón -dijo el Capitán al Padre Jerónimo presentándole la huerfanita- pero su inteligencia es verdaderamente superior. Ya entiende algunas palabras del castellano, pero le gusta más pasear a caballo que la cocina. Casi no habla con nadie, pero entiende perfectamente todo lo que sucede a su alrededor.

-Tiene sangre española sin duda –comentó el Padre inquiriendo si quería ocultar que fuese su propia hija.

-Es de la tribu de los *Huites*, aunque su piel es tan blanca como cualquier peninsular –contestó el Capitán, tratando de negar su estigma de sangre mestiza.

-No os preocupéis, conozco como darle docilidad y brillantez a su inteligencia -respondió el fraile. El tiempo es un don de la eternidad, es decir que con paciencia se moldean las canteras en manos del artesano como las almas en el Nombre de Dios. Aquí será admitida y tratada como los demás, sin privilegios pero sin lastimaduras, hasta que regreséis vos de la Nueva España.

-¿Usted podría empezar desde el principio con ella?

-Desde luego que si. Curiosa y caprichosa cosa es una niña: sede máxima de la inocencia y trono poderoso donde se asienta la realeza de la futura generación. No es necesario que hable; en ella habla su raza.

-Es cierto, Padre. Nunca la veréis llorar, pero la veréis volver como la luna vuelve cada noche al patio. En vos confío su educación porque la quiero como a mi propia hija. Os escribiré y me haré cargo de sus gastos hasta que regrese –dijo el Capitán, despidiéndose, sin ignorar que podría no volver nunca. Y así fue.

Osali Ba-tui, se aferró a la mano izquierda del Capitán por primera y última vez a manera de expresarle que no quería quedarse sola, pero la mano derecha del Capitán, con ternura y firmeza le frotó su larga cabellera, a manera de despedida, antes de entregarla en las manos de su tutor. Se inclinó un poco para decirle con voz baja cerca del oído:

-No tengas miedo, mi princesita –le habló con ternura, colocándole en el cuello una cadenita con dos crucifijos de oro- aquí aprenderás a leer, y, aun cuando fuereis mujer serás siempre libre, nunca te apartarás de los consejos de este colegio. Estarás mejor que a mi lado. Yo solo soy un aventurero y el cielo me negó la dicha de tener un hogar. Tú serás una hija digna y valiente hasta que regrese a cuidarte. Volveré, te lo juro –le dijo- conteniendo las dos últimas lágrimas dejándole como adiós un beso en la mejilla, que la niña no rechazó esta vez, ni se limpió la cara, como siempre.

Todo era áspero y desconocido a su alrededor. No sabía sonreír ni ser amable, como tampoco expresar sus ideas en una conversación en lengua extraña. La niña se mostró rebelde al principio, negándose a hablar con sus condiscípulos y tutores. No lloraba pero se negaba rotundamente a comer y jugar junto a los demás esculapios, que pronto se enteraron de llamarle en son de burla y desprecio: "La Coyota".

-¡Bellacos, déjenla en paz! –les gritó el Padre Jerónimo a los otros niños que de ella se burlaban. Es una princesa del desierto –les decía, rescatándola, colocando las palmas de sus manos en sus hombros.

Diego, de pelo rubio ensortijado y ojos azul cielo, era el único que la defendía, aunque estaba más chico de estatura, con sus manos pequeñas pero fuertes, aunque de brazos y piernas cortas, medía menos de estatura que todos los compañeros del colegio, así que no podía hacer mucho, más que lanzarles piedras a los intrusos alimentando sin cesar su afán de venganza:

-Cuando sea grande de todos me vengaré, "Coyota" –le decía Diego a su nueva compañera de clases.

Los dos estaban internados, así que convivían de las horas de recreo y las tareas conjuntas de regar las flores, barrer los pisos y limpiar las fuentes que los frailes les indicaban, después que se rezaba en la capilla de San Juan. Entre todas las tareas, acompañar a los Padres a la ordeña de las vacas y pasear a caballo en el corral era tan divertido que soñaban con cabalgar libres por el mundo.

Al niño era muy fácil hacerlo llorar, bastaba que le gritaran: "Diego es un pollo de cascarón", porque en el colegio nadie conocía a sus padres ni a sus familiares:

¿Dónde has estado "Pollito nalgón"? –Le gritó el más burlesco grandulón del grupo- ¿Dónde dejaste el cascarón?

Diego se lanzó sobre el despreciable fanfarrón de más edad y fortaleza decidido a vengarse, pero salió, como siempre que luchaba contra él, con una paliza. Rodeado de las burlas de los demás compañeros de su clase se levantó como pudo derrotado, recogió sus cuadernos desparramados en todas direcciones y se retiró llorando. Sobre este asunto llegó a una conclusión: "Si logro vencer a este idiota "Cara de cabra" los demás tendrán que respetarme" –Pensó Diego.

Ósali no olvidó su amor al dibujo pintando rosas, árboles arroyos y pájaros ante la belleza del cielo azul de Durango. Sin embargo sus trazos distaban mucho de satisfacerle. Incluso trató de dibujar una especie de álbum pictórico de flores que crecían en el jardín del colegio en forma resignada porque su verdadera aventura era dibujar las plantas y cactus del lejano desierto tan distante de su vida.

-Dibuja mi caballo, es muy hermoso –le pide Diego.

-Mejor te dibujaré a ti –le contesta con sarcasmo.

-No por favor, no me martirices –contesta Diego enfadado- odio me quieras dibujar.

Cuando oía ruido de pasos ÓSali doblaba sus papeles en el texto latino de algebra que le regaló el Padre Jerónimo. A hurtadillas del Padre, siempre que tenía manera de escaparse se iba con Diego para que le enseñase a montar a caballo, porque se consideraba pernicioso para una delicada mujercita, no así para un caballero, hasta que logró reunir en su mundo las dos pasiones de su alma adolescente: los caballos y el dibujo.

El Padre Jerónimo, un hombre corpulento con voz estentórea y grandes dotes de ternura paternales, les enseñó a cultivar rosas y a escribir las primeras letras -tarea tan ardua como noble- con la cual los niños desplegaron de la imaginación sus alas El simple trazo de un pequeño círculo, la letra "o", como un pequeñísimo e insignificante perfil del sol, inició la cadena acústica del aprendizaje de las cinco vocales.

-Repitan conmigo. Digan: "**o**" -señaló el maestro haciendo una figura redonda con sus labios.

-La "**o**" de Ósali -dijo al pronunciar la primera silaba del nombre de la niña.

-La "**o**" de Diego, rápidamente agregó el niño, para sentirse partícipe del primer ejemplo.

-La "**o**" de Jerónimo –añadió *Ósali*- como su nombre, Padrecito.

-La "**o**" esta en todas partes –señaló el docente-: en Di**o**s, en el rí**o**, en el am**o**r, en la **o**raci**ó**n. Tienen que escribirla muchas veces, redondita, de izquierda a derecha, sin salirse del renglón.

-Padre ¿Quién inventó la "**o**"? -preguntó *Ósali*.

-No lo sé, a ciencia cierta. Tal vez los egipcios, un pueblo africano para representar el Ojo de Dios, grabaron en la piedra un círculo. Tal vez los arameos, un pueblo de Mesopotamia, para representar la rueda, dibujaron una ruedita sobre el pergamino... Tal vez los árabes para representar la hermosura de la luna llena...

-Yo si sé, -contestó Diego muy ufano de tener la respuesta correcta: ¡Mi mamá!

-Pero si ni siquiera conociste a tu mamá –le dijo *Ósali*.

-Mi mamá es la princesa de un castillo que tiene muchos secretos escondidos. Estoy seguro que allí tiene la letra "**o**".

-¿Que te hace creer lo que dices, Diego? –le preguntó el Padre- para indagar qué estaba pensando decir en su lenguaje infante, siempre rebosante de fantasías.

-¿Por qué los caballos obedecen cuando les gritan: "¡Ooooh!"? ¿No lo han pensado? Porque saben quien tiene la rienda. Los castillos tienen muchas "**o**": caballer**o**s, j**o**yas, diner**o** y **o**r**o**. Por eso digo que la "**o**" está en los tes**o**r**o**s de mi mamá.

-Eres muy ocurrente, Diego. Si, son tesoros las letras, pero no es así la verdad como tú dices –contestó el Padre con docto discurso- Si al comienzo de escribir no muestras quien eres, nunca podrás después cuando quisieres. Las letras no son de nadie y son de todos los seres humanos, como el agua para beber la da el cielo como lluvia. Por otra parte son un tesoro sin igual las letras, porque unidas nos dan voces; reunidas palabras; las palabras, ideas; y las ideas mueven al mundo.

Después de haber pasado mucho tiempo, claro, para los niños los días son un tiempo muy largo, la educación en las aulas empezó a causar efectos asombrosos en *Ósali-Batui* como en toda niña que asiste a la enseñanza, pero en su caso asimilaba dos o tres signos por cada palabra como los que dominan varias lenguas. La memoria es algo elemental, como el barro, del cual están dotados todos los seres humanos, pero unos son mas iguales que otros. La facultad de la niña era, sencillamente, excepcional. Aunque a solas y con Diego hablaba en su idioma materno estaba, aprendiendo sin esfuerzo la lengua latina y castellana con una gran dosis de emoción, de sed de saber, sin imaginar que cada nueva palabra perduraría en la implacable voz de su nueva memoria, porque su memoria colectiva, en lengua *Ca-ita*, estaba unida indisolublemente con el desierto de su lejana patria y las voces de sus ancestros.

Diego era valeroso y fuerte, lleno de astucia y vitalidad, su rostro lleno de pequeñas pecas y sus manos de fuerza sorprendente como tenazas cortas y gruesas, rápidamente convertía el más simple de los juegos en una gran batalla con espadas y caballitos de madera, de las cuales siempre salía llorando y vencido.

-¡Déjenlo gandules! ¡Pónganse con otro de su tamaño! –les reprendía el Padrecito Jerónimo, rescatando a Diego lloroso de las burlas. Su padre es un noble caballero en la Corte del rey de España y su madre princesa de un castillo francés, por eso sus nombres son de rancio abolengo: Martínez de Hurdaide.

Ósali Batui también trataba de consolarlo tomándolo de la mano como si fuera su hermano menor, pero Diego se escapaba corriendo hacia el confesionario, donde escondido hablaba solo siempre que se sentía triste o humillado, es decir, a cada rato:

-Diosito Santo –hablaba en voz baja- ¿Por qué me dejas solo? Necesito que vengas a ayudarme para que nadie me pegue. Tú estás en el cielo muy a gusto ¿verdad? Tú eres el más grande ¿verdad? ¿Por qué no me ayudas? Encuentra a mi mamá y dile que me saque de este colegio porque nadie me quiere. El Padrecito Jerónimo me dijo que tú si sabes donde está mi mamá, en un castillo de Francia, dile donde estoy yo para que venga por mi ¿No quieres ayudarme? Ya me cansé de rezar y nadie viene ¿Por qué los demás niños si tienen mamá y yo no? ¿Será cierto que salí de un cascarón?

-¡Diego, sal de ahí! -Se escuchó la voz del Padre Jerónimo.

Y las suelas de sus sandalias sonaban cada vez más cerca, a cada paso, conforme se acercaban al receptáculo de madera hasta que su figura, de negro contorno, apareció rellenando cada uno de los pequeños orificios del visor del confesionario.

-Te he dicho muchas veces que este lugar es sagrado para hablar con Dios, no para jugar a las escondidas.

-Ya lo sé, Padre –contestó el niño ya sin llorar- por eso vine aquí, pero Dios no quiere hablar conmigo. Ya no voy a rezar hasta que me conteste.

-Dios te escucha siempre, hijo.

-Y ¿Por qué no habla? ¿No sabe español?

-Él lo sabe todo.

-¿A ti te habla?

-No, tampoco.

-¿Tampoco tienes mamá?

-Estás muy pequeñito Diego, no entiendes todavía. Cuando tú rezas, Dios te está escuchando y cuando sueñas, para que nadie se entere, te habla cerca del oído. Te lleva como una mariposa, volando, a visitar a tu mamá, y en la mañana muy tempranito te vuelve a tu camastro, antes de despertar.

-¿Tu vuelas también?

-Solamente los niños vuelan con Dios. Yo sueño, nada más.

-¡Entonces, es mejor ser niño!

-Sin duda.

-Entonces no voy a crecer nunca.

-Ya basta, Diego. Vete a tu celda. La noche ya viene y hay que encender las lámparas de aceite.

Tomándolo con suave firmeza de las dos manos, caminó junto con su alumno por el patio hasta su habitación, y tendiéndole una almohada sobre el camastro se dispuso a retirarse.

-¡No, no, no! No quiero dormir.

-Terminamos por hoy, Diego. Te pones a rezar primero, y soñarás con tu linda mamá.

-No te creo. Prefiero mirar la luna de enfrente que rezar. "La Coyota" dice que la luna es la mamá de todos.

-¡Ave María Purísima! Ten la plena seguridad que no es cierto. Y ya duérmete. Vamos a rezar:

-Ángel de mi Guarda...

-Mi dulce Compañía...

-No me desampares...

-Ni de noche, ni de día.

Por un instante pensó reprenderlo, pero luego recapacitó comprendiendo las profundas fisuras que hieren el alma de una niñez en soledad, como los recuerdos de su propia infancia. Le acarició el pelo para dejarle dormir. Caminó mordiéndose el labio inferior y el sabor amargo de las humillaciones inundó el recuerdo de su propia niñez, y, desde luego, mientras sus sandalias pisaban sin ruido, decidió absolverlo –como si fuese su propio hijo.

El fraile elevó su mirada entre los arcos de cantera labrada. Y la luna esplendorosa, sin consultarle a la noche, con un minúsculo pincel de plata iluminó -con cuatro trazos el jardín de los senderos, el agua de la fuente, el Rosario en su cuello, y el rostro sereno del misionero.

Capítulo, *Nai-qui,* Cuatro

La rosa -la inmarcesible rosa roja- que es fragancia custodiada por los celos de sus espinas, siempre está sola en medio de las miradas que desean desvestirla –uno a uno- de sus pétalos. Si le arrancas del tallo, rendida entre las manos desnudas del poeta que escribe –o mejor dicho, que siente- te dirá como es el jardín de donde le arrancaron. Claro, si, está todo en este poema: como la niña se convierte en mujer; ya no se precisan más palabras. Además, siguiendo cierta ley enigmática, la belleza juvenil se da cita en el rostro, los senos y la cintura cuando la niña cumple los primeros trece años –con o sin demora- de la vida. Por eso digo que puede compararse una rosa con la mujer, a sabiendas que el inabarcable poema no es la rosa. La verdad es que la niña, dotada del privilegio único de procrear la vida humana, poco a poco desaparece, hasta que su anatomía se convierte –de arcilla en escultura- en la imagen de una hembra-diosa que simboliza la continuidad de su propia especie.

La flauta, *baca-cusi,* acariciada con las suaves yemas digitales y los labios inocentes de *Ósali-Batui,* no es un simple trozo de madera, sino un carrizo con alma, que envía secretos mensajes al dios del Viento Norte, como sensuales llamados de tonalidad musical en el desierto. La respiración se detiene por unos segundos al inspirar aire puro en lo mas profundo del pecho femenil, y se exhala pausadamente, con el mismo ritmo del corazón, llenando de vida el esqueleto acústico de la flauta y de alegres ondas sonoras al mas romántico de los momentos, que es el atardecer. La flauta fue primero al encuentro de la rosa -antes que la luna fuese al de la fuente de cantera- y la breve historia, de niña a mujer, solo fue un trozo de la eternidad que acudió puntualmente a la cita con su enigmático destino.

Yo elegí deliberadamente algo muy cotidiano: la voz de la flauta, y pensé que en ella estaba encerrado un misterio -que escribo y se lee ahora, pero que fue mas vívido, mas intenso, mas íntimo- que es la canción de la juventud. El tiempo estaba acariciando la posibilidad de detenerse también para admirar de cerca el perfil de *Ósali-Batui*, o al menos deslizarse discretamente dentro de la clepsidra como si no existiera el futuro, pero de algún modo continuó su camino implacable.

Mientras tanto, el Padre Jerónimo emigró por orden superior con rumbo al sur y en su lugar designaron al Padre Andrés que trajo en sus alforjas varios tinteros chinos, muchas noticias y libros de España, la Madre Patria, convirtiendo en sus principales admiradores a los alumnos del colegio, como es natural. Sobre todas las cosas, enseñarles a escribir fue un acto casi sagrado, una especie aparte. Todos cometemos errores al aprender a escribir. Nos ocurre al principio que la garfia del mono es rebelde a la suave danza de la pluma que baila sobre el papel para impregnar, con su único piececito de ballet, la severa tinta china: un pasito en falso y el estilizado trazo se convierte en traza tosca, en mancha negra, como bofetada en el rostro; el ensayo se repite una y otra vez del trazo, hasta que ocurre sin error alguno se logra con paciencia en la caligrafía, el arte de unir las letras entre si para formar silabas convirtiendo los sonido guturales rústicos, simiescos, en palabras de claridad y belleza pura: es decir, la escritura –junto a su hermana gemela, la lectura- es de estricta propiedad humana, y ambas son el símbolo de la libertad por permitir la expresión y comunicación de las ideas entre los seres humanos.

El Padre Andrés les enseñó a leer, y por lo tanto, les enseñó a ser libres. Leer es una actividad posterior a la de escribir: mas resignada, más intelectual. Todos los alumnos del colegio nacieron de nuevo con su docta enseñanza. El mejor alumno para leer fue Diego; y, para escribir, Ósali; pero ambos estaban fascinados con el don gráfico de su mentor: caligrafía, ortografía, geografía y cartografía.

El mentor se convirtió en padre y madre de los dos huérfanos del convento. A los dos amaba mas allá de su hábito de misionero: una era su mano derecha y, el otro, la izquierda; distintos, exactamente opuestos -en nación, sexo, estatura, belleza- pero justamente iguales de inteligencia, ambos residían en su corazón.

Y así comenzó Diego, secretamente, a entrenarse para ganar habilidad y fuerza muscular, elevando su vigor al máximo. Se pasaba el mayor tiempo posible montando a caballo, trepando a los árboles y levantando piedras pesadas, saltando acequias y correteando en la arboleda. Al paso de un año había adquirido tal habilidad en el manejo de la honda y el látigo, que cuando se presentó frente al fanfarrón de la clase, este no quiso enfrentarlo ante el temor de que cumpliera sus amenazas de estrellarle la cabeza con una piedra del arroyo o marcarle la cara con su látigo. Y Diego que no fallaba una pedrada nunca más volvió a ser llamado "Pollito de cascarón". Su fuerza de voluntad le enseñó desde entonces a triunfar sobre las adversidades con tan solo cumplir una simple condición: la secreta constancia.

El Padre Andrés convencido estaba de amarlos como si fuesen de su propia sangre. De los potrillos del corral, a Diego le obsequió con un hermoso ejemplar negro, y a Ósali una potranquita blanca. Ósali bautizó al corcel negro con el nombre de *Ie-tchi*, el Jefe, y a su yegüita, *Ta-a-tchi*, Rayo de sol, en el idioma de sus ancestros. Y aquí dejaremos a los cuatro aprendiendo a crecer y jugar. ¿A que destruir un tan hermoso espectáculo con palabrería? Mejor será evocarlos siempre tal como aparecen en este momento: cabalgando en medio de la felicidad. Pues en el resto de sus vidas nunca vivieron juntos dicha ni tiempo igual.

Los cambios cronológicos de los protagonistas, como sus notables avances en la educación corresponden a la misma idea de iniciar un mundo nuevo –desde luego la degrada un poco, saber que nada es nuevo bajo el sol- junto a la triste verdad, como el vendaval se abate sobre el agua: que la vida es tan efímera como un temporal; nada más.

-¿Que noticias trae, su Señoría, de la Madre Patria? -Le pregunta el Gobernador, Don Francisco de Urdiñola al misionero recién llegado a su casa de la Nueva Vizcaya, para presentarle su carta de embajador de los Jesuitas.

El Gobernador era dueño de múltiples estancias pobladas de tanto ganado mayor que herraba veinticuatro mil becerros cada año en las llanadas entre Zacatecas y Guadiana. Nadie sabe como llegó a la Nueva España el vizcaíno ni como en quince años amasó la mayor fortuna de la Nueva Vizcaya. Ha sido soldado, capitán bajo las órdenes de Don Rodrigo Río de la Loza, minero y hacendado de Saltillo en gran escala. La buena estrella de su fortuna le fue adversa en amores, de manera que su mujer Leonor lo engañó con su joven sirviente Domingo Landaverde, y lo mató. En su juicio final la Real Audiencia le impuso una multa, quedando el viudo libre de toda culpa. Su mujer Leonor había muerto de misteriosa enfermedad, posiblemente envenenada, pero no fue posible demostrar la culpabilidad de Urdiñola ni de la muerte de otros seis sirvientes que en forma también misteriosa murieron en su hacienda. El escándalo no hizo mella para que fuese nombrado Gobernador de la Nueva Vizcaya, desde el año de 1603.

-La travesía –le contestó el fraile- se ha vuelto cada vez más peligrosa y tardía. Mínimo pasa un mes desde Las Azores a la Habana si no hay peligro a la vista.

-Los huracanes ¿verdad?

-No. ¡Los piratas franceses! atracan los navíos españoles por el oro y la plata de las Indias, y a los barcos portugueses por los esclavos negros de la Costa de Marfil.

-¿Cuando zarparon?

-Yo quise partir desde octubre, pero una tormenta hizo encallar el navío en las Azores, y se perdió; visto esto regrese en otra nave de las nuestras provenientes de la

Nueva España. Al cabo del día siguiente, una carabela de piratas de Francia, con sesenta remeros, aventura que suele sufrir todos lo que por allí pasan, comenzó a darnos caza a remo y vela. Solo la Gracia de Nuestro Señor nos salvó cuando otra carabela de la armada portuguesa llegó en nuestro auxilio. Los piratas huyeron dejando a la deriva y libre otro barco cargado de esclavos negros. El Capitán portugués Diego de Silveira preguntó que cargamento traía la nao, y le contestaron: "Oro y plata de la nueva España".

-"*Venís muito ricos* –sentenció el Capitán- *pero tracedes muito ruin navío y muito ruin artillería. ¡Oh fi deputa! A renegado francés, que bon bocado perdió, vota a Deus. Ora sus pos vos abedes escapado, seguidme, e non vos apartedes de mi, que con ayuda de Deus, eu vos porna en Castela.*"

-Llegaron salvos al fin.

-El dos de noviembre del año de nuestro señor, de 1605, arribamos a Lisbona, y quince días más por tierra a Andalucía.

-Grande fe os acompaña, Padre, para iniciar otra travesía al *Novo Mundo*.

-Quien quiera ser soldado de Dios en defensa y propagación de la fe caminará sin temor a navegar por las aguas más turbulentas hasta alcanzar su verdadero fin. San Ignacio en medio de la mar tempestuosa de Italia y con la nave sin timón logró salvar la vida de sus compañeros tan solo con el poder del rezo, cuando a juicio de muchos no se podía huir de la muerte en altamar.

-San Ignacio fue un santo.

-Siempre hacia la oración y decía misa con lágrimas. Su lema "*Ad Majorem Dei Gloriam*", "Para Mayor Gloria de Dios", vive desde el día de su muerte en Roma.

-Seguramente será beatificado.

-Su Santidad Gregorio XV habrá de canonizarlo, Dios mediante.

-Era muy aficionado a los libros de caballería, según se dice.

-Así fue al principio, hasta que empezó a reflexionar seriamente en las cosas de Dios. Tal vez se ha exagerado el espíritu militar y caballeresco de San Ignacio, el fundador de La Compañía de Jesús, en su juventud pero en verdad, a sus votos de pobreza, obediencia y castidad, debería añadirse su principal obra de caridad: "Enseñar a los niños y a todos los hombres los Mandamientos de Dios".

-Me place oírle hablar así, con tanta devoción, a pesar de tanto trajín de navegar la mar. Seáis bienvenido a esta tierra.

-Después de librarme del temible brote de cólera que atacó a todos los marineros de la carabela, un día tuve que suspender tres veces la primera misa santa por causa de descargar las pestilencias agudas en el fondo del barco a toda prisa, prometí que si salía con bien de tan terrible trance, daría gracias al Santísimo de pisar la tierra del Nuevo Mundo. Desgraciadamente, seis navegantes que murieron disentéricos fueron lanzados al agua por la borda, salpicados con sus vómitos y excretas. Cuando arribamos a la Villa Rica de la Veracruz, con la visiones de palmares y arenas limpias envueltas en un aire de mil esencias, con la tonalidad del cielo azul turquesa y las parvadas de pericos, me sentí cercano al mismo paraíso después de las penalidades sufridas.

-La osadía y la valentía de los navegantes españoles está fuera de serie.

-No esté tan seguro, su Señoría. Los piratas franceses acababan de saquear la Vera Cruz, robando el oro de todos los comercios y las doncellas más bellas del puerto, así que encontramos desolados los parajes y el muelle.

-La capital de la Nueva España es diferente.

-México es impresionante. La grandeza que tuvo la ciudad de los aztecas se mide en sus edificios de piedra rodeados de calzadas y canales de agua, tan imponente que nunca vi en toda Iberia. No se puede describir sin que nos invada la sensación de estar latiendo vivo, como el corazón, un imperio. Cosa por otra parte decepcionante es el maltrato y la esclavitud de los indios a manos de los nuevos amos españoles –codiciosos aventureros- venidos de allende el mar buscando enriquecerse a cualquier precio.

-La provincia es donde se gesta la conquista verdadera. Aquí no hay piratas ni aventureros. La lucha real de convertir a los bárbaros idólatras al cristianismo nunca ha sido tarea fácil. Los perros rabiosos *Chichimecas* solo con guerra han sido dominados, pero vuelven a luchar una y otra vez contra todo extranjero que llegue a sus tierras. En la naciente Villa de Zacatecas, Don Diego de Ybarra, Encomendero de su Majestad, quedó con una pata de palo después de la batalla con los indios donde perdió la pierna izquierda.

-Se sabe en la Madre Patria de tales atrocidades. Están enterados de las relaciones escritas de la desafortunada expedición de Don Ginés Vázquez del Mercado cuando salió con cien conquistadores en busca de la montaña de plata y hallo vil fierro en este valle, cuyo río se parece al río Guadiana, de donde tomó su primer nombre este lugar.

-A su regreso lo atacaron los guachichiles en el cerro del Sombrerete, y para su mala suerte lo hirieron con flecha en el hijar y de un hondonazo en la frente lo dejaron loco. Días después murió en la ranchería de San Andrés por la herida pestilente, en el año de gracia de 1553, asegurando en su delirio que la montaña descubierta era de plata y que el rey Don Carlos le concedería el rimbombante título de: "*Marqués de la Montaña de Plata*".

-Otro de los relatos que mas llamó la atención de los españoles son los "Naufragios" de Àlvar Núñez Cabeza de Vaca, publicado en 1540, donde narra el famoso andarín, como sobrevivió entre las tribus salvajes del norte, caminando ocho años desde La Florida hasta Sinaloa.

-Desde luego que exagera muchas veces en sus "Relaciones", lo cual no hace más que confirmar ser natural de Andalucía, pero, lo cierto es que impresiona por su exaltado realismo de tribus sin dioses, con costumbres tan increíbles como comer carne humana.

-Sin embargo, el entusiasmo por venir al Nuevo Mundo es atroz, si hasta parece que toda España quiere venir acá. En los puertos hay multitudes en busca de oportunidades para embarcar. Es tiempo de aventureros. Ha menester gente así para surcar los mares. La vida ruda en un barco significa hambre, frío, cansancio siempre por las inclemencias del tiempo; y a veces la muerte. Aun así la promesa de las riquezas del Nuevo Mundo sigue siendo tan atractiva que los barcos zarpan atestados de gente.

-Pero la fortuna no le sonríe a los timoratos.

-Les sonríe a todos, como casquivana mujer, pero abraza solo a uno.

-O, a dos.

-Como casquivana que es.

-El caso de Amérigo Vespucci, el dibujante italiano que le puso su nombre al *"Mundus Nobis"* sin duda es una cuestión de la diosa fortuna.

-Es un plagio porque Don Cristóbal Colón fue el primer descubridor de estas tierras y tomó posesión de ellas en nombre de los reyes católicos de España, en cambio Vespucci era un cartógrafo, simplemente.

-El *"Almirante de la Mar Océano"* no era español sino italiano genovés.

-Aun así es un fraude llamarle *"América"* al nuevo mundo cuando este personaje de piratería, Américo Vespucchio, nada tuvo que ver en el descubrimiento ni en la conquista de estas latitudes inhóspitas. Su único mérito fue hacer un mapa de las tierras recién descubiertas y llamarle en su cartas: *"Mundus Nobis"*, para que el populacho creyera a pies juntillas que esta toda la riqueza jamás soñada fue descubierta por Américo. Además la palabreja *"Américo"* no suena a nada. Ni es el nombre de una diosa, como Europa, Asia o África, ni siquiera es nombre de una mujer; por eso le tienen que cambiar al final la femenina letra "a", para que suene "América" como nombre a la altura de los otros continentes. *"Novohispana"* Nueva España debería nominarse a esta tierra de propiedad española, o cuando menos: *"Columbus Terra"* en honor de su auténtico descubridor.

-La historia, ahora, la hacen los impresores, no los navegantes. Atareados con el velamen pueden los marineros con su lucha diaria ser protagonistas de la historia al surcar los mares pero nunca escribirla. Esgrimir la pluma y la tinta sobre el papel -sobre las olas de la imaginación- es de cuerpos sedentarios, no de espíritus aventureros.

-Es la forma mas cruel de la piratería, la imprenta, porque ignorando el precio que pagaron con su propia vida despoja a los verdaderos héroes de sus hazañas –de su trocito de eternidad- y viste a los impostores, galanamente, con otro patronímico que a fuerza de leer-escribir-leer se queda con los derechos de la gloria terrenal: ¡América: *"Consumatum est"*!

-La imprenta es una espada en manos de imbéciles.

-¿Acierto o error? La Biblia se hizo más popular con la imprenta.

-La imprenta fabrica hombres libres: en manos limpias, enaltece al género humano e ilustra al más remoto de los ignorantes, como el arpa que canta a la libertad; en mentes oscuras, engendra libertinos, convierte al lector en prisionero de su propio averno.

-Si no, dígame también que no es verdad que fue caballero andante Don Quijote de la Mancha a quien la lectura hizo perder los sesos.

-No conozco a tal caballero ni a su acertijo.

-Es un libro nuevo *"El Ingenioso Hidalgo de la Mancha"*, publicado en Madrid por el librero Juan de la Cuesta, escrito por Miguel de Cervantes. Traigo conmigo un ejemplar que me obsequió el Capitán del barco *"El Espíritu Santo"*, a su arribo a Veracruz.

-*"El abad de lo que canta, yanta"*, reza el refrán, estimado Padre, con razón está usted al tanto de la imprenta española. Sin embargo, debo confesaros, no creí que su Señoría gustara de los libros de caballería.

-Los libros de caballerías siguen de moda en España y todo el mundo los lee, pero esta novela, que mueve a risa, las empaña a todas. Cada día me divierte mas leerlo. Pienso traérselo a préstamo porque enseña mucho a reírse de los refranes y dichos castellanos, de nosotros mismos.

-Lo leeré con gusto. En la Nueva Vizcaya el mundo libresco, que gozan en España, se halla desvanecido. Leer un libro para matar el tiempo es tarea diametralmente opuesta a la conquista de esta agreste región. En cambio, tan asombrosa clarividencia es lo que ha hecho a ustedes, los misioneros, traer cada libro al Nuevo Mundo, primero por ofrecernos el acceso a las noticias de Europa y, después, por incorporar a los neófitos niños del colegio, al arte de la lectura, principalmente las Sagradas Escrituras.

-Los infantes de nuestro Colegio han aprendido a leer con gracia e inteligencia. No obstante, otros misioneros han pagado con su vida la osadía de predicar el Evangelio.

-Ninguno como el sacrificio del Padre Gonzalo Tapia, decapitado en Sinaloa.

-Con la sangre de los mártires se han regado siempre los campos de la Iglesia –dijo el misionero Jesuita dibujando en los aires el signo de la cruz con el dedo pulgar perpendicular al índice de la mano derecha-. Yo le suplico Señor Gobernador –agregó con pausada voz- me ordene pronto pasar adelante a la Villa de Sinaloa para continuar la predicación del Evangelio entre esa gente, la mas bárbara del orbe. Obra muy encargada de los superiores de la Compañía de Jesús y de su Majestad el Emperador Carlos V.

-Así será, vuestra excelencia. Le acompañarán veintisiete soldados al mando del Teniente Alonso Díaz, hombre prudente y maduro, salteador de peligros en el desierto del fin del mundo.

-Obligado me hallo a darle las gracias y rezar por usted por enviarme con soldados, pero es la palabra de Dios la principal de las armas para sujetar a las naciones bárbaras, y no la guerra.

-Las armas son indispensables en la provincia de Sinaloa, tan distante y despoblada de españoles, pues si faltase entre esos gentiles autoridad y fuerza de justicia no se podrá introducir en ellas el gobierno que necesitan para vivir en paz.

-La fuerza no me parece bastante para reprimir tantas naciones, de suyo tan belicosas, inquietas y fieras. Si se uniesen los indios sumarían fácilmente treinta mil, ¿Qué pueden hacer contra ellos una veintena de presidiales?

-Aunque sean de escaso número no olvide que cada soldado armado sobre un caballo es superior en el campo de batalla a cincuenta contrincantes, de modo que son capaces de vencer a un ejército mayor. Recuerde como la parábola de David y Goliat, su señoría, que la fe engrandece al pequeño vencedor por encima del gigante que sufre la derrota y, además, conlleva el temor a la derrota –que es, todavía, peor.

-En tal caso, más grande peligro corren el soldado y el caballo por ser pesados para moverse contra los rápidos y ligeros lances de la multitud de indios. ¿Conoce usted "El Fin del Mundo"?

-Lamentablemente, si. Lo conocí junto al Capitán Ybarra en la vanguardia de la Villa de San Juan Bautista de Carapoa, que fue destruida por los Suaquim, pero el territorio es tan lejano y desconocido que tengo la impresión de un desolado páramo sin aciertos de Dios. Abundan los relatos, de leyendas de ríos, gente y dioses del norte, como la de *Cíbola y Quivira* pero nadie puede avanzar más allá del Fuerte de San Felipe y Santiago en Sinaloa por la ferocidad de los salvajes de esa tierra.

-Más bien, Dios ha favorecido en la lucha a la nación católica española, porque sin auxilio del cielo, que los castiga con viruelas, imposible sería a tan reducido número de soldados rendir a tanto número de gentes bárbaras. Si su excelencia me lo permite llamaré a su presencia al Capitán portugués Mateus Caneleiro experimentado vencedor de los Acaxees en Topia.

Sonando una minúscula campanilla, un mozo presto se acercó al Gobernador y se retiró rápidamente con la consigna de traer al Capitán "Canelas", como le decían en castellano, quien tardó unos cuantos minutos en presentarse.

-*A suas ordens, Senhor* Gobernador –dijo a modo de presentación, inclinando un poco la cerviz al estilo militar dejando caer el ensortijado pelo negro del portugués.

-Os quiero presentar al Padre Andrés Pérez de Rivas, alto comisionado de la Compañía de Jesús para la conquista de El Fin del Mundo –respondió el Gobernador extendiendo su brazo izquierdo en forma de abanico, frente al ilustre visitante.

-*Deus vos acompanhe, vossa reverendíssima* –contesta el Capitán.

-*Agradecimentos, Capitão.* –contestó con acento portugués el Padre. De este nuevo mundo todo se sabe en la península ibérica, por lo menos de oídas. Y se sabe de su encomiable valor para vencer los Acaxees alzados del recién descubierto mineral de Topia.

-*Deus* ha favorecido a los súbditos del rey y la nación *espanhol* para vencer a tribus de suyo tan belicosas, inquietas y fieras -dijo el portugués con su acento naso palatino. Enardecidos por el afán de guerrear, como es su costumbre, se han de contar por miles sin temor a la *morte*, lo que hace esta batalla sumamente cruenta. Favor de *Deus* aparte, son las armas y los *cabalhos* la gran diferencia contra la multitud de flechas de los rebeldes indios. En testimonio y prueba de esto la nación de los Acaxees ahora son vasallos de la sacra corona *español*. Cuente para su viaje con treinta cargadores herrados, que son excelentes guías del camino serrano.

-El dominio del Capitán ha sido absoluto –comentó el Gobernador- de modo que la región ya pacificada ahora se conoce como *Caneleiras* en su honor, y los castellanos la nombran como: "Real de Canelas".

-*A palavra bonita é Caneleira é Caneleiro* –dijo el Padre en pésimo portugués- Linda palabra es Canela y Canelero. Una es el nombre de un árbol frondoso de Ceilán que crecía, según leyendas protegido de seres alados; para los marineros portugueses que la trajeron libremente a su tierra era un especie de lujo con propiedades medicinales tan buscado como un tesoro; La otra, dícese del hombre que se aventura por los mares y regresa cargado de cofres de aroma, tan valioso como el oro de las minas. Vos, Capitán, nunca seréis anónimo.

-*Se os vos você o disserem*, Si vos lo decís –agradeció el portugués- que nadie lo dude. Pues, sin la ayuda del Altísimo, todos los que llegamos al Fin del Mundo hoy seríamos hombres muertos. *Deus* conceda a vuestra merced todos los parabienes para viajar. A propósito ¿Cuando saldréis rumbo a Sinaloa?

-La próxima primavera si Dios no dispone otra cosa.

-Acometéis una empresa que cambiara *a cara do mundo*, la faz del mundo, que la guerra santa contra los bárbaros idolatras nos impone, por lo cual iréis con mi mayor apoyo de inmediato y sin demora. Tengo un pariente portugués llamado Sebastián de Évora con Encomiendas en Sinaloa.

-Solo una cosa mas deseo solicitar a vos, señor Gobernador.

-Concedido. Si vos lo pedís, es que confiáis en que os los puedo dar.

-Se trata de autorizarme para que mis dos alumnos preferidos, Ósali y Diego, que son huérfanos y han quedado a vivir en el Colegio, me acompañen porque no quisiera separarme de su educación y cuidado. Diego fue abandonado desde infante a las puertas de la Iglesia de San Juan, se dice que sus padres eran familia acomodada en Zacatecas pero nunca volvieron por el niño; y a Ósali hace más de diez años que su tutor no se ocupa de ella, desde que partió a la conquista de Perú. Los dos son ahora jóvenes de excepcional inteligencia y quisiera que me acompañaran; Ósali entiende su lengua materna y podría ser mi propia intérprete, mientras que Diego es hábil y diestro para cabalgar y luchar, un bravo entre los bravos.

-Sin lugar a equivocarme, estáis autorizado. Pero decidme, buen samaritano, a reserva de mejor ensaye, si teniendo en cuenta su torrente de juvenil ímpetu, ¿Verán vuestros ojos por igual las obras misioneras como las serie de peldaños y desvelos que exige ser un padre terrenal para estos mancebos? Una cosa es predicar y otra… trigo dar.

-Singular devoción me place el servir a la Compañía de Jesús todos los días de mi existencia, Señor Gobernador, pero os ruego tengáis a bien concederme merced de la tutoría de estos críos abandonados, pues con buen oficio serán ofrecidos a las obras de nuestra cristiana y católica fe. Enseñad al niño en su carrera –dice la Biblia- y jamás se apartará de ella.

-¡Caras vemos, corazones no sabemos! Dice el refranero popular. La juventud es un tesoro que a veces se dilapida en el lodo. Pero lo que si le puedo asegurar, Padre Andrés, es que con virtud y bondad se gana autoridad. Su nombre goza de cabal admiración entre la sociedad de la Nueva Vizcaya y respetamos su afán de educar a estos desamparados como si fuese su progenitor verdadero. Contaréis vos con mi anuencia escrita y sellada el día de su partida. La fuerza de Dios os acompañe de ida y regreso en tierra de los temibles *Suaquim*.

-Con vuestra anuencia partiremos en marzo próximo.

-En marzo la veleta ni dos horas esta quieta.

-*O sol de março adiantado é para o campo muito saudável*, El sol de marzo temprano es para el campo muy sano: *Se em março rugir, colhe bom*, Si en marzo truena, cosecha buena.

-De marzo a la mitad, vienen las golondrinas a cantar.

-Decís, refranes, decís verdades. La gracia de cada refrán es decirlo en cada momento y lugar en donde van. Os agradezco, Señores, por tan medidos consejos en esta despedida. Siempre rezaré por vos –dijo el Jesuita- inclinándose con reverencia con los brazos cruzados sobre el Rosario del pecho.

Don Francisco de Urdiñola, apoyando la rodilla derecha en el suelo y la mano izquierda en la empuñadura de plata de su filosa toledana, inclinó su cabeza ante el Padre Andrés para recibir la bendición, a usanza de los caballeros de Las Cruzadas; Mateus Candeleiro presto lo imitó, y, también se hincó:

-"*En el Nombre de El Padre, No Nome do Pai* –silabeó el misionero tocándole el hombro derecho- *de El Hijo, do Filho* –el hombro izquierdo- *y de El Espíritu Santo, e do Espírito Santo* –en la frente- *Amén*" –en el corazón.

Finalmente, el misionero caminó hacia el pórtico principal, elevando ambas manos hacia el cielo diáfano azul de Durango, con la franca señal de imploración, sus dedos índice y pulgar entrecruzados en señal de la Santa Cruz dos veces cortaron el aire, y el Padre Andrés se marchó...

Capítulo, *Mam-ni,* Cinco

Hay tanta soledad en las noches sin luna que las estrellas y la fogata se convierten en la principal atracción en las más altas cumbres de "El Espinazo del Diablo". Si se observan las montañas que rodean este lugar se advierten diferentes figuras según la combinación de sombras del momento, y, naturalmente la imaginación de cada espectador. Un trío de montañas ubicadas hacia el oeste semejan la reunión de "Los Tres Frailes" rezando. En el fondo del precipicio, donde se niega a llegar la luz del día, hay personas que afirman haber visto la silueta del demonio, por lo cual la cordillera donde estaban acampados corresponde a lo que llaman "El Espinazo del Diablo". Así que el lugar está envuelto tanto en tinieblas de neblina como en trágicas leyendas. Realidad o misterio, el espectador mas escéptico parado en este lugar tiene una vista panorámica excepcionalmente alta, y dos barrancas tan profundas a ambos lados que a cada paso del caballo siente el jinete que la vereda tiembla de miedo. No es un sitio que se pueda contemplar de noche para olvidarlo fácilmente, por ello urge alejarse de "El Espinazo del Diablo" de día y con vida.

El camino rumbo a Sinaloa trascurre lentamente cortado a tajo sobre las laderas de roca montañosa, de modo que entre el precipicio y la pared solo cabe una cabalgadura si pisa cuidadosamente. Un paso en falso es un pasaporte directo al abismo sin fin, por lo cual se debe caminar con lenta seguridad. La roca lisa y la humedad del terreno hacen mas crítico el descenso de las altas montañas –color café- a la planicie costera y en menos de cinco días no avanza la caravana del bosque de pinos –color verde- y el concierto de cascadas –color azul- del panorámico recorrido. Amanece tarde –color oro- y oscurece temprano en el fatigoso andar serrano, así que es muy importante escoger un sitio adecuado para acampar antes que la noche extienda su manto –de color negro.

La Reina de los Huites

Para encender la lumbre el caminante toma una varita seca puntiaguda del maguey sotol y otra ramita más gruesa de lechuguilla. Haciendo girar la varita entre las palmas de las manos, frotan la lechuguilla con tal velocidad que las ramitas secas dispuestas alrededor se encienden y producen –como mágico acto- primero humito, luego tres chispas y después el ansiado fuego. A su cálido entorno se quieren acercar la voz del ave nocturna, el viento frío que roza la copa de los pinos y los ojos saltones de los caballos maniatados. Lo cual quiere decir que lejos de la luz las tinieblas causan miedo por instinto, porque también los caminantes, cansados de la jornada se sentaron alrededor de la fogata con simétrico desorden fascinados por el crepitar de las llamas en los troncos.

Visto desde las alturas era un hogar insignificante en medio de la oscuridad, pero conforme se extendía el aroma exquisito del tasajo de carne, el queso con pan de trigo, la olla cociendo frijoles y una vasija de café humeante, una agradable sensación de paz iluminaba el medio ambiente de la reunión. Tan confortable como una invitación a conversar. La noche por larga que sea, se convierte en un instante en la memoria cuando se dan cita los cuentos, las narraciones mágicas y las confesiones de cada particular existencia. Claro que es tiempo de verdades y mentiras por igual porque sentarse en torno a una fogata se traduce en un capricho del azar de tal suerte que de este viaje pueda ser el último mensaje. De aquí la fascinante reunión de la fogata con la noche deshabitada.

Mientras los soldados buscaron acomodo en la periferia, el Padre se recostó sobre una piel de vaca, exactamente enseguida del camastro de Ósali, quien antes de acostarse peinó como siempre su larga cabellera, acto que no pasó desapercibido para ninguno de los demás acompañantes, por ser la única fémina del grupo. Bajo tantas miradas indiscretas, el sencillo alisado del pelo se convirtió en un acto discreto, pero sensual. Diego que estaba sentado al lado de Ósali, frente a la lumbre, con poco sueño en sus ojos, observaba a la gente allí reunida procurando no perder la calma cuando creía descubrir una chispita de lujuria en sus pupilas. Presentía lo que pasaba por la mente de quien viera a Ósali. Se podía adivinar sin mucho trabajo, que desde cualquier punto de vista su compañera de la infancia, convertida en una preciosa mujer, era verdaderamente admirable. Ahora Ósali había girado suavemente el cuello hasta quedar su rostro frente a la misma altura, casi se olvidó que ella era alta, pero mucho más alta, que su estatura desigual de pigmeo.

Con el sabor maligno que tienen todas las desigualdades, el chico estaba atento a lo que pasaba en esa mísera jaula privada de su egolatría, listo para el movimiento y el peligro. Le hubiera gustado saber que pensaba Don Alonso, el vetusto y lascivo militar, sentado en una piedra enfrente para castigarlo con un latigazo en el rostro por cada palabra referida a la belleza de Ósali. Hubiera sido fácil hacerlo porque estaba a menos de cinco metros de la empuñadura de su látigo. En fin, como los troncos lanzaban chispas de verdad al aire la escena continuó, por una fracción de tiempo, como si no hubiera testigos, mientras también se imaginaba que el fuego quería arrojarse sobre Ósali. Por fin la mano derecha de la encantadora joven se posó abierta sobre la cascada negra de su hermosa e inmóvil cabellera y Diego, sintiéndose aliviado del fantasma de los celos, respiró profundamente el aroma a cedro y pino del campamento y decidió fingir calma con desenvoltura y esperar.

El Teniente Alonso Díaz comentó con despilfarro llamando la atención de los reunidos:

-He cometido el peor de los errores que un hombre puede cometer –sentenció con voz ufana- no he sido feliz nunca porque defraudé a mis padres. Huí de la casa en busca de riquezas en la Nueva España y nunca regresé. Ahora soy esclavo de la nostalgia. Aventurero sin patria. Ciertamente soy diestro en recorrer los senderos del fin del mundo, pero si tuviera que elegir de nuevo mi camino, no sería este lugar vulgar. No se como alguien puede desear andar con rumbo al olvido.

El Padre Andrés acostumbrado a escuchar la plática como un modo de la confesión respondió:

-Errar de humanos es. El peor de los pecados no es desobedecer a sus padres, si no entretejer naderías, hacerse victima de las circunstancias y no capitán de su propio destino. Regresar al hogar con los pies descalzos, como la parábola del hijo pródigo, es el verdadero pecado. Me parece que tiene más de vulgar poseer lujos y riquezas, que arriesgar la vida en pos de una aventura. Desde luego la ceguera no puede explicar eso, porque los bienes materiales son efímeros y superfluos. En cambio, conquistar nuevos reinos y convertir bárbaros en instrumentos de Dios es una joya. Mediana vida posee aquel que necesita la opulencia para existir si con muy poco equipaje se llega al cielo: con la humildad.

-Habilidoso sois con las palabras, Padre. Sois un gran conversador.

-El mejor conversador es aquel que sabe escuchar. No debéis renegar del arte de vivir porque vivirás siempre a la sombra de los desdichados. Es cierto que la vida te enseña a ser estatua de sal si miras hacia atrás, mas solo puede ser vivida mirando para adelante. Si mi único destino es navegar ¿Por qué voy a renegar de él? Si te heredaron valor, sé valiente.

-Creo serlo –dijo el Teniente.

Cuando hablaba el jefe, con su tono arrogante y cínico, los soldados callaban. De modo que el silencio delató que los subalternos pensaban lo ridículo de las dos ultimas palabras "Creo serlo" pues le habían visto arremeter a puñaladas contra los indefensos cautivos. Al menos todos se mostraron escépticos, con un jaloncito de sarcasmo en los labios para no decir nada, admitiendo que pocas veces le habían escuchado frase tan absurda. Sabían bien que el Teniente nunca peleaba de frente, pero era implacable, como un gigante ciego, contra los sumisos prisioneros. Obviamente, le faltaba esa indispensable cualidad para un militar de verdadero rango: ser admirado por sus soldados.

La neblina empezó a caer con tanta fuerza que la humedad poco a poco se abría paso entre los árboles. La hierba que soportaba los cascos de los caballos dormidos, totalmente ajenos a la plática, y la inclemencia del frió presenciaron lentamente como se apagó la fogata para cederle paso al sueño profundo de los viajeros.

-¡Una cascabel! ¡Me mordió una cascabel! -se oyó gritar a un soldado entre la bruma del amanecer, apretándose fuertemente la pierna derecha con facies de mas angustia que dolor.

Se trata del crótalo más venenoso de esta tierra, inconfundible por el metálico timbre del cascabel que adorna su cola de pánico. El color terráqueo de sus escamas lo confunde con las rocas del suelo, pero los dos largos colmillos y la dosis letal de su veneno matan en medio de atroces convulsiones a cualquiera. Nadie se escapa cinco horas de su mordedura para contarlo. Los espasmos de la laringe y los minutos finales están contados. Sin ser actor, cada víctima encarna el papel más dramático del teatro, que es morir envenenado frente a los espectadores -y sin aplausos.

Todos despertaron intempestivamente y corrieron a socorrer al desgraciado. Unos le ataron fuertemente una correa de cuero a nivel del muslo. Otros acomedidos le colocaron trapos húmedos en la frente. Y el más veterano de los soldados, parsimoniosamente, colocó su puñal entre las brasas para sangrarle la herida y succionarle a chupetones la ponzoña. Todo el campamento se transformó en griterío y alboroto inútil en torno al desdichado. El Padre Andrés se hincó para rezar. Ósali se cubrió el rostro para no llorar, mientras el Teniente daba órdenes a diestra y siniestra para reorganizar al campamento. La primera contracción muscular arqueó el cuerpo del herido con fuerza sobrenatural sobre la nuca y los talones. Las comisuras labiales se estiraron como en un rictus sardónico, una risa macabra, anunciando el dramático final.

Por su parte Diego, mientras todos corrían a socorrer al mordido, sin que nadie lo notara, persiguió rumbo a un cercano barranco al temible crótalo, que reptando como una "ese" con vida buscaba refugio entre las piedras. Diego al verla la alcanzó y con dos rápidos fuetazos de su largo látigo, con dos secos chasquidos, hizo que el reptil, como si tuviera sentido del oído, se detuviera en seco. Enroscó la serpiente su cuerpo de manera amenazadora. Levantó su cabeza de saurio, sacando y metiendo su pegajosa lengua bífida y dirigiendo su penetrante mirada estuvo presta para atacar al osado adolescente. Diego retó al reptil amenazando con leves balanceos de su mano derecha, volver levantar el látigo de nuevo, pero sin perder de vista la cabeza de la serpiente. Lentamente se inclinó para tomar una horqueta seca mientras el ofidio levantaba el último anillo de su cuerpo y en el aire agitaba como sonata de guerra su rítmico cascabel. Por un segundo los dos adversarios no dejaban de verse directamente a los ojos, sabedores de que el más leve descuido seria fatal. El látigo de Diego, como el cuerpo de otra serpiente se ondulaba lentamente como si tuviese vida propia, movimiento que distrajo la vista del crótalo, de manera que Diego con audaz precisión, en una fracción de segundo atrapó, con la horqueta, la cabeza de su enemigo contra el suelo. Un verdadero alarde de reflejos hizo gala el valeroso joven, y de un profundo sentido de superioridad, tomando firmemente las fauces de su enemigo entre las pinzas de hierro, que eran sus dedos. Dueño de la situación, le arrancó de un tajo el ruidoso cascabel, y levantándola como gladiador a su trofeo la echó en su mochila de cuero. No hubo espectadores de tan valiente acto. La serpiente vencida, cegada por la ira de la derrota, se quedó inmóvil dentro de la oscura bolsa. Como prisionero sin luz, sin el sonido de su cascabel, sin espacio, un crótalo no tiene más remedio que esperar, enroscado, la hora de la muerte o de la venganza. Ahora comprendo por qué la serpiente es el símbolo perfecto de la paciencia, de la astucia y de la maldad.

Antes de su regreso al campamento Diego escuchó los alaridos del condenado a muerte, con las tres vocales de mayor tonalidad "aah-uuooh-ohh" lanzadas al viento con cada estertor de su agonía. El veneno de la serpiente, por algún extraño capricho, paraliza primero las cuerdas vocales, obstruye la laringe, acelera arrítmicamente el corazón, y finalmente fulmina las arterias coronarias de una letal estocada. Al final quedan los labios secos entreabiertos como exigiendo su trozo de eternidad, las fosas nasales colapsadas y los ojos exhaustos sin lágrimas, cubiertos por el telón blanco de su mortecino final. Antes del cenit, ya estaba envuelto el muerto en su propia cobija, y le dieron cristiana sepultura, con un rezo y una cruz, porque los envenenados apestan mas pronto.

El Teniente Díaz marchaba a la delantera en tramos, y en otros, revisando cada uno de los integrantes de la larga fila, se quedaba en la retaguardia, cuidándolos como un pastor a su rebaño. La roca lisa y la humedad del terreno hacían más crítico el descenso de las altas montañas. Decididos al descanso tomaron mas precauciones que la noche anterior, buscando un paraje despejado y amplio que escogieron los *Tepehuanes* que llevaban la carga. Una cascada imponente de altitud y frescura jugueteaba a resbalarse por la pared lisa ágilmente brincando de roca en roca antes de hundirse en un pequeño arroyito cercano del campamento. De hecho su sonata metálica se escuchaba continuamente como un susurro del clásico clavicordio que invitaba al descanso. Mientras los jinetes dejaron maniatados los caballos para que comieran a sus anchas sin escapar Diego se acomedía para ayudar al Padre Andrés con su pesado equipaje, y los Tepehuanes descargaban las cansadas mulas.

Ósali se escabulló discretamente para bañarse en la cascada. La cascada que antes caía ajena a todo, ahora se detenía para acariciar la larga cabellera de la hermosa doncella. Acariciarla desde la frente amplia y su nariz recta, a la boca dibujada. Recorrerla ágilmente por el esbelto cuello y detenerse sobre la biconvexa tersura de su pecho o sobre el amplio valle entre sus escápulas. Negándose a seguir en caída libre sobre el plano vientre y la estrecha curvatura de la cintura se deslizaba, con intima galanura, por el largo sendero que se bifurca en sus dos piernas torneadas, hasta la estrecha garganta de sus arcos plantares y el punto final de sus dedos. Si no hubiese estado cubierta con una fina bata de algodón que se plegaba en contra de las atrevidas caricias de el agua la imagen de una perfecta diosa, sería –ni mas, ni menos- la figura de Ósali en la cascada.

Cuando una rama cruje para avisarle de la morbosa mirada de un intruso en los matorrales cercanos Ósali, sin pensarlo, se tira a nadar en el arroyo y grita pidiendo auxilio. Aunque sabe nadar no tiene miedo de ahogarse sino de la amenazante ronca voz del Teniente Alonso que también se lanzó persiguiéndola en el agua con fuertes y poderosas brazadas a punto de alcanzarla en un corto tramo.

-¡Espera! –le gritó el Teniente con voz jadeante. Y nada mas fuerte casi jalándola de la bata de algodón.

-¡Auxilioo!¡Padre!¡Ayuda! –gritaba cada vez menos fuerte la muchacha desesperada. Y aunque la corriente le ayuda no puede escapar del asedio lascivo. Cuando las toscas manos están punto de tocarla y parece hundirse su cara entre los pelos encrespados del pecho seboso de su agresor escucha el inconfundible grito de Diego desde la orilla:

-¡Ósali! ¡Ósali!

Diego se arroja de clavado con el mismo ímpetu de su rápida carrera y nada por debajo del agua con gran velocidad, hasta llegar con la desesperada muchacha. Al verlo el Teniente, finge estar salvando a Ósali de morir ahogada y trata de nadar con ella hacia la orilla. Cuando Diego llega, rápidamente se la quita de los brazos, la envuelve por la cintura y la ayuda a jalarse con firmeza hacia la orilla. Al sentirse a salvo Ósali al lado de Diego, llora de coraje sintiéndose ultrajada por el libidinoso Teniente, pero no lo dice porque conoce el rencoroso carácter de Diego.

-Gracias a Dios estáis a salvo –dice el Teniente detrás de ellos, sacudiéndose el agua a chorros de su pantalón y sus botas. Oí que gritaba esta muchacha y pude llegar a tiempo antes que el remolino se la llevara. Los arroyos son muy traicioneros, por la fuerte corriente que arrastra ramas. No debéis venir a nadar sola en estas aguas.

Hablaba con tono histriónico tratando de convencer a Diego de la verdad de sus palabras, pero el jovencito no tenía un solo gesto de estar convencido, si no todo lo contrario. Estaba seguro que el infame militar había tratado de abusar de la inocencia de Ósali. Y esa afrenta es una deuda que, tarde o temprano, se paga. Lo que no sabe el frustrado malhechor es que nadie se burla de Diego Martínez de Hurdaide.

Ósali se cubrió con los brazos cruzados el pecho y dejándose caer el pelo suelto sobre la cara ocultó la ira de sus ojos pidiéndole a Diego que la llevara al campamento de regreso. Al verlos regresar en estas condiciones el Padre Andrés, sorprendido y preocupado a la vez, le interrogó:

-¿Que te pasó, mi hija? ¿Que te hizo Diego? ¡Mira como vienes remojada! –le dice extendiendo sus brazos para arroparla, mientras los demás presentes, volteaban al verlos regresar al campamento.

-Me caí en el arroyo –le contestó enfadada- pero Diego llegó a tiempo y me salvó.

Diego miraba de frente a todos y en nadie posaba su mirada, obviamente no le importaba lo que dijeran ni lo que pensaran, incluyendo el Padre Andrés. Como hablaba poco a nadie extrañó su montaraz silencio.

El Padre conocía mucho del temperamento de Diego y de Ósali y juzgó conveniente no hacerles mas preguntas en este momento. Le acercó una sábana a la muchacha para que se cubriera y le preparó un aromático té para que se recuperara. La situación pasaría simple e intrascendente si no hubiera llegado también empapado el Teniente diciendo, a manera de explicación a todos los reunidos:

-Gracias a Dios que llegué a tiempo de rescatarla. Oí sus gritos de ayuda y logré llegar antes que la corriente del agua le ahogara. En cualquier momento puede pasar una desgracia. Hay que ser más previsores y tener una guardia que vigile cuando alguno de nosotros se aleje, con cualquier causa, del campamento.

Los soldados que escucharon el incidente no dejaron de sonreír con picardía y murmurar entre ellos:

-Que casualidad, el lobo con piel de oveja.

El campamento se instaló en el paraje descubierto, y la fogata en el centro intentó ocupar el lugar luminoso del sol que se ocultaba. El cansancio de las jornadas anteriores hizo el magnífico papel de somnífero en los viajeros, que inmediatamente después de cenar un tasajo con pan de trigo y una humeante taza de café, se durmieron. Excepto Diego, que no durmió en toda la noche. La sola idea de pensar que alguien mirara desnuda a Ósali le enardecía la sangre, le crispaba los dedos de sus poderosas y cortas manos. Muchas noches en el internado, cuando eran niños, había probado a sorbos el amargo sabor de los celos, pero esta vez a grandes dosis de hiel, no dejaba de pensar en la más cruel de las venganzas. En su sueño despierto, el Teniente trazaba una raya con su amenazante sable en el suelo mientras le decía mirándolo de arriba para abajo: "Desenvaina enano, mas sufren las mujeres cuando paren. No tengas miedo". Envanecido por su actuación y la gran ventaja del rango de su estatura, -en el sueño se veía mas alto que su estatura real- el Teniente con el torso hacia delante levantó su sable y cortó con su ráfaga el aire que a los dos adversarios separaba. Diego no dio señal alguna más que la contracción de sus pupilas en una fracción de segundo tan pequeña que a su corto cuerpo le bastó para recorrer menos de un metro y a su puñal un tajo angosto del cuello para que de la garganta enemiga brotara el chorro de sangre. El puñal venció al sable y tal vez no lo supo nunca. La victoria de los audaces es más increíble que la de los fanfarrones. El acto se repitió en su desvelada conciencia una y otra vez aquella larga noche, y nunca confesó Diego que el afán de venganza le había robado, otra vez, el sueño.

¿Cómo y por qué se gestó su odio? Como el de otras pasiones, el origen del odio siempre es oscuro, pero se habla de una porfía por el amor de una mujer -casi siempre. Robar dinero, quitar un caballo se perdona fácilmente, pero –para un hombre de verdad- robarle a su dama es peor que vender al diablo su alma. No sé si los celos que narré son efecto o causa. Mientras yo escribo esto, hay en otras latitudes otro que está creyendo lo mismo: El hombre que se enfrenta con el hombre y el acero con el acero basta que sucedan en un sueño para convertir a cada uno de los dos en verdadero enemigo del otro. De hecho por la misma hendidura de la pesadilla primero se odia y luego se mata. Los actos los garabatea después la absurda realidad, pero la misma cuestión quedó sin respuesta: ¿Cómo y por qué se gestó su odio?

A Diego no le gustan para nada los espejos. Ahora, claro, que en las manos de Ósali, a la mañana siguiente, su propia figura entra en el mundo del espejo donde ella se está peinando; porque él está viéndola de espaldas. El espejo -que no repite a nadie cuando se ha quedado solo- en el último tramo del trayecto anfractuoso, a lo lejos, confunde la orilla del mar con el horizonte azul.

A cada paso la brisa marina les da la bienvenida con su fresco manto. La caravana continúa la última jornada serrana, bajando las escarpadas curvas del camino. Todos en meticulosa fila. Encabezan el grupo los soldados, le siguen el Padre Andrés, Ósali y Diego, luego los cargadores y la recua. Al final de la "Conducta" el Teniente manda a gritos en la retaguardia para que cada quien cuide los pasos de su cabalgadura evitando resbalar al precipicio. Rutina pura.

La zona de Las Quebradas se encuentra a 24 grados de latitud norte y 105 grados de longitud oeste, dominado por los más abruptos acantilados de la sierra en medio de un gran yacimiento de montañas. Los escurrimientos dan lugar, primero, al nacimiento del arroyo de San Dimas y El Salto, que se convierten en los ríos Tayoltita-Piaxtla y

Presidio, sucesivamente, que bajan a la Mar del Sur. El territorio era dominado por Uapijuxe, cacique de los temibles Xiximes, tribu de caníbales a quien adoraban como un dios. Debido a la constante amenaza de los caníbales *"Queleles"* o "buitres", y su bandolerismo despiadado, el alto tribunal de la Santa Inquisición mandó bautizar a la región como *"San Dimas, El Santo Ladrón"*, y maldecir y excomulgar a toda criatura –indios, animales, plantas y semillas- que habitara o naciera en la región de Las Quebradas, considerándola posesionada y dominada por "Satanás".

De modo que los dos actos siguientes que ocurrieron de súbito en Las Quebradas, parecen tan distintos que nadie relacionó las dos partes de una misma trama diabólica: Diego dejó caer su bolsa de cuero, disimuladamente entreabierta, de manera que la serpiente de cascabel se escapó ocasionando que las últimas mulas se espantaran, y trataran de regresar por el sendero andado, rompiendo el orden del segmento final de la columna; el brioso caballo del Teniente alzó las patas delanteras a pesar del grito desaforado de su jinete:

-¡Quietooo! ¡Lucerooo!

Fue inevitable la caída. La férrea rienda de la mano del Teniente, no pudo evitar que su cabalgadura resbalara y ambos se hundieran en la rocosa barranca. Los dos cuerpos rodaron golpeándose por la ladera sin fin al encuentro de una muerte segura, acompañados de un concierto sordo de discontinuos tamborzazos de su tórax y cráneo contra el despeñadero. La terrorífica escena obligó a todos los testigos a contener la respiración en silencio, preocupados por mantener la calma de las bestias sobre el sendero palmeándoles la crin solo se escuchaba la orden arriera:

-¡Ohh! ¡Oohh! ¡Ooohh, caballo!

Habría que inventar una guerra en la que nadie ganara. La batalla perfecta seria un empate como el ajedrez entre expertos. Pero la vida real supera con creces a cualquier partida. Estoy escribiendo un párrafo sin que lo sospeche Diego -el adversario que ganó esta partida. El perdedor abandonó este mundo antes del jaque-mate cuando ya vio que estaba vencido. Le bastó una pequeñísima fracción de tiempo, mientras caía victimado, para comprender la última jugada de Diego porque era una estrategia muy sutil. Sutil no: humillante. La verdad superó al cuento que yo no voy a escribir porque el mío es muy inferior a la muerte atroz - un horror casi perfecto- del Teniente y su caballo. Un crimen perfecto debe ser sin epitafio. Oigo el eco de los cascos del penco que buscan aferrarse a la indiferente cornisa y el grito ensangrentado con los tumbos de la precipitada caída de su jinete y el pecho me tiembla por dentro con el inexplicable secreto que tiene el miedo de quien siente el íntimo filo de un cuchillo en la garganta. Y no exagero: no hubo epitafio.

Diego miró este espectáculo acróbata invertido que se deforma con la presencia de la muerte sintiendo algo que, ciertamente, no se nombra con la palabra "perverso", y, no debería decirlo aquí, pero parecía jugar a ser el indiscutible ganador –no el asesino- sin asombro alguno y con jactancia al mismo tiempo:

-Que no lo note nadie que lo vea –pensó para si mismo.

El Padre Andrés se puso al mando de la caravana, y su primer orden fue detenerse para rezar por el alma del Teniente Díaz:

-Aunque no tengas cruz alguna, San Dimas será tu sepulcro hasta el día de la Resurrección –Empezó diciendo en voz alta mirando al escarpado escenario de cimas verdes bajo el intenso azul del cielo- donde todos seremos igualmente juzgados por la voluntad de Dios. Rezo por ti. Rezo por tu alma. Que Dios Todopoderoso se apiade de tu espíritu y que a nosotros no nos olvide.

La lluvia minuciosa empezó a caer bruscamente sobre la tarde porque el cielo se había nublado -como afanosa mujer que barre lo pasado. Si no fuera porque el Padre tuvo que concluir su oración dibujando una cruz en el aire, uno pensaría que en aquel momento, que ocurrió esa cosa tan rara, que cayera agua del cielo, sería algo maravilloso.

La lluvia, claro, también es un pretexto de la naturaleza para hacernos más agradable la existencia. No vamos a omitirla. La lluvia es siempre, como un bálsamo para las heridas, será porque bajo la lluvia el tiempo se convierte en una buenaventura, en el punto cierto –sin pasado, sin porvenir- donde el botón curioso se abre en flor hermosa. La lluvia es una parábola sobre lo imposible de alcanzar porque cae del cielo. Y el Teniente que había muerto hace poco, pasó de galope a ser ciudadano del eterno olvido, mientras se alargaba entre los picachos de la serranía una pausada sombra para cubrir *Yamoriba*, *Guarizamey* y *Tayoltita* de aislada oscuridad. Al destino le agradan las repeticiones, las simetrías; se vive, no se sabe. Pero a nadie le agradaría saber que muere para que se repita la misma escena. *Siempre* es sinónimo de *lo mismo*. La travesía de cruzar la sierra duró siete tardes lluviosas iguales, mientras siete soles con su inseparable aurora de fuego, siete veces las dispersaron, antes que cayera la primera nevada. Al fin llegaron a *Tamazula*, "La Laguna de los Sapos", según la nombran algunos mineros españoles que encontraron oro en las frías entrañas de la región donde les ofrecieron a los cansados viajeros el único platillo que distingue tanto a la cocinera como al hambriento -el más exquisito de los manjares de la sierra nevada: el mole de guajolote, acompañado de humeante atole de pinole, tortillas con chile ancho, aromático café y tamales de elote.

Capítulo, *Bu-sani*, Seis

*S*naloa, pithaya redonda, es una palabra muy linda –dijo Ósali.

-Son nombres indígenas de plantas, de ríos, de caciques. Nada tienen que ver con las palabras españolas –contestó el Padre Andrés. Algunos sonidos son blasfemos, en lugar de nombres de santos y la sagrada religión católica.

-No, Padre, a mi me parecen nombres bonitos los de esta tierra: *Piaxtla*, calabaza; *Cosalá*, tierra amarilla; *Escuinapa*, río de los perros; *Quilá*, río verde; *Navolato*, lugar de tunas; *Mazatlán*, tierra del venado; *Altata*, junto al agua; *Bacubirito*, rinconcito del río; *Colhuacán*, donde termina el viaje...

-Hija, mía, son falsas tus exactitudes. Los nombres de los pueblos, para protección de Dios, deben tomarse de las Sagradas Escrituras, de los ilustres santos de la iglesia católica no de seres inanimados. A ti te parecen lindos porque te traen recuerdos de la memoria escondida de tu infancia.

El Padre Martín Pérez, escribió, la nomenclatura de los pueblos adoctrinados: La Conversión de San Pablo de Mocorito, Santo Tomas de Cubiri, Nuestra Señora de la Concepción de Petatlán, San Lorenzo de Bamoa, Santa María Magdalena de Toboropa, y San Pedro de Bacubirito.

-Padre, dígame, ¿nací aquí?

-No, exactamente. En algún lugar del Fin del Mundo está tu patria. Algún día que la encuentre, porque yo mismo lo desconozco, te lo diré.

-Padre, yo entiendo todas las palabras de los *Tehuecos*.

-Tú eres cristiana.

-¿Y por qué entiendo a esta gente?

-Porque eres una *"Coyota"* –dijo Diego- terciando inapropiadamente en la plática.

-¿Y tú? ¿Acaso eres perfecto? –le reprochó, midiéndolo con la vista de arriba abajo.

-No quise ofenderte, perdóname Ósali. Solo quería explicarte por qué entiendes las palabras de esta tierra, porque tienes sangre de dos colores, de dos razas.

-No discutan, por favor –sentenció el Padre Andrés.

-Hablas muy poco –reprochó Ósali- pero cuando hablas no mides el efecto dañino de tus palabras. Siempre estás al ataque.

-Ya por favor -dice el Padre- cállense. Diego se disculpa y debes perdonarlo, porque Dios que es misericordioso perdona todo y a todos. Al contrario de los demás hermanos, ustedes deben permanecer unidos siempre, por que uno es toda la familia del otro.

-Perdóname Diego. No quise herirte –le dijo Ósali, extendiéndole las dos manos.

Siempre jugaban tomados de las manos en el colegio y ese era el signo de paz cuando por alguna razón infantil reñían.

-Perdóname Ósali. Fui grosero contigo y maleducado. Pero sabes bien que te quiero mucho. Y no volveré a ofenderte –le respondió dándole la palma de sus manos.

La mayor parte de esta provincia es páramo, tierra llana, poblada de breña montaraz y arbustos silvestres, pero a orillas de los ríos se convierte en alamedas frescas con tal espesura que hay abundancia de iguanas, conejos, jabalíes, venados, gatos monteses, leopardos y coyotes. En las copas de los árboles, principalmente mezquites, hay abundancia de codornices, tórtolas, faisanes, grullas, papagayos, guacamayas, águilas y halcones, cuyas plumas estiman los *Tehuecos* porque se adornan con ellas. Los ríos son caudalosos y en tiempo de lluvia cuando se desatan inundan los campos por donde corren, de suerte que se explayan hasta una legua de ancho cuando se acercan al Mar del Sur.

En las ocasiones, cuando el agua inunda los campos y derriba las chozas, los indígenas construyen una enramada en los árboles y aquí sobreviven seis o siete días mientras regresa el río indómito a su cauce original. En la boca de sus ríos anidan patos, garzas, caimanes y son abundantísimos de lisas y róbalos, que matan a flechazos, especialmente en los esteros de bajamar.

Otra maravilla digna del escenario es un árbol muy grande en su copa, que llaman "*Tu-cutsi*", con ramas largas muy extendidas y frutos tan dulces como los higos. Cada río sustenta, ordinariamente, varios poblados de gente totalmente divididos en el trato, aunque unidos con la misma lengua, porque si se apartaran del río no tuvieran agua que beber ni maíz que sembrar. Viven, pues, en continua guerra para defender la tierra y el tramo de río de su pertenencia, de tal suerte que el que se atreve a pisar territorio ajeno lleva el peligro de dejar su cabeza en manos de sus enemigos. Excepto las mujeres, vestidas de medio cuerpo hacia abajo –las doncellas portaban una concha labrada colgada del cuello- caminan por el campo sin que nadie las moleste.

Unas casuchas están hechas de ocotillo, varas espinosas hincadas en la tierra, recubiertas con una torta de barro. Otras son de petates, esteras tejidas de caña, cosidas unas con otras sirven igual de paredes que de cubierta. Delante de sus casas levantan una enramada que les sirve de portal y de sombra, sobre la que guardan los frutos y tasajos de calabaza cubiertos de ramas espinosas, y debajo cuelgan la carne seca de venado y pescado para consumo de cada familia. Un fogón frente a la enramada convierte la rústica choza en un palacio para mitigar el hambre y el cansancio de los peregrinos, pues el caminante, donde llegaba, se sentaba a comer como si fuera su propio hogar. Generalmente los hombres, andan totalmente desnudos, son diestros y veloces con el arco y carcaj repletos de flechas. Cada flecha trae untada en la punta de piedra, una hierba tan ponzoñosa que por poco que encarne en la herida no hay remedio para escapar con vida. Hombres y mujeres portan con orgullo su cabellera larga. Los guerreros de aquí tomaban como trofeo de guerra la cabeza de sus enemigos.

Con ocasión de su llegada, las naciones por donde venían pasando les recibían con gran respeto y reverencia. Los miraban como "Hijos del sol" porque –a diferencia de sus ancestros llegados del norte- llegaban del oriente, montados en los imponentes caballos, especialmente, *Ie-Tchi,* el corcel negro de Diego que era un soberbio ejemplar. Los nativos salían a la vera del camino para admirar la caravana de los españoles hasta que llegaron al río Mocorito para descansar de la larga travesía. Los recibieron adornando el camino y la plaza del poblado con hojas de árboles y flores silvestres. No se puede describir el gusto y la alegría con que los recibieron, ofreciéndoles comida, y sus casitas para que descansaran por tres días. De hecho se bañaron en el río, comieron carne de venado y durmieron como si estuvieran en su propia casa. El cacique del pueblo ordenó que encendieran una gran fogata en el centro de la plaza y danzaron con tambores alrededor de la luz de la luna. Hiciéronlo todo de buena voluntad, a modo tan liberal que permitieron a sus doncellas, después de bailar, amancebarse con los soldados, y con esto les dieron a entender la bienvenida de su largo viaje.

Bien claro se presume que no agradó al Padre Andrés el comportamiento de la tropa, pero no pudo hacer nada para impedírselos más que apresurar los preparativos de su salida. Pero los soldados, en cambio, no querían abandonar tan pronto los brazos que los recibieron con tanto apasionamiento en el río Mocorito, así que se revelaron a continuar tan pronto su viaje.

-Estamos cansados del viaje todavía, Padre. Vamos a esperar unos días más para continuar –alegaron en su favor los soldados.

-Ya veo aquí lo que puede inquietarles el trato de estas nuevas gentes, pero la licencia que se toman, como todo libertinaje, hace mas daño que provecho.

-No puede negarnos que es una costumbre de las milicias tomar las mujeres de sus enemigos. Además, en este caso, son ocasionales y puestos en una balanza son más bien favorables que dañinos. No estamos en guerra contra este pueblo, simplemente nos atienden como a sus amos, por eso nos obsequian con sus hijas.

-No tienen ningún valor sus argumentos porque no obedecen a ningún mandato de la fe cristiana ni a la obediencia militar que deben al Rey de España.

-No tenemos jefe todavía, su Señoría. A nadie desobedecemos porque nadie nos manda.

-En nombre de su Majestad, con las atribuciones que ostento por encargo directo del gobernador de la Nueva Vizcaya, Don Rodrigo Río de la Loza, nombro Capitán a Diego Martínez de Hurdaide, y ordeno a todos ustedes se sujeten con total obediencia a su rango. Partiremos con el alba al río Sinaloa. He dicho.

-¡Su Señoría! Diego es apenas un crío. No sabe de armas ni de soldados. No lo queremos como jefe –protestaron los soldados.

-¡Es un enano! –dijo otra voz entrecallada atrás de los inconformes, para que apenas se oyera.

El primer sorprendido de escuchar la sentencia del Padre Andrés fue el mismo Diego. Amaba al Padre Andrés como si fuese su propio padre, pero nunca esperó que sobre todas las voluntades lo impusiese en el mando. Se sentía al mismo tiempo pequeño y grande. Ósali que estaba presenciando el intento de la rebelión no se sorprendió de la decisión del Padre porque conocía perfectamente las cualidades del carácter fuerte de Diego y su temerario valor, escondido en su apariencia de niño.

-La estatura no se mide de los pies a la cabeza, *"La mirada de Dios no es como la del hombre; este ve las apariencias, pero Dios mira el corazón"*. Para saber mandar lo primero que debéis saber hacer es, obedecer –dijo el Padre sin perder el tono autoritario de cada una de sus palabras. Y mirando a Diego le dice: Capitán, partimos con el alba.

-¡Si su Señoría! –contesta el muchacho muy formal poniéndose de pie en actitud marcial con la frente en lo alto.

-Yo renuncio –dijo el soldado más rebelde y fortachón del grupo de amotinados. Jamás permitiré que me mande un imbécil mal nacido, enano.

Y dándose media vuelta del grupo, se retiró. Los demás compañeros se quedaron por unos minutos indecisos, sin tomar la decisión de seguirlo, lo cual aprovechó el recién nombrado Capitán para decirles con segura voz:

-El que no esté de acuerdo, que se largue... Los demás soldados del Rey de España, prepárense para salir al amanecer.

De la tropa se formaron dos grupos: uno reunido de sumisa manera, decía no tener mas remedio que obedecer como corresponde a su paga de soldados; el otro de inconformes, unos cinco de los mas fieros, se burlaba de los hechos y dichos del Padre Andrés para imponerles a Diego como su Capitán. Jugaban a hacer burlas y preparándose para pasar la otra noche entregados al placer carnal de las bellas hijas de los *Tehuecos*.

El Padre Andrés junto con Diego se retiró acompañando a Ósali rumbo a la casita donde había de pernoctar. Ya a solas, en el trayecto, habló el misionero con voz pausada a su joven pupilo:

-Diego, hijo mío. Ya se que eres todavía muy joven y resentirás el peso de la enorme responsabilidad que he puesto sobre tus hombros, pero mis acciones han sido premeditadas con la oración de los Evangelios y la fe en Dios que en todo te ayudará.

-¿Ya lo había usted pensado, Padre?

-Tenía en mente nombrar a uno de los soldados mas experimentados, pero los actos de rebelión, la deslealtad –la peor afrenta de los ejércitos- me hicieron a tiempo recapacitar. Me decidí por tu lealtad, no por tu juventud ni tu débil apariencia, te confieso. La lealtad es un don del cielo que no se anida en la carne, ni siquiera en el pecho, si no en lo más sublime de la creación que es el alma del hombre. Leal es aquel que camina por el campo de batalla pisando entre tantos cadáveres sin sepulcro, por una causa que la muchedumbre es incapaz de entender: por un trocito de gloria.

-¿Y que pretende? ¿Qué debo hacer?

-*"Prudentes sicut serpentes"*. Actuar con la astucia y prudencia de las serpientes, no como oveja en medio de los lobos.

-Vuestras palabras producen mayor efecto en mí que el más concertado discurso.

-Te encargo que guardes siempre, al hablar, la mansedumbre de la paloma.

-Como decís, haré.

-La arrebatada elocuencia solamente sirve para hacer llorar a los asistentes de un funeral. Por eso el Creador nos dotó de dos oídos y una sola boca: para que habléis solo la mitad de lo que escuches, y no lo inverso; aflicciones, pasiones terribles, los horrores del infierno mismo, todo, en una boca amaestrada es palabra graciosa y suave.

-Así lo haré si es su voluntad.

-La guadaña terrible de la justicia divina caerá sobre el que fuere delincuente. Mientras, tú dirigirás a esos hombres en nombre del Rey y apelarás solo cuando sea preciso al valor y al dolor.

-El Imperio Español dominará a todas las naciones.

-No te confundas: Los reinos terrenales son ideas falsas; solamente persiste *El Reino de los Cielos*. Lo único que vive, realmente, es cada individuo. Puedes ser Tú. Puedo ser Yo. Nosotros somos ese hombre muchas veces. Piensa primero en cada individuo y acertarás. La historia universal es falsa porque se habla de naciones, que no han existido nunca. Lo que existe es cada individuo. Sus amores, sus ambiciones sus guerras y sus errores. El Imperio de España es una convención. Lo real y verdadero es cada rey y cada súbdito español.

-Es una idea que me transforma. ¿El Imperio soy yo?

-Así es. Tengo unas cuantas palabras más que decirte al oído que te dejaran atónito: No vivas como si huyeras de la muerte; Haz que la muerte rehúya de ti. Se humilde, generoso e incapaz de malicia, con los débiles -animales y los hombres- pero inexorable contra las injusticias. ¿Para qué aumentar las aguas del arroyo con tus lágrimas? No alcances las coronas de guirnaldas, que son perecederas; mejor persigue la gloria, que es flor eterna. La costumbre es un monstruo que destruye las inclinaciones y afectos del alma. Cuando aspiréis, de veras, a la bendición del cielo no temáis a la justicia de los hombres. Abrid la jaula y haced que las aves escapen hacia la libertad. Solo temed al juicio divino por tus actos. No atesoréis riquezas en la tierra, como cualquiera, porque buscarlas te envilece; en cambio, admira al tigre que no posee más que ese símbolo de terrible elegancia que son sus rayas -escritura de Dios- en su propio cuerpo: Lo demás os vendrá por añadidura.

-No hay vida ni aliento suficiente en mí para repetir lo que me ha dicho.

-El gusano, nos guste o no, es el monarca supremo de todos los depredadores porque se alimenta en los sepulcros por igual: de reyes y de mendigos.

-En mi memoria queda guardado.

-Id. No os detengáis, Capitán. Hacedlo si has comprendido el fin a que se encaminan mis deseos. No oséis doblegar con la espada a naciones tan belicosas y numerosas, no sea que el trance se vuelva contra ti mismo porque estáis en número muy debilitado. Llevad mejor el mensaje de paz y buscad establecer alianzas que os favorezcan. Guardad al final las armas, pues la espada no debe desenfundarse sin razón, ni emplearse sin valor. El viento es favorable a tu velamen juvenil. Os doy muchas gracias por vuestra cortesía de seguir mis pasos. Sea tormenta o sea bonanza, que Dios os guarde a los cuatro vientos hasta *Finisterre*, El Fin del Mundo.

-Así sea, señor.

Diego inclinó la cabeza para despedirse, reclinando una rodilla en el suelo arcilloso de Mocorito, recibiendo del Padre Andrés la señal de la Santa Cruz, a semejanza de los Caballeros de Las Cruzadas, tocándolo sucesivamente en los hombros, la frente y el corazón en el pecho, mientras repetía en voz muy baja, sílaba tras sílaba:

-En el Nombre del Padre, del Hijo, y del Espíritu Santo, Amen.

Hay un momento en la vida de cada hombre, en el cual el hombre sabe quién es. El hombre ve su propio destino. Es el momento crucial de su vida. Ahí, desde luego, está la prueba en esa noche en el caso de Diego. No tenemos derecho a usar ninguna línea escrita que necesite más explicación. ¿Para qué? ¿Si ya todo lo dijo el Jesuita? Solo quiero referir aquí un dicho digno de su valor que solía repetir el Capitán Diego Martínez de Hurdaide a las naciones y forajidos que huían tierra adentro de su presencia:

-*"¿Llega el Sol?"*

Respóndanle: que si.

-*"¡Llego Yo!"*-contestaba a punto seguido de lanzarse a su captura.

Por los áridos senderos de Sinaloa, los aventureros arrean los animales y el alba por delante con rumbo al Fin del Mundo. Diego, en la retaguardia, cabalga en su corcel negro, *Ie-Tchi*, de dieciséis palmos de alzada, vigilando el orden y el avance de su Conducta, dándose cuenta que los cinco soldados sublevados se quedaron atrás en el pueblo de Mocorito y decide regresar abruptamente por ellos. A galope tendido recorre las dos leguas que lo separan del cómodo sueño de los desertores y sin darles aviso llega frente a la choza donde duerme Hernando el fortachón y su resaca. Sin bajarse del caballo amarra su reata a la frágil horqueta principal de la enramada y con un seco tiro derrumba la entrada logrando que el gigantón se levante enardecido, desenvainando su espada para repeler la afrenta parándose de frente donde antes quedaba el portal de la choza. Lo primero que recibe en el cuello es una flamígera enredadera del látigo implacable de Diego que lo arrastra fácilmente al suelo. Lo segundo, mientras se lleva las manos al dolorido cogote, es un escupitajo de lumbre en la espalda peluda por la enésima convulsión del látigo que parece cobrar vida en la diestra mano de su amo. La tercera es la vencida: los cascos de *Ie-Tchi* le destrozaron la nuca y la cara contra el suelo terroso embarrando de sangre sus gritos de dolor y espanto.

Sin bajarse del caballo, para parecer mas grande, alzado, lentamente Diego enrolló su preciado látigo frente a los otros espectadores insurrectos que alcanzaron a presenciar el final del espectáculo vengador del "imbécil, mal nacido, enano" mientras el vencido agonizaba entre las patas del bizarro caballo. Así que sin esperar la orden, los demás corrieron a recoger su mochila y se dispusieron a tomar sus cabalgaduras para seguir al nuevo jefe, mientras el fortachón se ahogaba con sus propios estertores.

Diego se dirigió al grupo de los desertores que ya se arremolinaban para subirse a sus caballos y le dijo al más veterano de los cuatro:

-¡Dadme las riendas!

-Pero Diego...

-Ca-pi-tán. Repite: Capitán Martínez de Hurdaide.

-Capitán Martínez de Hurdaide, queremos regresar con la caravana. Nada tenemos que hacer aquí, en realidad pensábamos seguirlos mas tarde, pero Hernando nos convenció de quedarnos solo por esta noche.

-Dadme las riendas. Si queréis seguidme lo haréis por vuestro propio pie. Los soldados de fortuna y sus cabalgaduras son propiedad del rey; los desertores no tienen patria.

-Capitán no nos dejes morir aquí porque, en el desierto, estamos condenados a fallecer entre estos salvajes. Seremos fieles vasallos de la Corona si nos permites regresar a la tropa bajo tu mando.

-Caminen. Si quieren y pueden que os renombre soldados del rey tendrán que llegar al río Sinaloa. Si no sois capaces de hacerlo no merecen estar de mi lado. No diré más.

Y llevándose las riendas de los cinco pencos, a galope tendido, el Capitán se hundió en una nubecilla del polvoriento camino, como hiere una flecha el aire antes de dar en el blanco, dejando un trémulo mensaje con los cascos de los caballos en el suelo terroso y en el aire caliente un relincho ensordecedor de *Ie-Tchi*:

- El jefe soy yo.

Capítulo, *U-oi Bu-sani*, Siete

Llegados a la provincia de Sinaloa fueron recibidos con singular consuelo de los Padres Martín Pérez, Fernando de Santarém, Hernando de Villafañe, Pedro Méndez y Juan Bautista de Velasco, rodeados de una falsa serenidad, porque los *Uasa-bú*, Guasave, en castellano, intentaban asaltar y quemar la Villa de San Felipe y Santiago. Los alzados solían vivir alborotados, ocupados en las noches en sus supersticiosos bailes, no perdiendo la ocasión de embriagarse dando muerte a todo aquel que rezara, El *Padrenuestro*, como les predicaban los extranjeros.

Antes que les enviara un misionero, quiso ir a reducirlos el Capitán, aunque le advirtieron que no se expusiese demasiado a la furia de los rebeldes a tan evidente peligro. Así lo acompañó su vanguardia con dieciocho soldados y llegando al centro del poblado tomó prisioneros a veinte principales Guasaves y del árbol más alto, los colgó. Los demás huyeron al monte y las marismas cercanas dejando sus familias abandonadas temerosas de enfrentarse a los arcabuces y caballos de los *Yoris*. De manera que cuando llegó su nuevo misionero, el Padre Hernando de Villafañe, la aldea estaba desolada y quieta.

Diego quiso cerciorarse de su triunfo y recorrió los senderos cercanos, hallándose a uno de los Guasaves escondido entre la maleza:

–¿Qué hacéis escondido en la maleza? –le dijo desde lo alto de su cabalgadura.

El *Guasave* comprendiendo que estaba en peligro de muerte, corrió por una vereda rumbo a la marisma, pero fácilmente fue alcanzado por Diego y lo lazó porque quería capturarlo vivo, para saber donde se escondían los demás fugitivos.

–¿Dónde están los *Guasaves*? –le interrogaba en su desconocida lengua.

–¡*Tet-a-Tchai*! ¡*Tet-a-Tchai*! -respondía el indio señalando con temor la breña del sinuoso camino, sin que el Capitán le entendiera sus palabras.

–¡*Joso-ta Ue-ca*! ¡*Joso-ta Ueca*!

Cuando sus soldados le encontraron se tranquilizaron de ver al Capitán dominando la situación, y a uno de ellos se le ocurrió traer a una de las mujeres Guasaves que entendían un poco la lengua castellana para que les tradujese, pero el indio se negó haciéndoles señas de que mejor lo siguieran por entre los matorrales del sendero y, decididos a entenderle, lo siguieron. A poca distancia se hallaron en un claro con un árbol de nacapule alto, y cerca de su tronco frondoso una figura piramidal de piedra ante la cual el indio se inclinó con reverencia repitiendo las mismas palabras:

-¡*Tet-a-Tchai*! ¡*Tet-a-Tchai*!

-Es un ídolo de piedra –dijo uno de los soldados.

Diego se quedó por unos momentos pensativo, mirando las toscas figuras esculpidas en las tres caras de la piedra: En una había tres mazorcas, un círculo con rayos como el sol y una cesta llena de pescados; en otra cara, una figura masculina pulsando una flecha en su arco; en la tercera, un rostro demoníaco tragándose un corazón con sus fauces abiertas.

-¡Arrástrenlo! –ordenó Diego

El indio antes temeroso, se armó de valor y bruscamente se abalanzó contra el jinete que, obedeciendo a su jefe, había lanzado la cuerda alrededor de la piedra, tratando de evitar la profanación de los extranjeros, pero recibió de otro soldado en la espalda una hiriente lanza que le atravesó el pecho. La sangre del caído no se derramó en el suelo sino se embarró en las caras del ídolo de piedra porque antes de sucumbir trató de protegerlo con sus brazos abiertos, diciendo, entre los últimos estertores:

-¡Insensato! Cuenta tus pasos. No te habrá de salvar la agonía. Piensa que de algún modo ya estás muerto. La venganza alcanzará a tu caballo, al declinar el día. La piedra tiene la fecha y el nacapule tú epitafio.

-Traduce ¿Qué dijo? –preguntó intrigado Diego.

-¡Es una maldición! –contestó la vieja intérprete.

-No le hagan caso ¡arrástrenlo! –repitió la orden.

De manera que la piedra tomó el aspecto rojizo de la carne viva, antes que los españoles le echaran cuerdas para jalarla con las cabalgaduras al centro del poblado. Después de romperla en pedazos, los soldados la ultrajaron pisoteándola para escarmiento de los salvajes *Guasaves*, que viendo roto a su ídolo, en silencio, lloraron. Algunas mujeres no soportaron mas su callado dolor y salieron corriendo rumbo al monte gritando que en castigo por el daño a su *Tet-a-Tchai*, "Padre de piedra" vendría el Viento Norte a derribar todas las casas de *Joso-ta Ue-ca*, "Donde esta el árbol frondoso", a traerles enfermedades crueles, y, la muerte al Capitán de Sinaloa.

El Padre Villafañe se vio obligado reunir con diligencia a todas las mujeres en el centro de la plaza, y con un intérprete de los mismos *Guasaves*, para convencerlas les dijo:

-Su ídolo es solo una piedra y no tiene ningún atributo que no sea mentira; lo que dicen de su ídolo eran solo supersticiones. Mejor remedio tendrán con la doctrina cristiana.

Cuando les hablaba con un mensaje lleno de verdades de la fe, que nadie lograba comprenderle, de repente, se levantó un viento tan furioso con tantos remolinos y polvareda que parecía arrancar las chozas y desterrarlas, obligando a los extranjeros a buscar refugio, permitiendo que escaparan los reunidos. La furia del viento sepultó los últimos pedazos dispersos de la piedra y los españoles se regresaron por el mismo camino andado cuando la tempestad se los permitió. Pocas horquetas quedaron de pie como testigos mudos de aquel vendaval y del destierro de los *Guasaves*. El Padre Hernando con una escolta de cinco soldados, se quedó decido a asentarse en la misma localidad retornando poco a poco los *Guasaves* a levantar sus casas y en el centro una iglesia de paja y adobes. No fue menor el valor que mostró el misionero para traer a los descarriados y regresarles su confianza, hasta juntar unas doscientas cincuenta personas que asistían por igual a labrar sus tierras que a su doctrina cristiana. El Capitán y sus soldados regresaban solamente cuando se alborotaban algunos rebeldes, pero la presencia de Diego, era de temer, pues capturaba al cabecilla dejándolo colgado de una rama, y, a los demás insurrectos libres con la condición de obedecer y regresarse a sus casas.

Ósali en particular trabajaba sin descanso ayudándole al Padre Andrés adoctrinando a los párvulos de la Villa de Sinaloa, con gran facilidad para enseñarles debido a su conocimiento de la lengua. No se descuidaba en hacer diligencias para hablar con sus madres en el cuidado de su recién nacido, de las flores, la siembra del maíz y la alimentación de unas cuantas vacas que tenían en la Villa. Así que la jovencita crecía entregada a servir al ministerio del Padre Andrés, llenando de orgullo a su tutor.

Diego, a tiempo que estaba cada vez mas valeroso dedicado al ejercicio de la milicia, diariamente se ponía a confesar de rodillas a los pies del misionero y después con mayor reverencia, recibía la sagrada comunión, a cuyo ejemplo hacían lo mismo sus soldados. Sus actos hacían notar el acierto de su nombramiento como Capitán, dándole rango de seguridad al presidio a su cargo, y conveniente ayuda a la prédica de los misioneros. Su fama se iba arraigando como valiente e implacable con los salvajes después de derrumbar el ídolo de los *Guasaves,* pero con un estilo de justicia muy particular de solo ejecutar a los cabecillas y liberar a los insurrectos.

-Capitán, llegaron los renegados –le avisa el centinela.

Se trataba de los cuatro renegados que castigó abandonándolos en Mocorito. Llegaron como los cirqueros rodeados de espectadores, pues ver caminantes españoles sin caballos era un espectáculo morboso que nadie quería dejar de presenciar. Desfalleciendo de hambre, sed, y sobretodo los pies destrozados por la penosa caminata.

-Que los reciban con sustento. Mañana recibirán ropas nuevas, armas y caballos para que recobren su oficio de soldados del rey.

-Gracias, Capitán. No te defraudaremos.

Su bélico desempeño, como Capitán, enorgullecía también a su tutor. Cuando el tiempo lo permitía por tanto trabajo de la misión como del presidio, conversaban, casi siempre mientras cenaban con una taza de chocolate:

-Cada día –comentó el Padre- se arraiga más la fe en los ánimos de estos nuevos cristianos, y, pronto darán los frutos que tenemos que cortar.

-Hay mucha miseria en los niños de estas gentes –les dice Ósali. Desde que nacen hacen más guerra para sobrevivir que sus padres contra las otras tribus. Si se muere uno de estos inocentes, a nadie extraña. Mueren más hijos en su propia casa que los adultos que salen a las guerras.

-Hace falta sembrar más tierras. Que los pueblos vivan para sembrar y no siembren para sobrevivir. La peor de las atrocidades no es la guerra, es el hambre. Con la mesa servida el pueblo es libre; con la miseria, esclavo. La gran tarea en esta provincia es convertir a los pueblos nómadas y salvajes en labradores para que en lugar de cercenarle la cabeza a su enemigo, cocinen pan para sus hijos y vid para la iglesia.

-La gente, *Io-eme,* tiene miedo de sembrar, de vivir en la Villa porque no se tiene por segura la vida. Fuera de la protección de los presidiales, para indios y españoles, es una lucha constante para defender su integridad.

-Acabo de venir de los pueblos cercanos y todos le temen al demonio de *Naca-Beba* y sus secuaces. Su cuadrilla espera entre las breñas y caminos desolados para atacar a los caminantes, más si diesen con españoles. Quiero pedir a vos el permiso correspondiente para traer a ese hechicero para que rinda cuentas por su maldad, especialmente por tragarse el corazón del Padre Tapia.

-No es una tarea fácil lo que pides, Diego.

-Usted dice que "Todo es posible con la ayuda de Dios", Padre.

-La fuerza y presidio de soldados no parece suficiente para arriesgarse en esta ocasión, mejor sigue el proverbio divino: "Que huya el impío porque le persigue su propia maldad". Nos basta con tu ayuda para seguir bautizando tanta gente bárbara con los efectos excelentes de la gracia divina. Habremos de seguir al norte, en poco tiempo, donde la indomable raza de los *Suaquim,* los *Huites* y los *Yaquis* son verdaderos demonios de la guerra, así que deberás procurarte de aliados en esta provincia con mucho número si quieres vencer a aquellos formidables enemigos.

Ósali y Diego se despidieron del Padre Andrés besándole la mano como siempre, porque la vela y el chocolate duran poco cuando se conversa de noche. El misionero, convencido de bautizar cada día mas inocentes, los despidió a sabiendas que nadie estaba libre del peligro en el Fin del Mundo.

Al día siguiente muy temprano Diego salió con su escolta y un *Tehueco,* como intérprete, a recorrer el río de los *Ocoroni*, que está seis leguas al norte de Sinaloa y se encontró con un poblado de casuchas a la rivera de un hermoso arroyo. La gente lo reconocía por su corcel negro y su pequeña estatura porque su fama llegaba todavía más lejos desde su papel de vencedor de los Guasaves. Unos doscientos indios salieron a recibirlos no porque estaban en plan de guerra si no para asegurarse que venían en son de paz. El cacique al frente se encontró con Diego y los cinco soldados españoles dentro de su propio territorio, así que, por su mayor número, se sentían seguros.

-¿Donde está *Naca-Beba*? –Diego cuestionó al jefe, a manera de saludo.

Sorprendido por la osadía del *Yori*, el jefe le contestó:

-El hechicero no vive en este pueblo. Sabemos que andaba escondido entre los matorrales y duerme a cielo abierto junto a sus secuaces.

-¿Me dices verdad, o, me dices mentira?

-*Buiti-mea* siempre dice la verdad, *Yori*.

-¿Por qué la gente del río dice que viene aquí con los *Ocoroni*?

-Solo la mujer de *Naca-Beba* –dijo el cacique, apuntando con su mirada una choza con tres cabezas humanas disecadas colgadas frente a su portal- vive en *Ocoroni*.

Diego lanzó su caballo raudo hasta la choza señalada y encontrando una mujer sentada en una piedra, tan rápido que nadie esperó su acción sacó su espada y frente a todos, la degolló. Antes que nadie saliera de su asombro, porque nada hay tan patético como el espectáculo rejoneador frente a una multitud de espectadores paralizados por el enfrentamiento desigual del jinete y su victima, los soldados rodearon con sus monturas, rápidamente, al jefe *Buiti-mea* dejándolo aislado de la gente que mandaba, amenazando con cortarle también la cabeza si alguno intentaba atacarlos. Diego regresó frente al jefe y le dijo:

-Vendré por ti en tres días para que me entregues a *Naca-Beba* -el intérprete se lo tradujo. A cambio te daré un caballo, pero si te niegas o te escondes, tendrás que morir frente a tu pueblo.

Y jalando las riendas de *Ie-Tchi*, para hacerlo saltar en ancas, mandando con una señal convenida a sus soldados se regresaron todos al unísono galope por el camino de Sinaloa, dejando estupefactos a los testigos.

No obstante que el Capitán le había dado tres días de límite, *Bui-ti-mea*, "El que mata corriendo", mandó avisar que ya tenía capturado a uno de los cómplices del temible hechicero. Diego y su escolta llegaron al tercer día y castigando al cautivo con el látigo, le confesó donde se escondían los cómplices, guiándolos al despeñadero más alto y cercano, donde quiso arrojarse si los soldados no se lo hubieran impedido, antes que descubrieran su engaño. En el mismo lugar, Diego, determinó dejarlo colgado de los pies de tal suerte que murió balanceando su cabeza en el abismo dentro de las veinticuatro horas siguientes, sin que nadie se apiadara de su cruel destino.

A *Bui-ti-mea* le perdonó la vida pero no le obsequió el caballo prometido porque no cumplió cabalmente. Diego se regresó al presidio de Sinaloa con las manos vacías, pero dondequiera que encontraba indios, con intérprete les amenazaba con ejecutarlos a rastras si le ocultaban el paradero de *Naca-Beba*. Dos días mas tarde, para congraciarse con el Capitán llegó un indio *Tehueco* con la supuesta cabeza del hechicero en un canasto, pero siendo descubierto que su plan era entregar a otro indio muerto para engañar a Diego, no le quitó la vida, si no lo mandó azotar en la plaza principal ordenándole al verdugo que le tapara la boca con puños de tierra cuantas veces gritara, para ejemplo de los farsantes.

Huyendo *Naca-beba* de la persecución determinó esconderse con la poca gente que le quedaba con los belicosos *Suaquim*, a cambio de entregarles a sus mujeres que los acompañaban. Sintiéndose seguro con la nación aguerrida que se preciaba de ser *Yori-mea,* mata-españoles, lo admitieron en su río donde insolentes y altivos tenían colgadas de sus enramadas varias cabezas de españoles.

No tardó mucho en llegar la noticia al presidio de Sinaloa del escondrijo del hechicero, ni Diego en decidirse a salir tras su captura, cuestionando a su muy particular estilo:

-"*¿Llega el Sol?*"

-Respondiole el *correveidile*: ¡*E-ui*! (Sí).

-¡"*Llego yo*"!

Y Llevando solo veinticuatro soldados perfectamente ordenados y una docena de indios de servicio, llegó con el alba al caudaloso río de los *Suaquim*, donde un millar de indios de guerra lo esperaban. Preparó, antes de su partida, cadenas de colleras de hierro escondiéndolas en costales para que nadie descubriera la secreta estratagema. A cada soldado le encargó que atrapase dos indios colocándoles los cepos de inmediato en ocasión de que el Capitán les hiciese la señal convenida de gritar "Santiago", pero antes de la captura desde su llegada repartirían espejitos y cuentas de vidrio azules para que, confiados en su número superior, la curiosidad los mantuviera descuidados.

-Capitán, amarrar a uno solo de esos demonios no es cosa fácil -¿Y nos pides que coloquemos los cepos en dos de esos salvajes? ¡Como si tuviéramos cuatro manos en vez de dos!

-¡Nos pides demasiado! –dijo otro de los presidiales.

-Demasiados garrotes tendrá en la plaza pública aquel soldado que no capture a un par de enemigos *Suaquim*, así que prevénganse de no fallar sin bajarse del caballo.

La única persona que ignoraba la estrategia era Ósali, que por primera vez invitó Diego a que lo acompañara, sin que el Padre Andrés, ocupado bautizando neófitos, se enterara.

-Acompáñame al río de los *Suaquim* –le dijo- para que les regales cuentas y espejos a las mujeres de esa tribu.

-¿No son acaso los mas peligrosos guerreros para matar españoles? –inquirió.

-No van a mataros, tenedme confianza. Estaréis siempre junto a mí y cuidaré que nada os pase.

-No tengo miedo por mi, tanto como por ustedes, que ignoran la fuerza poderosa de los *Suaquim* en guerra. Todos los pueblos les temen, porque son los únicos que tienen de adorno en sus casas cabezas de españoles.

-Tu lengua hará mas fácil la conversión de estos salvajes, y tu rostro de mujer es mas respetado por los caminos, según su costumbre, que la vida de un ejército de extranjeros. Solo te pido que te lleves de embajada el vestido de algodón que te regalaron las mujeres de esta tierra, con su atuendo totalmente blanco.

-Entiendo lo que quieres decirme, evitar el pendenciero color del colorado, y me parece más benéfico convencer con palabras que vencer con las armas.

-A mi parecer, son las dos caras de una misma moneda.

-Capitán dejarías de ser. No estoy de acuerdo con lo que dices, pero estoy de acuerdo en lo que haces a favor del Evangelio como afirma el Padre Andrés. Iré, pues, contigo.

Con este plan concebido, llegaron los españoles al monte claro cercano a los poblados de Charay y *Motchi-Caui* encabezados por Diego y Ósali en el par de caballos negro y blanco de hermosa estampa. Su lugarteniente portaba el estandarte real, de modo que la simetría militar del pequeño grupo hacia ver sus dos columnas impresionantes. Las quince vacas que cerraban la comitiva ignoraban la importancia táctica de sus mugidos al final de la fila reclamando por su sed. Los jefes *Suaquim*, aunque deslumbrados por el orden marcial de los extranjeros llegaron con unos mil arqueros a sus espaldas y dijéronle indolentes al Capitán:

-¿A que vienes *Yori*? ¿No traes contigo más gente para pelear con nosotros que esta? ¿Y traes una *Coyota* como soldado?

Diego sabía perfectamente cuán importante era no mostrar cobardía ante los temibles *Suaquim*, así que habló fuerte y claro, haciendo señas con las manos abiertas, para que nadie viera la intención de sacar la espada, mucho menos de descubrir los costales en la grupa de los caballos. Su figura fue muy señalada por la mayoría de los guerreros *Suaquim*, que eran altos y forzudos, porque la estatura del Capitán era muy pequeña; tenia los pies torcidos y encontrados, aunque no se le notaba lo sambo sobre la silla de montar; lo que nadie se imaginaba era la gran fuerza de sus pies para correr y la fortaleza de sus brazos cortos en la pelea cuerpo a cuerpo, de manera que la buenaventura se valió de su frágil apariencia para que los soberbios *Suaquim* bajaran la guardia contra la escolta reducida de españoles. La belleza de Ósali en su caballo blanco deslumbraba a los enemigos, como el sol de frente a los caminantes, así que muchos seducidos por la nívea belleza de su acompañante dejaron de menospreciar la anatomía del Capitán.

-No intento pelear ni matar a nadie –contestó en voz alta, pidiéndole a Ósali que lo tradujera. Venimos suficientes para recoger ganado y caballos que dejaron cimarrones los españoles de *Carapoa*. Esta mujer, como echarás de ver, conoce tu lengua y ha venido a ayudarnos para hablar contigo.

-Los vamos a matar.

-Si tu intento es pelear y matar españoles, perro indio, pelearé yo solo aunque no me ayuden los cuantos soldados que traigo, pero si nos permiten recoger nuestro ganado, a cambio les traemos preciosas joyas y espejos mágicos para sus mujeres.

Y empezaron a repartir las bagatelas antes de escuchar la respuesta del jefe, *Ta-a*, "El Sol", acercándose con suma curiosidad los indios más subversivos.

-Traigan leña del monte para asar las vacas –ordenó *Ta-a* el jefe de los *Suaquim*, de gran estatura- recuperando momentáneamente su jerarquía, sabiendo que la carne era el manjar que hacía falta para recuperar la obediencia de sus huestes. Con su mandato estaba dando a entender que el ganado ya era propiedad de los *Suaquim*, al menos para este festín inesperado. Los guerreros aceptaron de inmediato ir a traer la leña, pues pensaban, además de comer carne de vaca, comer de españoles. Y salieron raudos, murmurando entre dientes:

-Vamos por leña, que con ella quemaremos primero al Capitán.

-Diego –le dijo Ósali disimuladamente y preocupada- ¿Sabes que van diciendo aquellos? No te confíes. Escuché que decían, los socarrones, que con la leña te quemarían a ti.

-No te preocupes por mí ni por ellos, sigue entreteniendo a los otros cabecillas con los espejos.

Cuando Diego echó de ver la confianza de los jefes *Suaquim* en su aparente superioridad, cuando mas entretenidos estaban buscando quedarse con alguna de las bagatelas, al ver que la ocasión había llegado, pues los principales se habían acercado lo suficiente a sus cabalgaduras, dio la señal convenida a los soldados:

-¡Santiago!

Diego prendió del cuello al distraído jefe *Ta-a* y le colocó encadenado el cepo en su poderoso cuello, y de inmediato, con la velocidad del ataque de una serpiente, atrapó al segundo en el mando, "*Maso-leo*", "Caza-venados", aunque se defendió no pudo evitar que el Capitán le colocara dentro de otra collera encadenándolo junto a su jefe. Cada uno de los soldados haciendo gala de astucia y valor lograron rápidamente su cometido hasta juntar cuarenta y tres de los principales, encadenados y atrapados firmemente por el cuello a merced de la hábil maniobra de los jinetes.

La multitud de secuaces, en medio de la sorpresa levantaron sus arcos, pero viendo prisioneros –como peces atrapadas en una red de hierro- a sus jefes principales, sin nadie que tomara el mando, aunque hervían y bramaban de cólera, se quedaron pasmados a la vista de la inteligente captura de sus jefes.

Ósali estaba igualmente sorprendida, quejándose con Diego por haberla llevado a ciegas para capturar a los peligrosos *Suaquim*, comprendiendo el gran peligro que sin saberlo enfrentaban. Diego, la sosegó diciéndole que aquellos presos eran los autores de tanta muerte de españoles y serían sentenciados, pero que los demás, si no los atacaban, serian dejados en libertad. Así que le pidió les aconsejase y persuadiese lo más pronto posible que no disparasen sus flechas, porque si lo hacían, les quitarían la vida con sus armas de fuego y espadas a un gran número de atacantes, porque estaban en camino los restantes soldados presidiales para atacarlos por la retaguardia.

Ósali convenció a los rebeldes que no se levantaran en armas, diciéndoles que aceptasen las condiciones del Capitán de los *Yoris* que tenia encadenados a sus principales jefes. Antes de que se retiraran Diego le ordenó a Ósali que les exigiera le entregaran vivo a *Naca-Beba* y les permitiría que las mujeres vinieran a traerle comida a sus prisioneros.

Como el hechicero no era *Suaqui*, lo entregaron de inmediato al Capitán, con tal de darles algo de comida a sus jefes, sin perder la esperanza de rescatarlos con vida. Diego ordenó a sus soldados le atasen un tronco al hechicero sobre sus hombros y una soga al cuello, para emprender el regreso al presidio de Sinaloa.

Las mujeres volvieron cargadas de comida para darla a sus prisioneros, aparentemente conformes con su destierro, pero entregaban en las cestas y jícaras, piedras a escondidas para que se rebelaran, lo que intentaron y estuvieron a punto de lograr si no fuera por las colleras y cadenas que les impedían luchar. Para sofocar este intento de rebelión Diego traspasó con su espada a los dos prisioneros de los extremos encadenados, haciendo mas pesado e imposible levantarse con el contrapeso a cuestas de su cuello, dominando la situación de nuevo.

Tras la amenaza de los *Suaquim* apenas concluida, arribaron, por llamado del Capitán, los misioneros Pedro Méndez y Juan Bautista de Velasco, que hablaban perfectamente su lengua. Diego después de saludarlos les pidió que intercediesen con aquella gente y los bautizaran antes de ejecutarlos en la horca por su desobediencia. Sin bajarse de su caballo negro colgó a los dos heridos que agonizaban primero, dejando a los cuarenta y tres ejecutados en los árboles más altos del río, a consigna de que no bajaran sus cuerpos sin su licencia porque arrasaría los poblados si contrariaban su última orden:

-Queda libre quien viva en paz en su labranza, bajo el amparo del Rey de España –dijo el Conquistador.

Los Padres tomaron a su cargo quedarse para la conversión de los *Suaquim*, y la tropa dio vuelta con rumbo al presidio de Sinaloa, llevándose cautivo a *Naca-Beba*.

Uncidos sus brazos al tronco, arrastrando los pies descalzos en el polvo, y, con una soga al cuello, al llegar a la Villa de Sinaloa, azorados los nativos y Encomenderos presenciaron el regreso de la comitiva con el temible hechicero *Naca-Beba* capturado, sentenciando a morir al atardecer en la horca -previamente bautizado y confesado. Como un trueno que rasga la oscuridad, antes que la soga rompiera el cartílago de la laringe, la voz del condenado, le acompañó en su viaje al más allá:

--"*¡Ili-Siua! ¡Ili-Siua! ¡Ba-a-i-Sebe Betchi bo-o!*", ¡Dios! ¡Dios! ¡Dios del viento norte! ¡No me abandones en el mar de arena, junto a los peces dorados! ¡No me dejes solo al otro lado de la muerte! ¿Dime, no basta ser valiente? Ya no seré feliz ¿Ya no seré la palabra viva? Tal vez ahora ya es ayer, no importa: ¡Me muero de sed!

Capítulo, *U-oi Nai-quim,* Ocho

La primera iglesia, obra monumental nunca vista por estos lugares, se levantó de adobes -cada uno hecho de arcilla mezclada con arena y paja era secado siete días al sol en moldes de madera- a cargo de la nación *Ua-sa-bú,* Guasave en castellano, "Los que cosechan primero", guiados por el Padre Martín Pérez el año de 1592. Su amplia fachada principal enmarcada por dos torres altas miraba de frente al sol naciente, de manera que sus paredes sin ventanas se vestían de rojo atardecer causando gran asombro a los nativos del pueblo viejo de *Nío* que admiraban la grandeza de su nave principal, contra la raquítica estatura de cada choza circunvecina. Las manos de gente tan inculta guiados por el artesano misionero, trajeron del porvenir una cruz de amapa, levantaron paredes y edificaron con vigas de madera el primer templo del desierto con su altar de piedra, obra nunca vista en esta tierra. Recién construida, una severa inundación en cinco días la derribó junto a todas las sementeras y cosechas de ese año. De nuevo se reanimaron los Guasaves a edificar otra iglesia más nueva y más hermosa, ahora con la guía de Padre Hernando de Villafañe. En lo que toca al cacique de los Guasaves, el Capitán lo perdonó al verlo tan decidido a participar con su gente en la obra del templo, bautizándolo con su nuevo nombre, como aliado de los misioneros:

-Desde ahora te llamarás como el Apóstol "Pablo" y te nombro Alcalde Mayor de los Guasaves –le dijo Diego- con la consigna de mantener a tu gente en mucha observancia de la ley de Dios.

-Con la ayuda del cielo –respondiole el jefe, santiguándose como español, con una cruz dibujada en el aire.

-Es notable la estima que tienes como cacique de los Guasaves, y yo te respeto también. Traigo para ti este tordillo y su rienda para que te enseñes a montarlo.

Cuando te sientas jinete diestro, te reto a una carrera de honor con alguno de mis soldados.

-*Ca-ita née-a te-ua* "No tengo nada que decirte".

-El caballo, como la mujer, son pertenencia exclusiva del caballero, por eso se debe arriesgar la vida antes que la deshonra de su quebranto.

-Mucho estimo tu regalo, y te prometo aprender a gobernar al caballo como a mi pueblo para enfrentarnos en una carrera algún día.

-Te pido también que distingas a mis mensajeros con tu respeto, pues vendrán de mi parte trayendo mi papel y sello a visitar a los misioneros. Si alguno de estos mensajeros cayere herido en los caminos de Sinaloa, vendré por la justicia, presto y diligente, contra los adversarios de mis órdenes.

El Capitán imprimía sus cuatro sellos de cera en un pequeño papel: era la seña convenida para sus mandatos y mensajeros; era como una provisión real, sin letra ni escrito, y el que lo portaba colocaba el papel en una cañita, y esta atada a la correa con que se amarran los mensajeros la cabellera.

-Mi palabra te doy de respetarlos.

De este acto nació una sólida alianza con los Guasaves y la costumbre de festejarla cada año con una carrera de caballos. Como prueba de la misma fidelidad, otros caciques, como *Ou-Sei*, "El León de Bamoa", anhelaban ser aliados del Capitán y recibir el mismo reto y obsequio que Pablo.

-Capitán –le dice Pablo- aquí tienes a *Ou-Sei*, cacique de Bamoa, que viene a pedirte alianza para vivir sin guerrear. Estos Pimas bajaron con sus familias desde *Sa-ua-ripa* y se han quedado a labrar la tierra a las orillas de Sinaloa, son gente leal y sencilla.

-Tenemos maíz en los campos, y en nuestras casas sombra y frescura –habló *Ou-sei*.

-Se agradecer tus palabras –contestó Diego- pero me fío mas de los hechos, así que te pido reúnas a tu gente en la enramada principal y les dices que en premio a su lealtad no tendrán guerra si no paz. Que aquel que desacate mis órdenes pagará la consecuencia de su rebeldía en la horca, pero el que respete la ley tendrá casa y siembra. Para sellar mi palabra, te doy en prenda este alazán, para que lo aprendas a montar, y jugaremos una carrera el día que te sientas capaz de hacerlo.

-Capitán –le dijo Pablo- los *A-uo-eme* vienen a quejarse que los *Te-ue-cos* invadieron sus tierras y usurparon sus mujeres.

-¿"Ahomes"?

-Son "Los Jefes", "Los que tienen autoridad", en nuestra tradición y lengua antigua –le aclaró Pablo- pidiendo que les lleves la justicia para que vuelvan a sus casas, porque los *Te-ue-cos* no respetaron nunca su jerarquía ancestral.

-"*¿Llega el sol?*" –preguntó el Capitán.

-Si -Respondió Pablo.

-"*¡Llego yo!*" –contestó Diego. Diles que iré de inmediato y quedarán bajo el amparo y protección del Rey de España.

-Cuando llegues con los *A-uo-eme* no esperes encontrar más que desoladas marismas y los sufridos pescadores del mar. Muchas veces han sido invadidos por sus aguerridos vecinos, quizás no sea favorable arriesgarte en rescatarlos de los *Te-ue-cos*.

-Pablo, no solo voy a causa de los *Ahome*s, si no para remediar los alzamientos en contra del trabajo evangelizador de los misioneros. Mientras los demonios anden libres el río de los *Suaquim* será una frontera entre la paz y la guerra. Pronto habré de someterlos al orden y al amparo del Rey.

Diego y su escolta continuaron con rumbo norte, llegando a *Mo-tsi Ca-ui*, "El cerro de la tortuga", punto intermedio del camino al pueblo de los *Ahomes* al día siguiente. Este río de los *Suaquim* de incontrastable belleza nace entre siete profundas barrancas y dos altísimas cascadas, Piedra Volada y *Basaseachi*, donde cada invierno caen fuertes nevadas en los bosques de pino y encino. En su corto trayecto al Mar del Sur, desciende de la sierra por el caminito del sol. Antes de llegar al mar irriga un valle plano llenándolo de verde vitalidad.

Al llegar al rio, los *Suaquim* le tendieron una emboscada rodeándolo con más de cien flecheros dispuestos a cobrar venganza de la afrenta pasada. El nuevo cacique, *Taai-cora*, "Piedra del sol", habiéndolos rodeado de guerreros, se acercó al Capitán hablándole con arrogancia, para que tradujera su mensaje sin necesidad de intérprete:

-¿Quién es este enano? ¿*Jaisa-eme Sule*?

El Capitán, disimulando que no le entendía, cuando se le acercó preguntando confiadamente quien era, súbitamente, atrapándole entre la cuerda de su propio arco con una mano y la cabellera con la otra lo atrapó por el cuello en forma tan rápida que nadie esperaba ver detenido a su jefe. Hizo luego amarrarlo de la silla de su caballo amenazando con arrastrarlo si sus cómplices trataban de rescatarlo, así que dejaron de disparar sus flechas por temor a que el Capitán cumpliera su amenaza.

-Diles en voz alta que no disparen sus flechas porque mataremos a su jefe –le ordenó Diego a su prisionero.

Colocándole su filosa daga en el cuello, viendo la muerte muy cerca el cautivo empezó a gritarle a sus gentes:

-¡*Suaquim*: Deténganse! –Gritó *Taai-cora*- ¡No disparen que aquí me matarán!

-Si se retiran, solo me llevaré a este rehén y los demás quedarán libres –señaló Diego controlando la situación.

Otra vez víctimas de la sorpresa, pero esta ocasión revelándose contra el secreto temor que el Capitán les inspiraba, no aceptaron capitular, empezaron a lanzar flechas para impedirles salir de aquel peligroso camino. Envalentonados por su mayoría estaban decididos a matarlos, deseosos de venganza, no obstante el cautiverio de su jefe. A punto de lanzar el ataque final sobre su presa, viendo el peligro en que quedaban, especialmente la cabalgadura de Diego que estaba siendo asediado mas fácilmente, surgieron desde el monte que los rodeaba un grupo de certeros flecheros *Huites*, para contraatacar a los *Suaquim* por la retaguardia, abriendo un claro en el camino para ponerlos a salvo. El más valiente de los *Huites*, con letal puntería liberó a los españoles de sus perseguidores, para que escaparan con seguridad rumbo al río, y con la misma agilidad del coyote llegó a su lado, los salvó y se fue. Quedaban todavía los *Suaquim* escondidos en el monte pero ya no disparaban, buscando escabullirse del ataque de los *Huites*, lo que aprovecharon los españoles para escapar con vida, llevándose prisionero a *Taai-cora*.

Siguieron río abajo y llegaron al pueblo de los *Ahomes*, donde los *Tehueco*s confiados en la ofensiva de los *Suaquim* no esperaban tan pronto arribo del Capitán y sus soldados. Lo primero que ordenó el Capitán fue que tomaran prisioneras a unas doscientas mujeres de los *Tehuecos* y atadas las colocó junto al prisionero *Taai-cora*. Y mandó dos mensajeros diciéndoles:

-¡*Tehuecos*! Si quieren rescatar con vida a sus mujeres, venga cada uno por su respectiva familia y salga del pueblo de los *Ahomes* para que los dueños originales regresen a ocupar sus chozas. Si me desobedecen se derramará la sangre de sus mujeres por culpa de su desobediencia.

Fiados de la palabra del Capitán, cada *Tehueco* regresó por su mujer y por sus hijos, dejando libres los campos de los *Ahomes* y no se derramó una sola gota de sangre, tal como lo prometió su intérprete. Al cacique de los *Ahomes*, lo nombró como el Apóstol *"Pedro"*, Alcalde de su pueblo y, como acostumbraba hacer alianza, le regaló un hermoso alazán y el consabido reto hípico. Con el paso del tiempo, el caserío llegó a poblar unas seiscientas chozas pues los vecinos de la playa cercana, *Batucaris* y *Comoporis*, que vivían al aire libre de los médanos, se congregaron en el mismo pueblo y a su cacique, el temible, *"Coa-li"*, Serpiente, también le obsequió otro caballo bayo.

Al día siguiente, Diego ordenó que regresaran a *Mo-tsi Ca-ui* por su obstinada porfía de someter a los *Suaquim*. Al llegar al poblado lo encontraron abandonado porque se habían escondido en los montes cercanos cuando vieron que regresaban los soldados. Diego ordenó que prendieran fuego a la choza de *Taai-cora*, avisándoles con intérpretes que si no regresaban a sus casas quemaría, una por una, las demás que estuvieran abandonadas. Entonces, convencidos de su inútil resistencia, empezaron a regresar, sometiéndose al castigo de cortarles la cabellera -que tanto estiman los guerreros-, y con esto no se tocaría su casa. Aquellos que no regresaron, desde el monte vieron prenderse el fuego de su casa, hasta que la mayoría aceptaron sujetarse al castigo de traer el pelo corto, y quedaron en su propio pueblo asentados. De regreso en la Villa de Sinaloa, se ajusticíó a *Taai-cora*, condenándolo a morir, después de bautizarlo, desde luego, en la horca al atardecer.

Con la mano de obra indígena se construyó otro hermoso templo de adobes, en la Villa de Sinaloa. Al frente lucía imponente en el atrio la altísima torre del campanario de cuatro terrazas construidas de piedra, una sobre otra de manera piramidal, alcanzando al final quince veces la estatura de un hombre, y, a los lados estaban, la plaza, el panteón, la casa del misionero, el Colegio de Jesús para tratar cuestiones religiosas y una escuela de niños para leer, escribir y cantar, ejercitados -con un maestro de guitarra- para el ministerio del canto en las fiestas de la iglesia.

Alrededor del conjunto las chozas humildes limitaban el pueblo de los campos de cultivo y pastoreo. Lo más impresionante era el tañido de la campana por su novedoso e imponente prestigio ante los azorados indígenas, que a largas distancias escuchaban –y obedecían- su llamada: como la voz de una madre a los oídos de un hijo querido; ninguna melodía era comparable al son metálico, claro, recio, enigmático y ondulante de aquella campana.

-¡Escuchadla! –Les decía el misionero- ¡*din-don, din-dan!* ponedle atención: he llegado sospechar que su canto viene más allá del cielo.

La tierra era propiedad de la corona española, pero se repartía una parcela a cada indio y todos laboraban comunitariamente en las tierras propias de la Misión. Principalmente sembraban maíz, frijol, calabaza, chile, trigo, caña de azúcar y árboles frutales traídos de Europa; criaban vacas, caballos, cerdos, cabras y borregos. Cada año, el Día de Reyes, elegían a su "Justicia" y "Alcalde", bajo el mando del Capitán del presidio, pero la máxima autoridad seguía siendo el misionero Jesuita, procurando la más estricta disciplina de todos los pobladores. En esta naciente provincia de Sinaloa, tan rica en contrastes, el común denominador para el vasallaje de tan distintas tribus eran: la religión y el idioma castellanos.

Por órdenes del décimo Virrey de la Nueva España, Don Juan de Mendoza y Luna, III Marqués de Montesclaros, Caballero de La Orden de Santiago, llegaron los arrieros de Durango de Pomposo Fierro García, apodado "Don Ángel", trayendo ocho cerdos, diez mulas, veinte caballos, veinte vacas y dos carretas cargadas de insumos para la misión de Sinaloa porteando: coas de fierro, azadones, sierras, palas, hachas, machetes, cuchillos, espuelas, herrajes, frenos mulares y caballares, lazos, chapas, planchas, platos, mantas, papel y tinta china, agujas, tijeras, espejitos, cohetes, palanganas y cantimploras; víveres varios como cacao, aceitunas, canela, clavo y pimienta, tabaco, ocho barricas de vino, pasas y almendras; vituallas personales como telas, cintos, zapatos y sombreros, relojes de sol y de arena.

-¿Cómo le fue de viaje "Don Ángel"?

-Quítale el "Don" ¿No ves que me llamo *Ángel*? ¡Quítale el "Don" porque me rebajas de categoría! –respondía ufano e irónico el arriero de los ojos verdes y complexión de atleta.

Por supuesto que debe ser contemplado tan valioso cargamento de los arrieros, no solo por su precio en plata, si no por la agobiante travesía entre veredas espinosas y ríos intransitables. Por otra parte no hubieran llegado sanos y salvos sin la compañía de una escolta de diez valerosos soldados presidiales y una comitiva de misioneros europeos que entregaron al Padre Andrés una gran bolsa de cuero conteniendo el correo.

Con la llegada de la "Conducta" a la Villa de San Felipe y de Santiago sumaban ya, a la población de unos dos mil conversos, ochenta españoles y diez misioneros: Martín Pérez en *Sinaloa,* Pedro Méndez en *Ocoroni,* Pedro de Velasco en *Mocorito,* Hernando Villafañe en *Guasave* y *Bamoa,* Juan Bautista de Velasco en *Cavimeto,* Cristóbal de Villa Alta en *Sinaloa,* Andrés Pérez de Rivas y Vicente del Águila en *Ahome,* Hernando de Santarém en el pueblo de los *Tehuecos,* y Julius Pascuale en el río de los Zoes, quien los renombró, con su acento italiano de la equis: "*Choix*".

-Hay tres cosas que tienen que saber ahora –dijo el Padre Andrés a los misioneros reunidos. Por carta del Virrey se comisiona al Capitán Diego Martínez de Hurdaide para fundar otro presidio en el río de los *Suaquim;* una caravana de mineros españoles llegará a buscar minas en las siete barrancas, y; mi humilde persona se encargará de la Misión para el rescate de las almas bárbaras al evangelio apostólico. Presidio, Misión y Mina serán la última frontera del Fin del Mundo.

-La rama está florida –comentó el Padre Velasco con parsimonia- es una noticia de alta serenidad y de honra, sin embargo, la tribu *Suaquim* sigue siendo la mas salvaje e irreducible de cuantas nos rodean.

-Es la mismísima cola del diablo –dijo el Capitán también reunido junto con Ósali entre los Jesuitas.

-Puede que esta sea la obra más importante, Padre Juan –dijo el Padre Andrés. Es algo nuestro que permanecerá para la Gloria de Dios cuando la historia nos haya dejado atrás y nuestras vidas sean más insignificantes que ahora.

-Aun viviréis muchos años –dijo el Padre Hernando.

-No hablo de mí. Hablo de todos nosotros –continuó el Padre Andrés. ¿A dónde hemos venido a dar? Otros sueñan con una vida tranquila de conventos alejados del mundo terrenal, otros con la vianda servida a la mesa de los reyes, pero son contados los seres que han dado el salto desde su patria al mundo desconocido de estas misiones. A falta de pan, comemos tortillas duras. A falta de aceite de oliva, hay sebo. A falta de vino para consagrar, agua sucia. Cuanto género de sabandijas –hormigas, jejenes, tarántulas, escorpiones, zancudos, piojos y garrapatas- Dios creó, aquí tienen su lugar. Las espinas del camino y la lumbre del clima más que insoportables, son infernales. Pero ni el calor del sol ardiente ni el bárbaro tormento de la sed extinguirán mi caridad. No puedes confiarte de salvajes ni neófitos, cuando basta una chispa para convertir la misión en una llamarada de violencia. A lo largo de sendas interminables y solitarias no se conocen puentes para el cruce de tanto río: ¿Qué nos une a tanta soledad como martirio?

-Precisamente el peligro constante estimula mi esperanza: si mi vida peligra, así sea –dijo el Padre Pascuale.

-La fe –contestó el Padre Cristóbal. Porque el misionero es un soldado de la fe, es rector, es cura, es predicador, catequista, procurador, labrador, ranchero, médico y sepulturero. Pero hay que reconocer que la gran carga son las tareas profanas de fundar y organizar pueblos, no la de rezar y salvar almas.

-Hace años que no pruebo vino, ni paladeo chocolate ni duermo en cama, si no a la intemperie –dijo el Padre Méndez- pero vivo sin añoranza. Oigo con frecuencia a los indios que nos llaman en su lengua "locos" viendo la ardua tarea de nuestras manos, pero, para mi lo que mas extraño son las cartas porque, no me avergüenza decirlo, sin ellas me siento enterrado en vida.

-Ocuparse de salvar almas –dijo el Padre Andrés- es la clave de la perfecta humildad. Véase en esta la causa de navegar en cualquier lugar del mundo, andar, ayunar, sufrir y morir en el nombre de Jesucristo.

Colocó ambas palmas de su mano, doblando un poco la cabeza, como si hubiese presentido las palabras de despedida de los demás misioneros y terminó diciendo con una repentina gravedad:

-Como ya os dije, puede que esta sea la obra más importante de mi vida, queridos Padres míos...

Se aclaró la garganta y continuó:

-Hay que dar absoluta prioridad a mejorar las condiciones lamentables de los indios, a menudo tan desnudos como ignorantes, a quienes les es completamente desconocida la fe, como de hecho lo es todo lo humano: "*Gens áspera, convulsae, terribilis*", gente ignorante, violenta y terrible. Agradezco a Dios la oportunidad de servir a la propagación de la santa fe, para lo cual mi más ardiente deseo es derramar mi sangre para la conversión de muchas almas, es decir, la salvación de los demás hombres. Este es el martirio que nos une, os digo Hermanos, en esta soledad del Fin del Mundo.

-¿Cuando partiremos, Padre? –preguntó Diego.

-El día de los Santos Reyes.

-Padre Andrés, todos queremos acompañarle en tan osada aventura –dijo otro de los frailes.

-La mies es grande y los labradores unos cuantos. Cada uno trabajará con su pueblo, aprendiendo su lengua lo mas pronto posible, educando a los infantes en los principios de la doctrina y al final habrán de reunirse nuestros senderos en esta o en la otra vida.

-Así sea. En el Nombre de Dios. Id y predicad el Evangelio -dijo el Padre Bautista- a toda criatura...

Partieron al amanecer. Si lo escribiera ahora, lo haría, desde luego, mas sencillo. Creo que sería mas claro el hecho de que la jornada del Padre Andrés, acompañado de Diego como Capitán y Ósali, su inseparable intérprete, partió de Sinaloa con rumbo norte al río de los *Suaquim* en una aventura memorable, y entonces resaltaría mas fidedigna la odisea –la caravana, los perros de guerra, los retos, las calamidades- pero no fue así. Por eso se me ocurrió de colofón la última frase, cuando comprendí que viene a ser como un símbolo de la misma travesía humana: A todo hombre le dan todo y le quitan otro tanto cuando viaja.

Capítulo, *Ba-tani*, Nueve

A orillas del majestuoso río *Suaquim* llegó la caravana el diez de enero del año de 1607 escogiendo como asiento un cerrito distante dos leguas al oriente de *Motchi-Caui,* a salvo de las frecuentes avenidas, rodeados de sementeras, agua, árboles y pastos, cercano al lugar que antes había tenido la destruida Villa de *Carapoa.* Con artesanos *Guasaves, Bamoas y Sinaloas,* se edificaron cuatro torreones centinelas del magnífico recinto de adobe con capacidad de proteger a los cincuenta Encomenderos, la iglesia, sus viviendas y la caballería. El trabajo de edificar, adobe por adobe, no se interrumpía más que para comer al mediodía y para la misa de la tarde. Todo esto se juntaba para llenar de admiración a los *Suaquim* que nunca conocieron edificios por obra humana, pero, al mismo tiempo, en las tribus enemigas se alimentaba el descontento por la osada construcción de los invasores *Yoris.* El magno recinto, en honor del Virrey se llamó: El Fuerte del Marqués de Montesclaros.

-¡Capitán *Sule*! ¡Capitán *Sule*! –llegó diciendo fatigado un *correveidile.* ¡Quemaron la iglesia!

-¿Qué dices? –cuestionó Diego.

-*Sule*, los demás te dicen *Sule* como nuestros ancestros del norte que eran *Sulem,* pequeños.

-Eso no me importa ¿Qué pasó en la iglesia? ¿Qué pasó con el Padre Pedro Méndez?

Mientras se reunían los demás residentes a escuchar la infausta noticia de viva voz del mensajero:

-Los *Te-uecos* aliados con los *Te-pa-ui,* con olotes encendidos en sus flechas, quemaron la iglesia. El Padre Méndez protegido con algunos fieles escapó a la Villa de Sinaloa y está fuera de peligro.

-¿Tepahuis?

-"Los lanza-piedras" o "Pedreros".

-Es obra del demonio y la brujería de esos salvajes –sentenció el Padre Andrés escuchando al sudoroso informante, que continuó narrando con aleteo nasal:

-Convocaron gran cantidad de gente para rebelarse y amenazan acabar de una vez quemando las demás iglesias junto con los *Yoris* y soldados de toda la comarca.

-¿Cuanta gente reunieron? –preguntó Diego.

-Como panales de abejas hacen su alboroto con gran ruido de tambores –continuó el indio- porque el hechicero les dice que tiene en una olla tu cabeza, Capitán; jurando los que se acercan que se escucha tu llanto lastimero dentro de la tinaja.

-Os dije que es brujería del demonio –dijo el Padre.

-¿Dónde viven los *Tepahuis*? –preguntó el Capitán.

-A unas veinte leguas en los barrancos de la sierra.

-*¿Llega el sol*? –preguntó con voz fuerte Diego.

-Si –contestó el *correveidile*.

-¡*Llego yo*! –contestó a su típico estilo de anunciarse en pie de guerra.

-Regresa y dile a los *Tehuecos* gentiles que tendrán la protección del Rey de España al amanecer, y que los cabecillas de la rebelión serán juzgados como traidores para colgarlos del árbol más alto de su pueblo. Diles también…

-Capitán, no sabes lo que dices –le interrumpió mas temeroso el indio- me matarán si regreso.

-No temas por tu vida que llevarás un papel con mi sello y habrán de respetar tu correo –lo tranquilizó Diego. Diles también a los revoltosos *Tepahuis* que iré a cobrarles su atrevimiento hasta su chocerío y no quedará sementera ni río sin mi justicia.

El Padre Andrés nunca oyó hablar a Diego tan exaltado ni tan vehemente y quedose admirado de su valentía. Sabía que la Iglesia tenía en sus manos al mejor defensor de la fe, pero hasta ahora conoció de cerca el arrojo y el valor a toda prueba de su hijo predilecto. De hecho se sintió, sin manifestarlo, orgulloso de su pupilo. Los Encomenderos que recién construían su vivienda en El Fuerte, expresaban su temor de verse acorralados en su propia trampa al oír decir que eran los agresores en gran número y desalmados con los extranjeros, así que se reunieron junto al Padre para colaborar en la defensa en caso de que los sitiaran.

-Jamás vendrán aquí –habló Diego a la concurrencia para tranquilizarlos- porque yo tomaré primero el camino de la batalla, porque soldado que avanza primero, vence.

En mucho cuidado puso el Capitán prepararse para la guerra, mandando llamar a sus aliados caballeros, Pablo, *Ou-sei*, Pedro y *Coa-li* que juntaron unos mil flecheros entre sus tribus, y con cuarenta soldados presidiales llevó su ejército al paso de ochenta vacas que cerraban el regimiento. Con la única condición de los flecheros de que el

Capitán les permitiera, como paga, cortarles la cabeza a sus enemigos para bailar con ellas a su regreso, sus seguidores aceptaron el trato. Únicamente Pablo se enteró como seleccionó a los mejores corredores de los *Ahomes*, que tienen fama de ligeros y resistentes para enviarlos dos días antes como espías solitarios por delante y así mantenerse informado de las estratagemas de sus enemigos. Cada espía llevaba escondido papel con su sello por si acaso lo capturasen dijese que era un correo del Capitán que con esto todos le respetarían la vida por miedo a las represalias.

Al quinto día la tropa estaba armada y suministrada para partir. Diego daba las últimas órdenes a sus soldados y los caciques aliados. A cada escuadra le colocó un pendón y el principal al frente portaba el escudo rojo del Virrey de Montesclaros, con la luna creciente sobre la cima blanca. Todos los Encomenderos salieron a despedirlos a la explanada.

-Yo iré contigo –le dijo el Padre Andrés.

-Yo también quiero ir con ustedes, Padre -dijo Ósali.

-Discúlpeme Padre –se opuso Diego- no quisiera tenerlos a riesgo alguno estando en el campo de batalla pues los rebeldes tratarán, más que a nadie, de flecharlos a ustedes. Mejor quédense a rezar por nuestro sano regreso que mucho necesitamos la ayuda del cielo.

-Iremos Ósali y yo para socorrer a los heridos, y ayudarte en el convencimiento de otras tribus vecinas que pueden ser nuestros aliados –contestó con decisión el Padre.

Diego miró a Ósali en su blanca cabalgadura sintiendo dos leves estremecimientos en el pecho: uno por el peligro que asediaba a una mujer tan hermosa en medio de las flechas y el combate; y el otro, más discreto, por la admiración que su impactante belleza siempre le causaba: "Mujer hermosa -pensó para si mismo- tú no sabes que estás en mi pecho".

-La guerra no es para la mujer, sino la casa –dijo Diego por protestar de alguna manera la decisión del Padre. Pero sabía de antemano que su tutor no la dejaría sola en El Fuerte, así que cuando escuchó su respuesta fue como la deseaba:

-La mejor mujer es la que está al lado del hombre, tanto en casa como en la guerra –contestó con su saber y sabor europeo el misionero. Y montado en su mula hizo ver a Diego que estaban justo a tiempo de la partida.

Caminaron rumbo al oriente sin premura, al paso de las vacas que llevaban, así que el primer espía que regresó le pudo informar a Diego que mas adelante, en el poblado *Coni-cali*, Conícarit, "Casa del cuervo", urdían escondidos los *Tepa-uis* en una profunda cañada para apedrearlos desde las alturas, para que estuviera prevenido. Viendo el cacique de *Coni-cali* que avanzaba muy despacio la columna vino a su encuentro, fingiendo estar de su lado, para hacerlos caer ciegamente en su astuta trampa. Para hacer más real el engaño pidió al Padre Andrés que lo bautizara, cosa que hizo el misionero ignorando la trama del ladino indio. Cuando Diego lo recibió junto con Pablo a solas le dijo:

-Conozco tu trampa –Pablo le tradujo.

-¿Qué dices Capitán *Sule*? –negó el taimado jefe con su pregunta.

-Se que me aguardas una trampa con tus gentes escondidas en la barranca, para matarnos a pedradas –Pablo tradujo otra vez.

La sorpresa lo dejó pálido y empezaron poco a poco las corvas a temblarle, pues sintiéndose descubierto y frente al Capitán armado con arcabuz, la muerte estaba segura. Un traidor muere dos veces -una de miedo, otra de verdad- por eso ya estaba muerto cuando le escuchó decir:

-Anda, vuélvete con los tuyos, que si quisiera matarte aquí, ya lo habría hecho. Pero, vuélvete a la barranca con tu gente y junta tantas peñas que necesitarás un cerro para matarme –Pablo tradujo, hablando con el mismo énfasis del Capitán, como si fuera su eco.

-Vine en son de paz –débilmente reprochó.

-Que yo te buscaré allá para colgarte del árbol más alto de la sierra, donde vengan los cuervos por tus ojos. Y mira que no te escondas cuando yo llegue porque si no te enfrentas a mi, te sacaré el corazón de tu escondrijo para dárselo a mis perros –tradujo Pablo y se oyó ladrar a lo lejos a uno de los mastines de Diego.

-¡Lárgate, ya! –Sentenció Diego.

Mirándolo fijamente a los ojos Diego disparó el arcabuz por encima de su cabeza quedándose el indio atónito y libre para alejarse corriendo a su tierra. Y volvió tan asustado que ordenó a sus gentes que se alejaran porque el Capitán con sus hechizos ya los había descubierto y vendría a matarlos a todos junto a sus mujeres que los acompañaban. Convencidos de los poderes mágicos del Capitán decidieron, encabezados por su jefe, ir a su encuentro y rendirse para no luchar con tan formidable enemigo:

-Capitán *Sule* –dijo en tono de sumisión y reverencia- venimos a entregarte nuestros arcos y flechas, no queremos pelar contigo, ni engañarte.

Todos los guerreros traían en las manos extendidas el arco y el carcaj lleno de flechas.

-Arrójenlas a la hoguera –ordenó Diego- y amárrenlos de las manos alrededor de los árboles.

-Diego, ¿Qué piensas hacer con estas gentes? –intercedió el Padre.

-Azotarlos y colgarlos para que aprendan a respetarnos –Le dijo Diego contrariado por la presencia del Padre.

-Están ya vencidos. Déjalos ir que ya tienen aprendida su lección –Ósali abogaba por las mujeres principalmente, que estaban también amordazadas con sus críos, muertas de hambre.

-En la guerra se gana o se pierde, no se aprende ninguna otra lección.

-*"Se humilde, generoso e incapaz de malicia con los débiles -animales y los hombres- pero inexorable contra las injusticias"*-le recordó el Padre.

-Usted gana Padre –contestó Diego sin pensarlo dos veces- pero al cacique de estos rebeldes habré de colgarlo del árbol más alto para ejemplo de los demás sublevados.

-Si la gente queda libre, a su cacique también debes darle otra oportunidad. Tampoco tú pierdes, hijo mío, *"Dios no salva ni por la espada ni por la lanza"*, más bien puedes sellar otra nueva alianza.

Al verse desatados como trescientos cautivos, agradecieron al Padre que por ellos intercedió ante el Capitán, y el jefe vino hincado de rodillas para rogarle que intercediese también por él:

-Iremos a labrar la tierra y a pescar al río, y nunca más apuntaremos arco y flecha contra ti, Capitán *Sule*.

-Tú quedarás libre también –le dijo Diego- si vives de labrar tu sementera, pero con una condición: regresarás a la sierra con los *Tepahuis*, a decirles que su mejor destino es rendirse, como ya lo hizo tu gente y se les respetará la vida, que solamente los cabecillas serán enjuiciados por mi; pero si fallas a tu encomienda, no habrá misericordia por ser un traidor.

-Iré con los *Tepa-ui* a decirles tu mensaje, Capitán *Sule*, y a decirles que mi gente ya está en sus sementeras sin problema alguno.

-Quiero que te fijes también cuantos guerreros tienen a su favor y averigües cuanto maíz tienen escondido para darles de comer a su ejército.

Al mismo paso lento cruzaron la honda barranca sin contratiempo alguno llegando al fin frente al campo de los enemigos: una llanura custodiada por tres imponentes picachos coronados de pinos. Como campamento base construyeron tres enramadas de horcones, una para el Padre Andrés, otra para Ósali y la tercera para el Capitán. Los demás dormirían a la intemperie. Diego mandó construir otra enramada grande, con hornos de barro, para darle de comer a la gente, *Uaca-ba-a-qui*, caldo de res con calabaza con tortillas de maíz, y levantó cuatro torres de amapa como observatorio y vigilancia de las acciones de sus enemigos. Nunca se habían enfrentado dos ejércitos tan grandes como en esta ocasión, así que toda acción era desconocida para los guerreros que acostumbraban pelear contra tribus solamente.

Los soldados presidiales y los jefes aliados esperaban con ansias las órdenes del Capitán para entrar en combate. Diego ordenó solamente que sitiaran a sus enemigos colocando sus tropas a lo largo de la explanada que separa los tres picachos del río. Planeó meticulosamente la guardia en las cuatro torres, y aumentó el recorrido de los *Ahomes* espías para saber los movimientos de los *Tepahuis* escondidos en las laderas:

-Órdenes de hacer fila –ordenaba Diego cada amanecer.

-Si Capitán –respondió Pablo: ¡Pronto, hagan fila!

Y se formaba el escuadrón para desfilar, a punto de entrar a combate. Toda la mañana trascurría entre ejercicios militares, doma de caballos y la comida al mediodía, de manera que el ambiente era de gran alboroto y afán para la guerra. Al caer la tarde una campana invitaba, invariablemente, a todos los soldados a escuchar misa.

-Que toquen los tambores de guerra –ordenó Diego- cada noche y que no se enciendan fogatas para estar alertas en caso de que se acerquen los enemigos. Son supersticiosos y no atacarán de noche. Su estrategia de esperarnos ocultos no funcionará y cada día que pase ellos se convertirán de sitiadores en sitiados.

Como los preparativos matutinos eran arduos, todos creían saber que a la mañana siguiente saldrían en busca de sus enemigos, pero los días cursaban con la misma rutina marcial. El escuadrón de *Guasaves*, Ahomes y *Tehuecos* aliados cada vez se integraba más como un ejército rápido, poderoso, con tropas sedientas de guerrear para que el Capitán viera quien era más hábil en la lucha. Claro que el premio de obtener la cabellera de sus enemigos inundaba el campamento de un aire cercano a la batalla. A grandes rasgos se estaba formando la infantería con unos mil flecheros, lanceros y macaneros, resguardados por la caballería de los cuarenta soldados españoles: Un espectáculo nunca visto al pie de la sierra. Por las tardes, una carrera de caballos a lo largo del campamento, sacudía de emoción y polvo la prolongada espera convertido en un verdadero espectáculo a lo largo de la improvisada pista de terracería.

-Capitán –le dice un soldado- queremos pedirle permiso para hacer una carrera esta misma tarde.

-¿Juegan alguna apuesta?

-Si, la paga de un mes.

-¿Cuales caballos corren?

-El "Alazán Tostao" y "El Sidi".

-Le voy al pinto, que tiene nombre del Cid, "Señor Andaluz".

-Diego, hijo mío, -le dice el Padre mientras cenan- ya tenemos dos semanas en preparativos y no avanzamos al territorio enemigo.

-Cada día es una victoria, Padre. Estoy ocupado en hacer un mapa de este lugar, y preparar la tropa con el mando de cada jefe hasta hacerlos hábil y moralmente superiores a los sitiados. Nuestros enemigos están viendo todos los días nuestros preparativos y, desde luego, que son incapaces de huir, sin caer en mi trampa, que es el hambre.

-Si tardas más tiempo, ¿No crees que vengan otras tribus a unirse con tus enemigos? –pregunto Ósali.

-Nadie vendrá en su auxilio porque las demás tribus creen que los dos mil flecheros *Tepahuis* son invencibles entre sus riscos –le contestó Diego, de manera mecánica porque estaba admirando el porte fino de la hermosa maestra.

Hace mucho tiempo ninguna mujer se ha visto tan encantadora como Ósali; con su esbelta figura; su coloración de porcelana mestiza, sus ojos negros, su boca viva y petulante; porte irreprochable; andar de graciosa levedad, rígida y orgullosa. Mujer por su título, pero en realidad solamente quinceañera; debe presentarse diariamente a trabajar educando a los niños en la escuela y a sus madres en la doctrina; aunque educada a la europea, sigue vistiendo como una india de gamuza, algodón y mocasines; era una jovencita muy atractiva, mas su juvenil corazón no quiere otra cosa sino vivir -y amar. Como hija adoptiva del Padre Andrés, había encontrado el único lugar donde su talento podía florecer, educando niños en el Fin del Mundo, y, consecuentemente, estaba rodeada de un entorno de respeto y admiración. Su alta estirpe, hacía más atractivo su escote, y la brevedad de su cintura más sobresaliente la cadera que la planicie anterior de su abdomen.

A Diego es a quien le ocurren estas cosas de amor y celos desde que miraba todo el día a Ósali, de un modo distinto, no como su hermano sino como enamorado. En su perversa costumbre de falsear y magnificar no había advertido que los celos podían estar en la página opuesta del mismo libro del amor. Sí, en cualquier parte del mundo uno pasa fácilmente del amor a los celos cuando tantas miradas masculinas convergen sobe la mujer que se ama. O, en caso de que la dama, se digne en mirar al enamorado tan solo como un hermano. O, como a un enano. A Diego es a quien le ocurren estas cosas.

Pasaron treinta días, antes que los espías trajesen noticias al Capitán de la desesperación de las tropas enemigas, donde a causa de la hambruna, quedó al descubierto su estrategia de sitiarlos y rendirlos. Primero se escaparon unas cuantas familias, y cada día desertaban en grupos pequeños, dispuestos a rendirse, con la única condición de cortarse la larga cabellera, a cambio de un plato de comida.

A la mañana siguiente apareció una multitud de mujeres y niños de aspecto demacrado, vencidos por la severa escasez de alimentos, y dispuestos a regresar a sus sementeras. Ósali se encargó de atenderlos, llevarles comida y prepararlos para recibir doctrina del Padre, llenando de pinole su panza y de esperanza su enflaquecida cara. Detrás de ellos unos mil rebeldes *Tepahuis*, sin arco y sin flechas, aceptaron las condiciones de su rendición para salvar la vida: cortarse la cabellera frente a las tropas del capitán y regresar a la labranza.

Hubo entonces un ataque por sorpresa, tratando de romper el cerco militar, pero fueron vencidos los *Tepahuis* causándoles unos cincuenta muertos y capturando a siete feroces enemigos.

-Capitán, prometiste entregarnos a nuestros enemigos.

-¡Córtenles la cabeza! –Sentenció el Capitán- esto revelará su verdadera estatura.

Las cincuenta cabezas cortadas de los adversarios fueron colgadas por la nariz de una sola cuerda, como horroroso trofeo de guerra para sus festejos; y de los siete cautivos, cinco fueron ahorcados y los dos más rebeldes, enfrentados en una carrera contra el destino:

-Les tengo una buena noticia -les dijo el Capitán- antes de que se oculte el sol van a mostrar cual es más valiente y veloz. Los voy a hacer degollar de pie y después correrán una última carrera. Ya sabe Dios quien ganará.

A cada lado de la vereda aguardaron los espectadores sentados una hora que tardaron en traer a los prisioneros, después de confesarlos. Se hicieron apuestas, pero ya no les importaba tanto las apuestas si no el insólito suceso. El Capitán marcó con su sable un camino de cinco varas. Cortaron las amarras de los dos cautivos, que sin cobardía colocaron el pie izquierdo sobre la raya del partidero. Algunos apostadores les gritaron que no fueran a fallar a su corazonada. Algo que ciertamente no se nombra con la palabra "Azar" diría quien sería el fatídico triunfador. Tendido el rostro hacia delante ninguno de los dos volvió a mirarse. Cada uno tenía a un soldado con su daga cerca del cuello esperando la orden del Capitán, por lo cual el campamento se hundió en un mortal silencio:

-¡Arrancan! –mandó el Capitán.

Al corredor de la izquierda le bastó un tajo angosto y al de la derecha una tajadura yugular, más vistosa y profunda. De ambas gargantas brotó un chorro de sangre; los hombres dieron unos cuantos pasos y cayeron de bruces. El que cayó segundo, estiró los brazos en la caída, con lo cual había ganado la carrera y tal vez no lo supo nunca. El otro, que salió primero, tampoco supo que perdió. Los apostadores alegaron que fue un simple empate y se retiraron a discutir el caso en torno a las fogatas porque el sol, abochornado, se ocultó.

Para concluir esta jornada, en la noche la algazara y bailes con desentonados cánticos de guerra retumbaban por los picachos. Aquí, en la sierra, era donde mas podían acercarse las almas de los muertos al mundo de los vivos, y viceversa. El aspecto dantesco de tantas calaveras ensartadas, daba al lugar un aspecto tétrico y siniestro, por lo cual le nombraron como se le conoce para siempre: "*Válgame Dios*".

-¡*Válgame Dios!* –Dijo el Padre- vaya nombre. Ya se han cumplido cuarenta días de asedio y debemos volver a resguardar el Fuerte.

-Aun me falta capturar los últimos quinientos *Tepahuis* que siguen enmontados y se niegan a capitular. Esperaré tres semanas mas cerrando cada vez más el cerco militar en su entorno hasta que logre tenerlos al alcance de mis soldados.

-Creo que ya es suficiente la lección y que han aprendido a respetarnos. Estaban preparados para guerrear pero en su lugar los venciste con su propia hambre –dijo Ósali. Es horroroso estar aquí, porque cada día somos peor de sanguinarios que ellos.

-En cambio tu ejército cada vez está más diestro en prácticas militares y carreras de caballos, bien alimentados y descansados, en condiciones favorables para la guerra -señaló el Padre. Mientras la mitad de tus adversarios ha desertado de enfrentarse con tus huestes, los más osados han dejado su cabeza como trofeo: que es inhumano. Por eso quiero decirte que debemos regresar al Fuerte.

-No puedo dejarlos escapar ahora que tengo su cuello tan cerca de mis manos, pues dirán que fueron héroes que no pudimos vencer.

-¿Confías en las estrellas, hijo mío? Harías mejor escuchar tu propia conciencia que la crítica de la voz ajena –contesta el Padre dándole una palmada afectuosa en los hombros. Los que queden con vida, abandonados en su desgracia pensarán siempre en ti, hablarán con creces de tu osadía en la guerra, por tanto ganas mas llenado de temor sus corazones que decapitándolos. Pero hay algo más importante que cualquier guerra que vine a decirles a los dos...

-Nada se compara al sabor de una victoria.

-Escucha primero –dijo acongojado.

-Ha muerto el Padre Juan Bautista de Velasco.

Ósali empezó a sollozar, abrazando al Padre Andrés, mientras Diego permaneció completamente callado. Nunca aceptaba la imposición de otras ideas en relación a su táctica de guerra. Le gustaría contradecirle al Padre que su valoración personal de castigar a los *Tepahuis* era inquebrantable. Sin embargo, no creyó necesario terminar la frase. Tenía que haber desecho su alma de niño para desobedecer a su tutor, lo cual era impensable -todavía. Además la noticia de la muerte del respetable misionero, hizo cimbrar su acostumbrada valentía, porque era el personaje más admirable que nunca hubiera conocido.

-¿Que le sucedió al santo Padre? –preguntó Ósali.

-¿Cuándo murió? –dijo Diego.

-Vinieron a avisarme que Dios lo recogió ayer lunes, veintinueve de julio de 1613, en una vereda con rumbo a Guasave porque sufría demasiado trabajando sin descanso en su misión.

-¿Tan fiel vivió a sus principios de humildad? –dijo Ósali.

-Me contaron que fueron sus últimas palabras, "¿Y si muero de esta enfermedad habrá Dios Misericordia de mí? Si eso es así ¡Vamos a ver Dios!". Y expiró.

-¿De que edad murió?

-Cincuenta y un años. Desde que vino de Guajaca, usó la misma sotana de paño pardo remendado al cabo de veintidós años que laboró rescatando almas para el cielo. Su cuerpo será depositado en el altar de la Villa de Sinaloa, vayamos a su encuentro –comentó el misionero acongojado.

-Salve, noble señor –dijo el Capitán- levantaremos el campamento.

-Estoy orgulloso de tu talento, hijo mío –le contestó el Padre, mecánicamente, sin dejar de hablar en voz alta de sus recuerdos refiriéndose al Padre Bautista. Fue de los primeros que cultivó las naciones del río Mocorito, cuando Sinaloa, casi toda, era tierra de infieles y salvajes, antes que se llamase al pueblo: "La Conversión de San Pablo de Mocorito".

-Ilustre nombre para la rama más florida de la provincia de Sinaloa –afirmó Diego.

-Era de complexión muy delicada –dijo Ósali.

-Careció de toda comodidad humana pero nunca faltó a predicar los domingos cantando, juntamente con su rebaño, la misa. Sabía perfectamente las dos lenguas principales de esta provincia –relató el Padre- compilando el primer "Arte Diccionario de la Lengua Ca-i-ta". Quienes lo oyeron predicar en su propia lengua –con tanta suavidad y destreza- enmendaban su vida de vicios y pecados.

-A mi me obsequió siempre con acertados consejos de prudencia –Dijo Diego- Y no pocas veces ha sido mi confesor. En lugar de Capitán *Sule,* me decía Capitán *Saúl.*

-Como el gran rey de los ejércitos de Israel –aseveró el Padre.

-A mí me enseñó el rezo, dijo Ósali en voz alta:

"Padre Nuestro"
Ítom Atchai

"*Itom Atchai te-ueca catec ame*
Padre Nuestro que estás en los cielos,
Em te-ua tche-tche-ua io-ioli-tua
Santificado sea Tu Nombre,
Itom iepsa a-na iaue-ta-uo
Venga a nos Tu Reino.
Em a-ua a-la-ue
Hágase Tu Voluntad,
Im bui-ia-po aman te-hueca-po
Así en la tierra como en el cielo.
Matchu-cue itom bua-i-ei
El pan nuestro de cada día,
I-eu itom a-mi-ca
Dádnoslo hoy;
Itom soc a-lu-lutu-ria itom t ata-co-lim
Perdona nuestras ofensas,
Itom soc-lu-lutu-ria eu-euni itom be-jelim
Así como perdonamos a nuestros enemigos.
Cate soc itom bu-tia ue-na cute-com uo-ti empo
No nos dejes caer en tentación
Aman itom iolet-ua ca-tu-uli be-tana
Y líbranos de todo mal. Amén".

-Amén. Sin duda, el maestro insuperable de todos los misioneros, se nos ha ido. Dios lo tenga en su Reino –afirmó, santiguándose, el Padre Andrés.

-Salgamos de inmediato a su sepelio –apresuró Diego.

-Mientras hacen los últimos preparativos, os agradeceré me dejen estar a solas y rezar –dijo el misionero retirándose a su enramada.

-Yo también rezaré esta noche –dijo Ósali.

Con el alba, como la diaria rutina gimnástica y militar tenía reunido a todo su ejército, Diego se puso al frente subiendo a una de las torres para decirles desde el tablado:

-¡Nobles Soldados!

Con este saludo atrajo Diego hacia si la atención general y cada guerrero se puso de pie, rodeando al jefe, esperando las últimas órdenes para atacar a los enemigos.

-Regresamos al Fuerte –continuó, en medio del silencio general.

Se extendió un murmullo de incredulidad en torno a la voz del Capitán *Saúl* porque sabían que no dejaba enemigo con vida, así que la orden de regresar nadie la esperaba. Mientras lo escribo me doy cuenta de los sentimientos exaltados contrapuestos que Diego experimentaba para seguir hablando sin quebrar su voz:

-Tenemos el deber de proteger a los Encomenderos del Fuerte, así que regresaremos para cumplir nuestro propósito. Pero, tengo que comunicarles con gran dolor la pena que siento por la muerte del Padre Juan Bautista de Velasco, mi confesor.

Todo el ejército guardó respetuoso silencio. Dando las últimas indicaciones a los jefes aliados para organizar la retirada. Hasta tres veces lo repitió en voz alta antes de despedirse, de modo que por un momento los soldados, españoles y aliados, se sintieron conformes con el último mensaje de su Capitán, sin sentirse avergonzados por haberse retirado sin pelear:

-Tan solo aquel que diga o escriba, *Válgame Dios*, de aquí en adelante jamás encontrará mi puerta cerrada. Mis palabras el tiempo las hará verdades. Eso habrá de verse cuando necesiten un favor del Capitán. Cuando toquen a mi puerta, me apresuraré para abrirles y pagarles con creces la ayuda que me prestaron en esta victoria sin batalla militar. Estoy en deuda con cada uno de ustedes y partiré en mi caballo sin apartar la mirada de este espectacular amanecer que nunca olvidaré. Veo en este cielo, interminablemente azul de Sinaloa, a un testigo -el Padre Juan Bautista de Velasco- que no necesitó alas para despedirse...

Capítulo, *U-oi Mam-ni*, Diez

~Padre Andrés ¡Padre Andrés! –llegó gritando un *correveidile* de los Ahomes.

-Llegó un jacal flotando por el agua.

-¿Que dices?

-Llegó por el mar una, *Teopa*, casa flotando por el agua.

-¿Donde le han visto?

-Donde desemboca el río, en *Oui-la*, la bahía de Topolobampo.

-Avisen al Capitán, partiremos de inmediato en ayuda de los marinos que han de ser españoles.

-Yo quiero ir con usted Padre –dijo Ósali.

-Vendrás para que veas las carabelas de su majestad, que cruzan los mares.

-Padre –llegó Diego en su caballo. ¿Me mandó llamar?

-Saldremos a la costa de los Ahomes para auxiliar a un barco de españoles que han visto cerca de la costa.

-Llevaremos agua y comida fresca, carne machaca, tamales y tortillas, que seguramente vendrán asediados por el hambre.

Y partieron rumbo al Oeste en una caravana de veinte caballos, diez vacas y quince mulas de carga.

-Que salga un mensajero primero y lleve esta carta sellada a la costa más cercana a los navíos, para que ordene que nadie los ataque porque son españoles. En la carta les digo que en el Fuerte tenemos gente para auxiliarlos en esta tierra.

Cuando llegaron al pueblo de los *Ahomes*, se encontraron una gran algazara con dos marineros españoles hambrientos que bajaron del navío en busca de alimento para toda la tripulación.

-¡Cristianos, Dios sea con vosotros! –saludó el Padre.

-¿Cómo? ¿Encontramos españoles en estas latitudes perdidas? ¡Alabado sea el Señor!

-El Fuerte de Montesclaros, seis leguas río arriba, está poblado con más de cincuenta Encomenderos, algunos mineros y, los misioneros de la Compañía de Jesús.

-¿Cómo llegaron con vida? –preguntó Diego.

-Nos envió el Capitán en su batel en busca de agua y comida par la tripulación que navega desesperada hace tres semanas. No teníamos noticias de gente blanca, creímos estar rodeados de salvajes, solamente.

-El rumbo por donde navegaron es de suerte para ustedes porque más al norte los hubieran devorado los *Yaquis*.

-¿Encalló alguna de sus naves?

-No señor. Solo tenemos una que está anclada mar afuera por no conocer la bajamar ni puerto seguro.

-Coman y descansen esta noche, que mañana partiremos a primera hora en auxilio de su embarcación.

A la mañana siguiente partieron con alimentos, las reses y el agua para los marineros, con gran alboroto de los *Ahomes* que querían ver "la casa flotante". Localizaron el batel en la costa y el Padre, junto con Diego y Ósali, acompañaron a los dos marineros al buque.

-¡Batel a la vista! ¡Ya vienen los marineros! -se oyó la voz desde el "Carajo", la canastilla ubicada en lo más alto del mástil para la observación y el más inestable por el zangoloteo de la embarcación.

-¿Qué grita el vigía? ¿Ya está mareado? –preguntó el Capitán. Si miente déjenlo otras dos horas allá arriba, hasta que vomite, para que aprenda bien su castigo.

El grumete que oteaba el horizonte desde lo más alto de la nave desde la minúscula canastilla, insistió:

-¡Es verdad, mi Capitán! No me mande otra vez al carajo. ¡Regresan los marineros con tres extranjeros!

Por la borda, toda la tripulación acudió a recibir el batel, con más alegría por el agua y la comida que por los visitantes.

-Soy el Capitán Juan Iturbi, bienvenidos a bordo.

-Su humilde misionero, Andrés Pérez de Rivas, de la Compañía de Jesús, comisionado al Fuerte del Marqués de Montesclaros, en El Fin del Mundo. Me acompañan el Capitán Diego Martínez de Hurdaide y la maestra de la doctrina, *Ósali Ba-a-tui,* Paloma.

-Os agradezco por venir en nuestro auxilio. Nunca hubiera creído en los milagros si no los viera venir a ustedes en el mismo batel que los marineros, cuando pensamos que los habían devorado las hordas salvajes de esta costa. ¿Un Fuerte de españoles en esta latitud? ¡Es impensable!

En la costa cercana se veían a lo lejos un grupo grande de indígenas que acudieron en masa a presenciar el espectáculo del barco, que nunca en su vida habían visto. En el mismo lugar destazaron la decena de reses que trajeron para enviarlas al buque.

-Capitán Iturbi –le dijo Diego.

-A sus órdenes, Capitán Hurdaide.

-Quisiera pediros el favor de enviar el batel a la costa para que vengan los principales caciques pues es de gran admiración este navío, obra de los españoles.

-Concedido Capitán. Si vos lo pedís, es que creéis que os voy a concederlo. Que viaje el batel cuantas veces sea conveniente para que todos suban a bordo. Que regresen a la costa y traigan veinte indios por viaje para que conozcan la carabela y tengan que contar a los pueblos de tierra adentro.

-Gracias, Capitán. De esta manera quedarán convencidos de seguir aliados al poder de los españoles.

Mientras platicaban llegaron al barco en distintos viajes los caciques de los *Ahomes*, los *Guasaves*, los *Suaquim* y de los *Huites*. Todo el día llegaron a la costa los indios que no dejaban de subir a admirar la nao. Después de llenar las bodegas de víveres y los toneles de agua fresca continuarían su viaje por el Mar del Sur, dejando una honda impresión entre las tribus de Sinaloa que admiraban el valor y el poder de los navíos españoles y el arrojo de sus marineros para viajar por encima del agua.

-Cinco leguas al sur, desemboca, el río Sinaloa, y allí pueden reabastecerse de comida y agua en abundancia porque está cercana la Villa de San Felipe y de Santiago con mucha mas gente española, y reservas de carne, trigo y maíz para su viaje. Solo les advierto: tengan cuidado porque el desemboque de este río esta infestado de caimanes.

-Gracias por vuestro ofrecimiento, Padre, pero acepten cenar esta noche un exquisito filete de pez vela, aletas en escabeche y Paella a la Valenciana.

-¿*Escabeche*? ¿Qué es eso? –preguntó Ósali con curiosidad.

-Un platillo marinado –cocinado con vinagre, aceite frito, vino, laurel y pimienta– genuinamente catalán.

-Estamos hartos de comer carne asada –contesta Diego. Y... ¿Qué es la "Paela"?

-La *Paella* es el sartén amplio sin mango que le dio su nombre al famoso arroz original de Valencia -dijo el Padre demostrando su saber mundano. Galicia tiene la fama de su caldo gallego, Castilla el lechón asado, Cataluña las monchetas, y Madrid el cocidito servido en tres vuelcos.

-Un fino plato de arroz cocinado al resabio marinero de calamares, almejas y langostas, aderezado con aceite de oliva, azafrán, alubias y judías –dijo Iturbi hablando otra vez de la Paella Valenciana.

-Nunca he probado algo así -exclamo Ósali.

-La manera tradicional de los valencianos de confeccionar su paella es con leña de naranjos, para que el arroz absorba el aroma de la olorosa madera y se convierta de platón del pueblo en manjar de los regios. Agradeceremos su hospitalidad con cena y vino, ya lo verán. Pero decidme ¿Que significa *Topolobampo*?

-"En Aguas del Gato-Montés", en lengua de los Ahome, y su bahía *Oui-la*, "El lugar encantado". Entre isletas y manglares, esta joya del mar está casi siempre dormida, serena a causa de su profundidad –señaló Osali, conocedora de la lengua *Ca-ita*.

-Estamos a 25 grados de latitud norte y 109 grados de longitud oeste –comentó Iturbi. Es una bahía rodeada de manglares y esteros, de difícil acceso por mar.

-Igual como por tierra –agregó el fraile.

-Es un nido de vientos huracanados y con frecuencia ciclones, aunque hoy esté quieto y callado –apuntó Diego.

Aquella noche, el mar tranquilo, como un espejo mágico, reflejaba el sendero de plata iluminado por la luna llena, dejando la cubierta como escenario perfectamente iluminado donde el Capitán recibía a sus invitados. La luna lucía preciosa como ataviada de azogue para la cena de su más ferviente enamorado –el mar- porque con su luz bañaba las finas arenas de la playa, los senderos de espuma blanca del suave oleaje hasta rematar con la herrería forjada en las trabes de la gruesa madera de la embarcación. Una carabela tiene el contorno monumental de una catedral sin patria que se eleva al cielo sin campanas para hacer mínima la estatura de los osados navegantes; un verdadero santuario a la aventura sin retorno.

-Su nave es preciosa –dijo Ósali- ¿Cómo se llama?

-*Mirelle.*

-La Virgen María, en francés- comentó el Padre.

-Mi madre era francesa también –dijo Diego con timidez.

-¿Es usted muy religioso, Capitán? -siguió preguntando Ósali.

-*No.* Es el nombre de la mujer que mas amé –contestó el Capitán las diez palabras de modo cortante y seco.

-Un detalle así ha de ser de un amor inolvidable.

-Al principio le quería comer a besos. Después, desencantado, como grumete en el atracadero, me largué Capitán y grabé su nombre en mi barca...

-Para que surcara junto a usted los mares.

-Si. También para que cuando naufragara se hundiera su nombre en lo más profundo del mar de las traiciones. Grumete me hizo su amor; y el desamor, Capitán. Hablemos mejor de la carabela ¡es preciosa!

-¿Donde construyeron esta maravilla?-Diego inquirió.

-El *Arzenale* de Venecia era la fábrica de barcos y naos con timón en Flandes. Ahora son los astilleros portugueses en la rivera Das Naus de Lisboa lo mejor del mundo: allí nació esta *Cara-belle* portuguesa.

-Creí que era española.

Muy orgulloso de su amada carabela, como si se tratase de otra mujer hermosa, a manera de contestación el Capitán Iturbi empezó a hablar de los rasgos anatómicos de su barca mientras la recorría de proa a popa:

-Mide 84 pies de eslora; 7 de manga; y pesa unas ciento veinte toneladas. La proa es redondeada y en la popa plana luce un farol insignia de hierro forjado. En la cubierta dan acceso a la bodega dos escotillas. Por encima de la cubierta, en la popa, se levanta la chupeta o alojamiento del Capitán. Constituyen el aparejo tres mástiles, reforzado con reatas de codo en codo, con velas redondas. Además empachan la cubierta: el fogón donde se guisa con leña; barriles con agua pura y; pertrechos necesarios a mano. En la bodega se dispone de espadas, lanzas, hachas, adargas y ballestas. La popa esta decorada con un dosel con la imagen de La Virgen Santa María. En las banderolas campean los escudos de Castilla, Aragón, León y Sicilia. En el mástil mayor una vela cuadrada, y en lo alto otra trapezoidal, bordadas con una cruz verde en el centro. La vela mayor con el verde honor del verano, compite por la enseña con el pequeño estandarte de Castilla, que es cuartelado de rojo y blanco con castillos de oro y leones de gules. Aquí en la proa –dijo descubriendo una pieza de artillería- está mi consentido…"Miguelete"…

-¡Un cañón de verdad! –dijo Diego.

-Su boca huele a rayos –habló Ósali, tapándose la nariz.

-Es la pólvora.

-Es el mismo olor de Satanás –sentenció el Padre.

-Hecha de azufre, carbón y salitre –empezó a explicar el capitán del barco.

-La pólvora es capaz de cambiar el rumbo de la humanidad –alegó el Padre.

-Ese es un cuento chino. El navegante árabe, Sabah Ben Fadhl, trajo la pólvora a Andalucía desde el año 1249, y el fraile inglés…

-¿Fraile?

-De la Orden Franciscana, Rogerio Bacon, describió, desde el año 1250, el método para obtener la pólvora *"De Secretis Operibus Artis et naturae et de nullitate magiae"*, en secreto para no ser perseguido por brujería.

-¿La Santa Inquisición? Con razón inculparon a los chinos.

-¿Quién inventó los cañones? Quisiera oírlo –habló Ósali, recorriendo con el tacto su metálico cuerpo.

-Cuando se despida de ti, lo escucharás tronar. No se sabe quien fue su inventor, como acontece con las armas antiguas. Algunos hay que sitúan su nacimiento en Nuremberg, otros en Milán, pero no parece descabellado atribuir su diseño al gran Leonardo da Vinci.

-Era un artista, no guerrero -replicó el Padre.

-Era genial. Antes de su invento se conocía en demasía que golpeando una pieza de acero sobre alguna piedra bastaba para producir chispas.

-Aquí frotamos con espinas del maguey la lechuguilla.

-Leonardo inventó la "Llave de rueda" una forma, casi mágica de encender fuego, y desde luego disparar los cañones. Aquí está la clave, porque una pequeña armazón de treinta y cinco piezas diferentes, engarzadas como la maquinaria de un reloj, al hacerse girar encendía la chispa encima del fogón del cañoncito. Este pequeñito se enciende todavía directamente con mecha, pero los más avanzados con hechura de bronce destruyen un galeón a doscientos metros.

-Explicarlo es más sencillo que describir a "Miguelete"-dijo, orgulloso, el Captan, acariciándolo. Se apunta así, hacia el barco enemigo, se prende fuego a la pólvora del fogón y... ¡Bum! dispara con ensordecedor estruendo...¡Ja, Ja, Ja! ¿Os asusté?

El cañoncito encajado en un soporte de madera triangular, giratoria de dos metros de longitud y una cuarta de diámetro era el mayor tesoro del Capitán. El principio de su funcionamiento llamado "avancarga", consiste en introducirle la pólvora machacada en el fondo y posteriormente la bola de hierro. Se introducían un poco de pólvora aquí, en el orificio superior, llamado Fogón y el arma está lista para dispararse. La bola de cañón puede llegar a unos cien metros, pero su estruendo se escucha a varias leguas de distancia.

-Nos ha dado el Señor cielos hermosos, con luz, y nosotros, los ingeniosos, con humo los oscurecemos. Dejemos al cañón de lado, sigamos admirando la dulce levedad pura del agua –cortó el entusiasmo de los jóvenes, el Padre.

-Tenéis razón, os invito a cenar.

-"Iskabech" ¡Huele riquísimo! –dijo Ósali mientras el cocinero presentaba los platillos a la mesa de tablones.

Se acomodaron en el alojamiento del Capitán que tenía los muebles estrictamente necesarios: una cama, un armario donde guardar ropa, planos y siete libros; un sitial, cuatro sillas, una mesa con una bitácora y un cuadrante; todos estos muebles con diseño gótico.

-La bitácora lleva la cuenta de los días y la ruta de la nave desde que levanta anclas hasta su regreso.

-¿Bitácora? –preguntó Ósali tomando entre sus manos una preciosa cajita labrada de madero de olivo, color beige, con vetas verde oscuro, de textura fina y pulida, con una cerrojo de hierro para unir su tapa.

-Viene fabricada de la provincia de Navarra. Contiene el cuaderno de viaje en su interior para preservarlo de las inclemencias del tiempo.

-Que curioso si Andalucía es tierra donde hay tantísimos olivos -Alegó el Padre a favor de su terruño.

-Pero Navarra tiene mejores tallistas y artesanos –le aclaró Iturbi, al continuar. También suelen apuntarse los vientos que ha corrido y las tempestades que ha sorteado para que otros no puedan menospreciar el peligro de estos mares. Pero cuando no hay mapa ni carta de mar, la bitácora es la única referencia oficial de nuevos descubrimientos.

-¿No hacían referencias al oleaje?

-Claro. La altura y dirección de las olas es tan importante para navegar como el viento. Las olas son el lenguaje –el oleaje- que une al mar con los marineros. Hay mar llana, mar tendida, mar bonanza, mar picada, mar borrascosa y mar huracanada.

La camisa del Capitán, de algodón con amplias mangas y cuello abierto, dejaba al descubierto una cadena de oro con una cruz de diamantes sobre el pecho peludo. Los cabellos largos y ensortijados de tono rubio lucían entremezclados rizos con color cobrizo ecuatoriano. Sus ojos de color azul eran los únicos que conservaban su color original pues la piel y sus anexos mostraban el tono tostado de la larga travesía marítima. Un grueso cinturón de vaqueta sostenía una daga arabesca y del otro lado una espada toledana. Las altas botas de piel de vaca lo hacían parecer más alto y elegante que el resto de sus cuarenta y cinco marineros.

La blusa blanca de Ósali también bañada por la luz de la luna hacia resaltar su pequeño par de crucifijos de oro y la negra tonalidad de su cabellera acariciada suavemente por la brisa del mar. Diego y el Padre Andrés, de ropajes oscuros, estaban sentados en armonía con el ensamblaje de madera y herrajes del imponente navío.

Continuamente rechinaban las sogas atadas al mástil, en rítmico alarido, como si fuera la nao rehén de las olas del mar. Estrictamente no existía el silencio, porque a lo lejos de la cubierta las voces marineras –ininteligibles- mantenían el barco en acción continua.

Una vela gruesa, con su llama tambaleante, encerrada en un farolito, adornaba el centro de la mesa de madera porque su luz era en verdad insignificante e innecesaria en aquella noche de plenilunio. Mientras el Capitán se sentó de frente a la proa y colocó sobre la mesa una jarra anfitriona de vino, suavemente sobre la madera, con cuatro copas de oro a su alrededor, refiriéndose a la vela prisionera del farol, el Padre Andrés mientras se sentaba comentó:

-Que la luz de una lámpara se encienda en alta mar: aunque ningún hombre la vea; Dios la verá.

El Capitán sorprendido con las dotes poéticas del misionero, la única respuesta que tuvo a su alcance fue guardar un breve silencio.

-¿Vino español? –preguntó el Padre para reanudar el diálogo con otro tema mas mundanal.

-En roble francés –Aprobó Iturbi- tiene ocho años en mis barricas.

-Vino tinto de crianza, seguramente –dijo el misionero levantando la copa para aspirar su fragancia. Extraño su exquisito aroma para la misa.

-Vino tinto de gran reserva española. Cuente con una barrica para que no le falte a su iglesia la sangre de Cristo.

-Capitán, la Gracia sea concedida a su ilustre generosidad.

-Los hebreos afirman que Noe fue el primero en cultivar la vid y los romanos lo almacenaron en barricas en lugar de las ánforas de barro –empezó hablando del vino que al servirlo caía dentro de cada copa haciendo su propio oleaje púrpura, de pared a pared.

-La propagación del cristianismo popularizó el vino por ser indispensable en la misa –dijo el Padre- cada monasterio tiene en Francia y España su propio viñedo.

-¿Cómo? Se acabaron los víveres, el agua, y, ¿les queda vino? –Cuestionó Ósali, con cierta dosis de imprudencia juvenil, saboreando el pescado horneado.

-Un cálculo equivocado en las provisiones puede hacer fracasar toda la empresa, operación de las más difíciles ya que la duración del viaje siempre se ignora. Las galletas son la base de la alimentación, pero se incluyen además sacos de harina, judías, arroz, carne de tocino, sardinas, quesos, ajos, cebollas, miel, pasas, almendras, azúcar, vinagre y mostaza. Para mantener los ánimos de la tripulación se compraron barricas de los mejores vinos de Jerez, pero yo prefiero los de La Rioja. La última escala surtimos los víveres para tres meses al zarpar de Acapulco, pero no hemos encontrado puerto ni comida en este viaje de retorno. Por error surtimos poca comida y muchas barricas.

-¡Cuantos afanes se necesitan para avituallar un barco! –agregó Diego, mientras saboreaba el arroz.

-Cuando iniciamos el viaje subimos cuatro vacas para tener leche fresca, pero nos las comimos por la suculenta carne a media travesía. Pero hay tres cosas que son invaluables cuando se viaja por rumbos desconocidos: los espejitos, los cuchillos y los cascabeles. El último viaje trajimos de España, aparte de un cargamento de caña para las islas del Caribe, veinte mil cascabeles, novecientos espejos y cuatrocientos cuchillos, aparte de brazaletes de falsa pedrería, tijeras y pañuelos de colores. Mercancía de intercambio con cualquier tribu del mundo. La aventura de un viaje explorador exige que todo sea medido y pesado exactamente. El Capitán que intenta fijar con la mayor exactitud todas las posibilidades del éxito ha de considerar como el final más probable de su viaje: no volver de él.

-¿Que tan lejos es el camino?

-No hay líneas rectas en el mar, las rutas no tienen pasado -se hacen al navegar. El piloto maestro es el azar, de manera que puedes arribar a tu destino en corto viaje, o nunca. El Estrecho de Magallanes está a 52 grados de latitud sur, unas tres cuartas partes de la tierra.

--*Hernando Do Magalhaes*, hijo de Rui Rodrigo, era un navegante de O'Porto, experimentado y de mucho juicio, casado con la hermosa sevillana doña Beatriz de Barbosa –dijo el Padre, conocedor del máximo orgullo marino portugués.

-Con vientos a favor se puede avanzar un grado en cuatro días, así que un viaje para cruzar desde el Atlántico al Mar del Sur puede durar un año fácilmente –concluyó Iturbi.

-Padre, ahora confirmamos lo que nos dijo de los viajes por el mar, porque hemos visto con nuestros propios ojos este hermoso barco.

-¿Cual es el lugar mas hermoso de la tierra? –quiso saber Ósali.

-España es el país más rico y poderoso de la tierra, pero, la bahía de Río de Janeiro en el Atlántico sur es la más hermosa: aguas azules, clima delicioso, palmeras danzarinas, árboles cargados de frutos, aves multicolores y las mujeres Guanahaní, que se pueden adquirir tres a cambio de un cuchillo.

-¿Y el más horrible? –le cuestionó Diego.

-"El Paso de Magallanes" dicen que es terrible –se aventuró a contestar el Padre antes que el Capitán.

-Las borrascas se ceban en la flota –confirmó el Capitán Iturbi- los barcos apenas logran avanzar en dos meses para cruzar el estrecho. En aquella prisión del invierno las nubes habrán de chocar sin permitir el paso de la luz. Un sol sin virtud asoma de pálido a gris y el aire tiene un sabor de nieve; el viento zarandea con la garra helada las ropas. Hélanse las manos y el aliento se cierne en humareda ante la boca. Y que soledad tiene el infierno cuando en vez de lumbre es hielo, moles gigantescas de témpanos flotando en el océano.

-¿Y los piratas? –cuestionó Diego fascinado de la narrativa del anfitrión.

-El Oro, o el Odio, o el Olvido, digo estas tres últimas palabras con mayúscula, sin mayor precisión, sin necesidad de exagerar han de acompañarte mientras oses ser un pirata: Se ha hundido en el océano el oro; el odio a muerte es elemental para sobrevivir en el mar de la soledad; pero el olvido -el único marinero que no naufragó jamás- siempre os acompañará, seáis *Corsarios*, son los que corren por el mar, *Bucaneros*, los que comen "bucana", carne de cerdo ahumada, o Filibusteros, son terribles asesinos y ladrones. A pesar de tener nombres diferentes todos están unidos por el mismo oficio de rapiña: la piratería y beber "rum".

-¿Rum?

-Es una bebida fuerte que se obtiene de la caña, destilado en barricas de roble. Ya lo conocían los árabes en el reino antiguo de Granada, con fama de mata diablos o "Rumbullion". Don Cristóbal Colón trajo la caña a la isla de La Española, y las demás islas del Caribe, donde los ingleses y franceses comenzaron a destilarlo nombrándole "Ron", por eso le llaman "El Archipiélago del Ron".

-Pero el azúcar es una delicia para la mesa.

-Traed una carga de cañas –ordenó el Capitán- y la barrica de ron que dejaron en la bodega, para que la siembre en esta latitud, creo que el calor y la humedad son, precisamente, tan idóneas para el cultivo de la caña como en las islas del Caribe.

-Haré la primera siembra en *Motchi-Caui*, y no lo dudéis, algún día será como la cuna de las cañas, pero no tentaré al demonio del ron –contestó el Padre.

-Los navíos ingleses, franceses y holandeses se ocultan en las islas de Jamaica y La Tortuga para atacar las carabelas españolas cargados de mercancías, oro y joyas del rey. La verdad es que hay más piratas que ciclones acechando los mares y tantas historias que pasaríamos días enteros para contar las desgraciadas aventuras.

-Cuéntenos una, Capitán. –le rogó Ósali.

-Cuando capturaron al pirata francés Jean Fleury de la Rochelle, se le atribuían más de 150 asaltos a naves españolas por lo cual le colgaron del mástil de su propio barco.

-Me llenan de temor los piratas. –dio Ósali.

-El mar hace héroes –dice el Padre- y villanos por igual.

-A mi me fascinan por audaces y valientes –dijo Diego.

-Otros como Frank Leclerc, alias "Pata de Palo", John Hawkins y su sobrino Francis Drake asaltaron en el mar de las Antillas, aunque eran nombrados por la reina de Inglaterra como "Sir" o "Caballero" hasta que fueron vencidos en el asalto a la Villa Rica de la Veracruz. Hawkins y Drake escaparon, pero 78 piratas fueron entregados a la Santa Inquisición que los condenó a la hoguera con leña verde.

-¡Qué horror! –exclamó Ósali, fascinada.

Los cuentos de piratas contadas por el propio Capitán en la cubierta de su barco le daban un toque de inverosímil realidad a la velada, mientras pasaba el tiempo raudo en la deshabitada noche. Las estrellas, que no se mueven, parecían estar girando en torno a la misma mesa de madera que los comensales. Entonces, levantó parsimonioso el Capitán su copa y bebió lentamente un trago, contorsionando la mano en ángulo recto con el codo como lo hace un catador del bouquet al brindar, y al terminar el segundo sorbo dijo:

-Capitán Hurdaide, os voy a obsequiar una pistola, que todo capitán de barco, sea o no pirata, lleva en su cinto –dijo sacando suavemente entre sus ropas una daga. Es mas larga que un puñal pero mas corta que una espada con doble filo fino y guarda con empuñadura de marfil para proteger la mano. Yo la compré en una taberna de Jamaica, pero dicen que la llevaba escondida entre sus ropas un pirata ajusticiado de la "Hermandad de la Costa", un tal Bernardino de Talavera.

Era una daga espeluznante por su ondulante punta afilada, su guarnición plateada y su mango de marfil incrustado de piedras rojas. Seguramente había cobrado muchas vidas porque, exactamente para amedrentar, en cada borde filoso lanzaba un brillo demoníaco, como los ojos de Satanás, conservando borroso, en el dorso de la funda, su grabado de fábrica: "*Pistoia, L'Italia, anno 1590*".

-La daga con la punta hacia abajo es el símbolo de una pequeña cruz –dijo Diego enfundando la filosa arma entre su camisa y el cinturón.

-Una cruz sin Jesucristo –protestó el Padre.

-¿Son más cortos los días que las noches? ¿Cómo se perdieron en estos mares? –le inquirió Ósali cambiando el rumbo de la plática porque le desagradaba oír de armas.

-El desamparo horrible hace más larga y oscura cada noche por lo cual es fácil encallar o perderse. Llegamos buscando perlas hasta la Isla de los Gigantes y avanzamos por el brazo de las Californias hasta el grado 32 de latitud norte, rodeados de cachalotes, hasta encontrar cerrado el golfo y tuvimos que regresar del último confín: Puerto Peñasco de Buena Esperanza. No hay mapas de estas latitudes, seguramente llegamos muy cerca del infierno porque el calor y la sed no ceden de día ni de noche. Soportamos con estoicismo el hambre, pero estuvimos a punto de morir de sed en el mar.

-¡Que ironía! Hundirse sedientos en una inmensa cripta de agua.

-Por eso les agradecemos que vinieran a socorrernos. Con su ayuda, volveremos al puerto de Acapulco a recibir órdenes del Virrey, Marqués de Guadalcazar.

-De verdad me admira la osadía de los marineros, pero no me explico como se guían por mares ignotos –preguntó Ósali fascinada por el mundano decir del Capitán.

-De día con el cuadrante nos orientamos con la luz del sol, y, en la noche con la posición de las estrellas, que es un libro abierto para quien está acostumbrado a navegar. Si me permite Padre -dijo el Capitán poniéndose de pie y con la copa al frente de sus labios- en agradecimiento por habernos salvado la vida quisiera bautizar a este refugio de náufragos como *"San Ignacio de Topolobampo"*, por el Santo Padre, San Ignacio de Loyola, que navegó sin timón en la mar tempestuosa, teniendo de testigos a sus mercedes y a esta hermosa bahía con su nido de estrellas.

-Su palabra sea memorable, Capitán Iturbi. Que todos lo mencionen, allende los mares, de letra y de palabra: Sea bonaza, sea vendaval; sea para siempre, *"San Ignacio de Topolobampo"*.

-Allende los mares. Pero, dígame, Padre, mas allá de su misión, ¿Que lo une al destino de aquellos bárbaros? –dijo el Capitán señalando la muchedumbre que en la playa cercana se arremolinaban en torno a grandes fogatas y ruidosos tambores. Como marinos podemos profesar otros amores en la tierra pero ninguno se vive como amante de los mares. Nosotros intentamos en vano seguir los pasos del Maestro que caminó sobre las olas en busca de aventura, de nuevas y rutas y nuevos mundos, por eso arriesgamos la vida. Pero, Vos, que tenéis casa, familia y comida selecta en la cualquier ciudad de Europa. ¿Qué hacéis en medio de este infierno? No lo digo por el calor si no por aquellos demonios que andan sueltos.

-Yo navego por los caminos que Dios también a mi me señaló. No vine por oro ni tesoro mayor que salvar el alma de estos olvidados. Procuro alimentar la hermandad entre los hombres, sembrar el amor en vez de la rivalidad estéril; fundar la cooperación en lugar de la lucha salvaje por la subsistencia; anidar la educación en la fe cristiana en vez de la barbarie de comer carne humana; y, combatir la peor esclavitud, que es la ignorancia.

-Una sociedad sin reyes, ni súbditos, ni esclavos, no existe, Padre.

-Ninguna aldea es perfecta si no está basada en el trabajo comunitario y la distribución igualitaria de los bienes materiales. En cambio, toda añadidura social es posible cuando impera la religión, el respeto al prójimo, y, el amor a Dios.

-Suena a utopía, a un sueño, a una falsa ilusión –le dijo Iturbi en tono respetuoso- Quizás la lejanía del fin del mundo, o la soledad de esta tierra, o el imponente caudal de su río, o la serena profundidad de esta bahía custodiada de cerros lo han convencido de la ingrata tarea de redentor.

-Ya tenemos pruebas de la obra de Dios en estas tribus. Desde que miles han sido bautizados han dejado su vida nómada y salvaje para venir a cultivar y formar pueblos.

-Sobre este mar, donde no está desplegada una sola vela, dígame –cuestionó con cierta dosis de sarcasmo: ¿Navegarán barcas de todas las naciones?

Sin esperar la respuesta del Padre, llamó a su lugarteniente dándole órdenes discretas al oído, como pidiéndole que sirviera el postre secreto de la cena.

-Sacad los dos esclavos.

-A sus órdenes Capitán.

-Ya que lo pregunta, le diré que, con la ayuda de Dios, será este un gran puerto de altura, como Cádiz o Málaga, con salida de comercio y gentes al Mar del Sur.

-Vuestra voz de profeta sea –contestó el Capitán y dueño de la conversación, invitándolos a salir a cubierta. Y hablando de voces, quisiera que aceptaran una pequeña sorpresa.

Dos gitanos y una guitarra andaluz convirtieron los barandales de la popa en improvisado escenario, mientras los demás marineros, esperaban escuchar de la contagiosa melodía el temperamento del "Cantaor" seguida por tres tiempos de palmadas y el suave cascabeleo de dos tacones sobre los tablones de la cubierta: cante, toque y baile envueltos entre palmas y rasgueo de la guitarra con cintura de mujer apasionada.

-¿De donde son los gitanos?

-Son un pueblo sin patria, de perpetuos extraños.

-*Roms* –Sentenció el gitano mayor.

-Que significa "Hombres" y nuestro lenguaje *Romaní, "*Palabra de hombre*"* –afirmó el otro esclavo.

-Otra leyenda dice que llegaron de Egipto, por eso les llaman *Gipsy*; pero otros creen que vienen de la tierra lejana de la India.

-Somos nómadas y rebeldes por herencia –dijo el gitano viejón.

-Las naciones nos tratan con hostilidad dándonos fama de ladrones y a nuestras mujeres de adivinas –agregó el otro.

-¿Como logran sobrevivir entre tantos enemigos?

-Con carne de perro robado –dijo el gitano mayor- uno de ocho años es el más indicado por sabroso... ¡Ja! ¡Ja! ¡Ja!

-¿Cómo dices?

-Alimentamos los críos con grasa de perro y crecen fuertes. Con la grasa de perro hacemos sopa y la bebemos en té o se la untamos al pan. Si se unta en el pecho cura a los tísicos –continuó riéndose estrepitosamente, viendo reflejado el asco en el rostro de los comensales, conocedor del miedo antiguo que provoca una persona nómada en otra persona sedentaria. Es un instinto ancestral.

-¡Cállate, gitano asqueroso! –le reprendió Iturbi- que acabamos de cenar.

-Así se gana la vida el hombre libre –dijo dando acordes de afinación a su guitarra- con el miedo de los demás. Todo gitano, cuando es libre, se reúne cada noche, en torno a una fogata del clan para rasgar una guitarra y cantarle a sus bailarinas gitanas que les dieron amor o desamor.

Y la guitarra, como si tuviera voz propia, empezó a levantar el tono de sus seis cuerdas y con las palmadas rítmicas sobre su carapazon, su característico bamboleo apagó todos los diálogos y encendió la flama que hace danzar al corazón de los marineros dentro del pecho:

-¡*Flamenco festero*! –dijo emocionado el Padre, porque se consideraba un verdadero amante de la música, oyendo los primeros acordes y el coro:

-Nací para el juego más hermoso
Y arriesgado, que es la vida.
Para beber en la ajena copa:
¡Anda a cantále a Andalucía!
La espada, que en otra mano asesina,
En esta es un clavel sevillano.
La luna de oro en la calle,
Mágico escenario de Carmen,
Es mi cómplice todavía:
Abre tu ventana para abrazarte
Que a nadie dirá que fuiste mía.
¿Que me habrán hecho tus ojos
Que a nadie le tengo envidia?
Los besos que ayer te robé
Hoy son del vándalo -no lo olvides-
Que trajo a presumírselos al mar.
La barca es el olvido:
Y, sin amarte dos veces,
Yo he zarpado
Antes que tú.
¿Acaso no basta no haber caído,
Como otros de mi sangre, en la batalla?
Nací para el juego mas arriesgado...
¡Anda a cantále a Andalucía!

-¡Alma de Marineros! Córdoba, Granada, Cádiz, Málaga y Sevilla –dijo emocionado el Padre.

-¡Tierra de los Conquistadores y de los Ojos Españoles! –contestó el Capitán Iturbi.

-¡Algún día esta tierra habrá de llamarse "Nueva Andalucía"! –sentenció el Padre Andrés.

-Cierto. Ya hay Nueva España, Nueva Galicia, Nueva Vizcaya, Nueva Santander, Nuevo León…-Añadió el Capitán- hay enormes semejanzas entre Andalucía y estas latitudes por la tierra seca y su Costa del Sol.

¿Para qué voy a escribir que "el viento guardó irreverente silencio y el oriente amanecer se apresuró a despertar"? Ya se sabe. El sonido del silencio se oye. Mejor todavía: la música se ve.

Al final de la cena no quedó ninguna explicación clara de cómo se logra sostener sin hundirse tan gigantesca nao, y como son capaces sus tripulantes –Incluyendo los gitanos- de viajar por mundos remotos. Las velas plegadas, en callado contrapunto, al viento del mar reclamaban en vano susurro: ¿Por qué trajo la luna a aquella sirena a la mesa del Capitán?

Como no hubo propiamente una despedida Diego bajo primero, ágilmente, para retornar en el batel, mientras ayudaba al Padre con sotana a desembarcar sus dos barricas y la carga de cañas. Ósali esperaba su turno al pie de la barandilla.

-Ósali ¿te gustan los espejos? –le dijo el Capitán del barco casi a punto de que ella descendiera por la escalinata de cuerdas, entregándole un decorado espejo arabesco, envuelto en un paño de seda china.

-Igual que la música, Capitán. Son extraordinarios. Uno ve en el mundo del espejo que todo está al revés, incluyéndose uno mismo. Sin embargo nos atrae como si fuese una hendidura para atisbar el alma.

-Este que tengo aquí es para vuestra belleza un pequeño admirador en mi ausencia ¿Qué os parece?

El espejo ha desempeñado un papel cardinal en la separación y reunión de la belleza con las doncellas. Este ejemplar con marco labrado en arabescos de madera era, sencillamente, como debe ser un espejo perfecto: encantador y fiel.

-Es precioso –dijo Ósali, acariciándolo- cubre medio cuerpo.

-La otra mitad, ni el espejo la debe mirar.

-A veces es un poco atrevido, Capitán…pero dice cosas muy lindas. Miro este precioso espejo que se parece por igual al sueño que al olvido ¿Y a usted le gustan los espejos, Capitán?

-Yo fatigo sin rumbos los confines y puertos, pero el espejo más hermoso que he visto en esta vida, o espero ver en la otra, fue mi copa de vino reflejada por la luna en el fondo de tus lindos ojos negros…

-Engalana con versos sus palabras, pero, ¿nunca habla en serio, Capitán?

-...Las huellas de tus pies en la arena –continuó diciendo e ignorando su pregunta– que la ola final borra en la playa es la perfecta forma que supo Dios darle a mis sueños: mi destino de *todo o nada*; de marinero.

Las últimas palabras las dijo el Capitán desde la cubierta de su barco, que las olas empezaban a estremecer, mientras le ayudaba a descender por la escalinata dejando que las manos de Ósali se deslizaran, suavemente, entre el recio tacto de las suyas. Al dejarla ir, un pequeño crucifijo de oro se quedó depositado en su puño derecho, y, apretándolo, le dijo mirándola fijamente a los ojos negros:

-Me gustan demasiado, tú y la historia de los espejos, Ósali. Son tan extraordinarios... pero soy un esclavo de la libertad...soy prisionero del mar. No me despido, ni te prometo nada, porque si un marino se despide, dice la cábala, no se cumplirá su promesa de regresar, jamás.

A la luz del amanecer *Oui-la* es un concierto de olas y viento donde trepidan las velas al ser desplegadas y los maderos rechinan, mientras la nave se va perdiendo de vista al mismo tiempo que perdura en la imaginación: la aventura más atrevida hacia lo desconocido ha continuado. El mar es un camino circular.

Un cañonazo retumba como despedida en medio del mar abierto, luciendo las doce velas geométricas, aerodinámicas, llevadas por el viento norte, mientras el mástil mayor se empequeñece a medida que se hunde postrero en el horizonte azul. La tripulación afanosa, hace un alto a su faena en la febril cubierta para despedirse con un brazo en lo alto. De alguna manera todos somos marineros de nuestra propia alma, errantes del mar eterno, con destino conocido solo para los dioses. El tiempo también es circular.

Así que el Capitán Iturbi no se despidió de nadie. Lo único que quedaba visible en pos del navío que se escapa, es la espuma blanca como efímera ofrenda de flores que dejan las olas –no menos misteriosas que el universo- que se cruzan en su ignoto destino enmarcada por la Isla de los Pájaros y la Isleta del Farallón.

Una exhausta estrellita de mar quedose ajena a la despedida, dormida sobre la blanca arena de la playa, como un náufrago inmortal. El sol de Sinaloa no la quiso despertar.

Capítulo, *U-oi Mam-ni Ama Se-nu,* Once

Con el arribo del Padre Cristóbal Villa Alta se extendió la conquista río arriba fundando los pueblos de San José del *To-o-juo, Toro* (arbusto, torote), La Purísima Concepción de *Ba-a-ca* (carrizo), San Ignacio de los *Choix* (resistentes), Santiago de los *Huites* (flecheros) y Santa Catalina de *Ba-a-imena* (langostas), cada uno con su iglesia de enramadas para sumar veinticinco misiones en toda la provincia de Sinaloa. Por lo cual el señor Obispo de Guadalajara, Don Juan del Valle, determinó visitar "El Fin del Mundo", como se llamaba al río *Suaquim*. El mismo día de su arribo al Fuerte de Montesclaros sucedió un eclipse de luna, particularmente lleno de supersticiones. Los *Suaquim,* como las demás tribus apuntaban sus flechas de olotes encendidos hacia el cielo en defensa de la luna, porque creían que si la madre moría en la pelea contra los demonios que la eclipsaban, vendría la sequía, la pérdida de las cosechas y una gran mortandad. La cuestión es que unos días después del eclipse, una terrible epidemia de "*Cocoliztli*", enfermedad de viruelas, diezmó los poblados de toda la provincia, arrasando con más de la mitad de la población infantil. Así que nació el mito de "El Co-co" como un cuento infeliz que nunca lo superó la realidad.

Aterrorizados por la terrible epidemia los sobrevivientes, arrojaban a sus muertos en grandes hogueras para evitar que la peste y el miedo se propagaran, mientras el Obispo del Valle, personalidad de grandes letras y cristiandad, confirmó unas tres mil almas bautizadas en la Villa de Sinaloa. Considerando las dificultades de los caminos determinó que, las misiones de Sinaloa quedaran bajo el Obispado de Durango, cuyo primer Obispo fue Fray Gonzalo de Hermosillo, catedrático de escritura de la Real Pontificia Universidad de México, en su primera visita pastoral a Sinaloa, murió al caerse del caballo y quedó sepultado junto al altar mayor.

La única tribu que no padeció la peste de viruelas fue la tribu de los *Huites*, porque vivían confinados al otro lado del río, en los montes más altos y cuevas inaccesibles.

Junto con la epidemia se extendió un verdadero pánico, porque *"Coco-li* no mata *Yori"*, por lo cual los *Huites* trajeron unas trescientas personas, principalmente niños y jóvenes para que fuesen bautizados y educados en El Fuerte, creyendo que así estarían a salvo de la extraña maldición.

Los *Huites* eran los flecheros más temibles del río *Suaquim*. Vivían en la parte más alta del río, entre cuevas, riscos y peñascos. Tomaban agua de la lluvia y de sus enemigos comían carne humana. Su fama de certeros flecheros la adquirían desde niños, de manera que las tribus vecinas evitaban enfrentarse con su mortífera puntería, permitiéndoles andar por las veredas libremente, al igual que a sus bellas mujeres.

-¿Dónde está el Padre?

-Aquí estoy en la obra de Dios Misericordioso. ¿Quién me busca? ¿Por qué vienes al Fuerte?

-Traigo a los *buquis* para que los bautices y se salven del "Coco".

-*Cocoliztli*, mal de viruelas ¡Ave María Purísima! También asistirán a la escuela.

-Estamos de acuerdo.

-¿Cómo te llamas?

-*Ju-saca-mea*, "El que mata en la guerra".

Las últimas palabras del jefe de los *Huites* no fueron dirigidas solamente al Padre Andrés si no para Ósali que salió al encuentro de los niños y se quedó al lado del misionero. El jefe *Huite* se quedó de una sola pieza cautivado por la belleza de la joven maestra sintiendo el corazón latir -como un tambor de guerra- en el centro del pecho.

-Tú también tendrás que venir a la doctrina y a la escuela –le dijo la maestra.

-Yo ya estoy grande para eso.

-La lección de rezar y de leer es para todas las personas, no tengas ninguna duda. También se trata de aprender a sembrar, a criar ganado, de dibujar y cantar.

-Hemos visto que las flechas no sirven de nada contra los dioses de los *Yoris*, ni contra las enfermedades y los eclipses que nos han traído.

-¿Cuantos años tienes *Ju-saca-mea*?

-*Ta-ca*, veinte.

El Padre Andrés no dejo de ver en la mirada de Ósali su inocencia convertida en mujer, atraída por la fuerte personalidad del jefe de los *Huites* –que tampoco dejaba de mirarla.

-Ósali, *"Baji mam-ni"*, quince.

La plática en el portal de la casa del misionero hubiera seguido en el mismo tono amigable si no aparece Diego en su cabalgadura, en su rondín ordinario, por los alrededores del Fuerte.

-El Capitán *Saúl* –dice el Padre a modo de presentarlo.

-Todo mundo conoce al Capitán *"Sule"*–contesta *Ju-saca-mea*.

-¿Te conozco desde antes de venir aquí? ¿Estuviste en *Topolobampo*? Creo que te vi subir al barco –preguntó Diego.

Negaba conocer al jefe de los *Huites*, pero el tono de su voz, menos grave que de costumbre, quería delatarlo que mentía porque existen dos formas de mentir sin parecer idiota: una es preguntar cosas obvias; la otra es tener respuestas insoslayables.

-¡Ah! ¡El jefe de los *Huites*! Ya te recuerdo. Nos salvaste de la emboscada de los *Tehuecos* –Diego se respondió.

-Nos dimos cuenta de la trampa y nos pareció desigual e injusta la lucha, por eso les ayudamos a escapar con vida. Vine a traer trescientos niños para la doctrina y la escuela porque estamos convencidos del poder de los *Yoris* para viajar por mar y por tierra –contestó el jefe *Huite*.

Diego no pasó por desapercibido el atractivo de *Ósali* para *Ju-saca-mea*, porque sus miradas se cruzaban furtivamente, así que rápidamente comentó:

-Primero deberían bautizar a los adultos y adoctrinarlos para estar más seguros que no nos atacarán a traición. Aquel *"Yoreme"* que levante su hacha contra los españoles morirá de cien azotes en la plazoleta –dijo Diego con la clara intención de amenazar a *Ju-saca-mea*.

-Los *buquis* son lo más valioso de los Huites y venimos a traerlos sin condición –contestó sereno *Ju-saca-mea*. No esperen, de nosotros, ninguna traición. A cambio ayudaremos a sembrar las tierras de la misión y a construir adobes para la iglesia. En tres días regresaré con gente para trabajar en la siembra y en las obras, si me permiten retirarme.

Enfadado, visiblemente disgustado, Diego no quiso seguir platicando con el forastero. Ni siquiera pensó obsequiarle un caballo como lo hacia con sus aliados, a pesar de reconocer que *Ju-saca-mea* los había salvado de la emboscada. El Padre Andrés, profundo conocedor del alma humana, vio de cerca la reacción farsante de Diego y comprendió de esta forma que los celos nublaban la mente de su hijo predilecto. Diego dio media vuelta a su poderoso caballo negro y se retiró envuelto por la misma polvareda donde había llegado.

-¡Ea! ¡Arre! ¡Ea! –Gritó Diego a su caballo, como mínima despedida lanzándose al galope rumbo al portal principal del Fuerte.

-Padre, por primera vez entiendo todas las palabras.

-¿Cómo dices, Ósali?

-Que no necesito traducirlas. Cuando *Ju-saca-mea* me habla le entiendo perfectamente. Mucha gente me dice que yo no hablo como *Yori*, al contrario, que pienso como *Huite*.

-¿Estás segura de lo que dices?

-Si Padre.

-Ósali, eres una mujer muy hermosa, demasiado, diría yo.

-Gracias, Padre.

La joven, con la disciplina precisa de maestra toma un libro entre sus manos, esperando cambiar el tema de la conversación, pero el misionero continuó diciendo:

-A mis años te puedo decir que el amor es un arma de dos filos: divino y profano. Que otros se jacten de lo que han dicho y escrito; a mi me enorgullece lo que he vivido.

-Solo soy un aprendiz. Quiero aprender a servir a los demás. A mi me basta con enseñar la Palabra de Dios.

-No sabes lo que dices. Perdona la franqueza de este Padre que te habla como cualquier padre. Bella se nace, no se hace. Todos precisamos el amor y a veces lo logramos, quizá bruscamente, inesperadamente, nos llega. Dios es Amor. El amor cuando es puro viene del cielo; el amor mezclado con lujos y riquezas es materialista y mundano.

-Padre no tengo a nadie más que a usted y a Diego. Poco necesito para vivir, no me preocupa absolutamente nada del amor.

-Uno puede conocer el presente, pero todos desconocemos el porvenir. El amor nunca te abandona, siempre estará a tu lado, pero muchas veces ni siquiera lo miras. O, en lugar del amor, como escribió Homero: "Los dioses tejen desdichas para que los hombres tengan algo que contar".

-Eso puede saberlo usted, Padre, que tiene el libro.

-Lo sabrás mejor tú, por la tierna edad. Joven o vieja, todas las mujeres tienen un amor esplendido, y, tú no serás la excepción.

-Si, me han dicho, si; me han llegado rumores.

-Ósali, es hora de dormir. Creo que mañana va a ser un día muy lindo. Te dejo la bendición.

-Buenas noches, Padre, que duerma muy feliz.

El misionero estaba convencido de que una de las tribus de Sinaloa sería la patria de Ósali pero ante la diversidad de lenguas y costumbres nunca creyó encontrarla. Así que cuando Ósali le dijo el nuevo sentido y sonido de las palabras intuyó que su lenguaje materno estaba indisolublemente unido a los *Huites*, y mandó que trajesen, con el grupo que vendrían a laborar la tierra, al más anciano de la tribu.

La cabellera blanca del gran jefe, *"O-le Ta-cali"*, El Horcón, el más anciano de los Huites, arrugado y canoso, de cara morena, como una moneda mohosa tirada en el áspero sendero, cuando se presentó ante el misionero, en su propia lengua lo cuestionó:

-¿Quién es la Reina de los Huites?

-Es la Señora de todos los ríos.

-¿Dices verdades o dices cuentos?

-La luna de las noches, no es la luna que tú ves. Mírala, es mujer. Los años la han colmado de antiguo llanto. Sus lágrimas dan vida a los ríos. Cada río tiene su secreta leyenda...

-Conoces la leyenda de *Seua-li*?

-¿Quieres amar de verdad a una mujer de esta tierra? Entonces tómala en silencio, bajo la luna llena y bésala a la orilla del mar. Bajo ese círculo de oro, hay infinitas leyendas de amor. ¿En qué ayer, en qué mujer, en qué río o en qué playa cae también esta sentencia?

-Sobre la madre de Ósali, te pregunto: ¿Sabes si fue acaso *Seua-li*? ¿Quién es la Reina de los Huites?

-La luna es la madre de todos.

-¿Escuchaste hablar de *Seua-li* y el Capitán Gonzalo como una leyenda de amor? –Inquirió de nuevo el Padre- ¿Puedes decirme si Ósali era la hija de aquella pareja romántica?

-Solo te digo que nunca perdimos una guerra contra los odiados *Yoris* porque las flechas envenenadas de nuestros guerreros siguen siendo perfectas para matar.

-Este es un mundo nuevo tanto para ti como para mí, donde nadie gana la guerra.

-Es la luna de mis ancestros la madre de todos los ríos de Sinaloa; y su padre, el sol. Ustedes trajeron cadenas de hierro y enfermedades de muerte que son nuevos, pero la Reina de los Huites es la misma de ayer y de mañana: Es una y todas las mujeres de esta tierra.

-Dime mejor si la leyenda es verdad.

-Debería tener un lunar oculto en la pierna derecha para ser La Reina de los *Huites*.

-Entonces ha de ser una leyenda porque un lunar en la piel no significa nada.

-Te equivocas, *Yori*. La tarde espera el fruto que le debe la mañana. Las tradiciones son las veredas de una nación que unen de verdad a los padres con sus hijos. Nadie es la nación, pero todos lo somos. Las aves llegan cada otoño y traen la misma historia, de la llegada de los *Yoris* y *La Reina de los Huites*.

-Puedes quedarte aquí con los tuyos, *"O-le Ta-cali"*, para que construyan sus enramadas y salgan a cultivar la tierra que aquí no les faltara casa, comida y protección del cielo.

-Nosotros vivimos en las cuevas que están más altas que tu casa y tenemos la vista del águila ¿Para qué queremos venir a vivir bajo las ramas de tus jacales? *Ume ítom io-ua iu-iata chutam bae-te-co,* Cuando nuestros padres desean cortar un árbol, *Jiba-su ba-tau ioco-i-ne,* Siempre, primero, se disculpan con él.

-Volverán a sus cuevas cuando los *Huites* aprendan a sembrar y criar vacas, caballos y cerdos.

-El río, que viene del cielo, nos da todo lo que necesitamos, para que nosotros estemos preparados para la guerra. Nos surte de peces, de maíz, *ma-a-tchi,* de calabaza, de sandia, de guamúchiles, de chiles y *ba-a-tata.* En cambio, ustedes comen carne como sus perros.

-Pero nunca comemos carne humana como tu gente.

-Nosotros solo comemos el corazón de los más valientes para que su fuerza se una a nosotros en la victoria. No probamos el corazón de las mujeres, ni de niños, ni de cobardes.

-No entiendes mis palabras.

-Nunca comeré tu corazón, *Yori,* ¿Tú si me entiendes?

-Pronto volverás a tu tierra.

-No moriré lejos de mi cueva, mientras pueda alcanzar y cazar el sagrado venado y la exquisita codorniz –dijo alejándose de la plática y sin voltear.

Transcurrido el primer año los *Huites* trabajaban con gran dedicación y con gran reverencia la doctrina y consejo de los españoles. En tan corto tiempo los *buquis Huites* rezaban en su propia lengua gracias a las enseñanzas de Ósali mientras sus padres, además de sembrar ayudaban a la fabricación de adobes para la iglesia y las casas de los Encomenderos. El Padre Andrés estaba muy satisfecho de la obra misionera contando con la gran disposición al trabajo de los *Huites* -excepto el mas anciano que renegaba por regresarse- por lo cual pensó en varias noches de meditación llevarlos a construir una iglesia en el propio pueblo de los *Huites,* y, ¿Por qué no?, construir una gran nación dedicada al trabajo y la vida en libertad y en armonía con la naturaleza.

Los *Huites* se organizaron alegremente para trabajar en la tierra, aprendiendo pronto a manejar la coa, la pala, el pico y la azada. Así que el Padre consideró llegado el tiempo de regresarlos a su tierra –más bien a sus peñascos.

El Padre Andrés bautizó *Ju-saca-mea,* cambiándole su nombre por "Juan Bautista *Ju-saca-mea*", pero su gente le llamaba más fácilmente "Don" a secas, como a los Encomenderos. "Don Bautista" había aprendido a cabalgar en poco tiempo, con porte de hidalgo español, en un potro alazán que el Padre le regaló. Por las tardes al regresar al Fuerte siempre tenía una excusa para encontrarse con Ósali.

-¿Como están los *buquis* en la escuela?

-Son muy inteligentes los *Huites* –contestó Ósali- aprenden pronto.

-Tu deberías venir a la escuela también –le dijo en su propia lengua.

-¿Cómo aprendiste nuestra lengua?

-No lo se. Conozco muchas palabras de las gentes de los tres ríos, pero me es más fácil oír y hablar la lengua de los *Huites*.

-Sabemos que no eres *Yori*.

-Los *Yoris* me dicen que soy "Coyota".

-Los *Huites* también. Porque eres la más hermosa de todas las mujeres del río, todos comentan de ti.

-Mi patria está aquí, pero crecí en Durango.

-¿Dónde está esa tribu?

-A muchas lunas de camino, siempre subes con rumbo al cielo. Es la tribu más grande, con iglesias con torres muy altas, casas enormes de piedra cantera y madera, con amplias patios y extensos corrales llenos de vacas y caballos. Con la gente de Durango aprendí a leer, a escribir, a dibujar, a reír, la importancia del vestido y la comida, el encanto secreto del canto y de los libros; en una palabra, a vivir al real estilo.

-Tu nombre *Ósali-Batui*, es una paloma mensajera.

-Mis padres nacieron en el Fin del Mundo pero no conocí a ninguno.

-Los ancianos de la tribu dicen que tú eres La Reina de los Huites.

-¿Qué dices? No sé de qué me hablas.

-Es una leyenda del río *Suaquim*.

-¿Es verdad? Las leyendas tienen mucho de misterio y falsedad.

-Acércate a mí para que nadie nos escuche. Al principio de los tiempos, el padre *Ta-a,* Sol, y la madre Luna, *Ma-iam Etchai,* enviaron a *Jiapsi, Corazón,* la hija más hermosa, protegida por *Se-be Je-ca Betchi-bo-o*, el Dios del Viento Norte, porque traía en sus manos una mazorca, una tuna y una pitahaya, para darle vida a los guerreros más valientes de *Po-Sulem.*

-¿Qué es Pusolana?

-¡Dilo en voz baja! "La Tierra Fértil", *Po-Sulem,* era el gran territorio de nuestros ancestros, *Sulem,* que eran pequeños de estatura.

-No te interrumpiré, sigue contándome.

-Como *Jiapsi* era muy bella, para casarse con ella la perseguía por el cielo la gran ave, *"Io-o-bua",* que comía gentes; *Naoa Nooca,* La Serpiente que Habla Bonito, por tierra; y los más osados monstruos por mar, como *Baacot Teta-ca*, Monstruo de Piedra –le contó en secreto *Jusa-ca-mea*.

-Me da mucho miedo, pero sigue contándome.

-Finalmente *Jiapsi* halló solitario al poderoso río *Suaqui*, y, ambos se enamoraron: de su unión nacieron los *O-ou-eme*, Ahome, "Los hombres que llegaron primero", "Los Jefes", que se dedicaron a pescar en las marismas; los *Ua-sa-bú*, Guasave, "Los que cosechan primero" que se fueron, rio abajo a sembrar la mazorca, *ba-atsi*. Después dio a los *Suaquim*, "Los que cultivan pithayas", un *tomatl*, tomate, del mismo color rojo para que lo sembraran en lugar de la Tuna, *Na-bo,* porque la serpiente llamada *Naoa...*

-*¿Náhuatl?*

-*Naoa-Nooca, "La* Serpiente que Habla Bonito", se la robó y la fue a sembrar a Na-bo-joa, "La Tierra de las Tunas". A los *Sinaloa,* y demás hijos del rio Suaquim: *Tsoes, Te-ue-cos, Ocoroni, Tepa-uis*, la Reina les obsequió la pitahaya, *Sina-lobolai,* pero resguardada con espinas en los brazos del sahuaro para que el reptil no la alcanzara. Y finalmente para los *Huites*, que se quedaron en los peñascos más altos porque no hubo otro lugar en la ribera, en su consuelo, *Jiapsi* se quedó a vivir con ellos en lo mas alto de los peñascos, y a cambio les dio a sus hijos guerreros una flecha infalible y a sus mujeres les repartió, de su propia belleza, una flor de amapa para que, confundiéndolas con "La Reina de los Huites", las demás tribus las respetaran; como cuando la luna se baña desnuda en el río.

-¡Es una leyenda de amor! -dijo Ósali emocionada.

-Sshh, calla. No debes contarla a nadie porque si te escucha la serpiente la encontraría para robársela. En esta tierra nadie puede asaltar a la mujer, sea cual sea el sendero donde la encuentre, porque puede tratarse de su propia Reina.

-¿Dónde está el *Io-o-bua*?

-Lo venció el joven guerrero *Jeca-ta-Usi*, "El hijo del viento".

-*¿y Baacot Teta-ca?*

-Al monstruo de piedra, lo destrozó *Boptsi-Mea*, el Chapulín, dejando sus aletas hundidas en la playa *Teta Ca-ui*, y su cabeza de piedra, *Tam.ja-uei,* Boca Abierta, en el rio de losYaquis.

¿Dónde está *Naoa-Nooca*?

-Shhh! No la menciones, siquiera ¡Está viva! Se confunde su cuerpo con las veredas al sur del río Sinaloa y se fue a ponerle nombre a todo poblado que encontró en su camino. Sus hijos hablan su lengua *Naoa*: Aztlán, Petatlán, Culiacán, Mazatlán.

-¿Todas las voces y veredas son tan antiguas de verdad?

-Todas. Nadie debe decirle donde está *La Reina de los Huites*. Es una y todas las mujeres de esta tierra. La señal que tiene es un lunar secreto en la pierna derecha. Por eso la flauta, *Baca-Cusi*, canta, para distraer con sus notas de ensueño a *Naoa-Nooca*, el milenario reptil. Cuando la mujer de esta tierra está en peligro solo tiene que llamar "*Se-be Jeca Betchi Bo-o*" y el Dios del Viento Norte vendrá en su ayuda.

-Ya lo sé. De mi madre aprendí a tocar la flauta desde niña –le dijo en voz baja ¿Puedes creerlo?

-No se lo digas a nadie: "*Tú, eres una y todas las mujeres de esta tierra*".

Hay que estar enamorado para que las leyendas parezcan convincentes, porque el amor primero es un juego de palabras tomadas de la idea de la eternidad. Queremos amar para vivir por siempre. La historia natural del amor es anterior a todas las leyendas; es una fórmula secreta para vencer a la descarnada muerte; es una ofrenda ante el altar del tiempo donde coinciden la casualidad, el azar, la cábala y el destino para unir a un hombre y a una mujer. Además los enamorados, poco a poco se van desnudando de toda falsa apariencia hasta que mostrando el alma de verdad una es presa del otro. Esto quiere decir que el amor y sus senderos se repiten siempre. Quiero decir que nadie inventa nada nuevo, pero tal vez el límite, de todas maneras, sea el infinito. Una leyenda es casi como un juego de espejos.

-¿Eras un *buqui* solitario? –preguntó Ósali dejando de hablar de la leyenda.

-Tan solitario como un sahuaro. Tenía uno o dos amigos que me acompañaban a cazar, pero siempre he sido muy solitario. Mi padre decía que para ser jefe de la tribu hay que aprender a vivir solo, con la única compañía del arco y de la flecha.

-Dicen que las aves solitarias no cantan.

-No lo creo. Yo recogí un par de gorrioncitos que se cayeron de su nido y les di pinole hasta que pudieron volar. Mientras estaban prisioneros nunca lo oí cantar, pero cuando abrí su jaula el único que escapó regresaba cada mañana con una melodía diferente; el otro, que nunca huyó, al poco tiempo empezó a canturrear como el aventurero.

-Yo siempre sueño con el azul del mar y el cielo. Creo jugar junto a mi madre amontonando caracoles de gran tamaño entre la arena. De pronto mi sueño termina en pesadilla con *Yoris* montados en caballos rojos, en el *baa-tchoco*, agua salitrosa, y, relinchos ensangrentados en lugar de la blanca playa.

-Yo recuerdo de mi infancia el paisaje verde de la sierra, la frondosa vestidura del río *Suaquim*, nómada como yo, que corre siempre hacia el mar b*a-t-ue* ¿Por qué regreso como el *Suaquim* siempre al mar? Porque mirando su dorado atardecer hay, en un puño de arena que se escapa de las manos, una lección que nunca he aprendido junto a la admirable grandeza del océano: la miserable pequeñez de la existencia humana.

-Quiero que aprendas a leer –dijo Ósali.

-No soy *Yori* ¿para qué me sirve leer?

-No dejes crecer la hierba en tu corazón; si lees tendrás despejada el alma y el sendero. Es la única diferencia que tienen los blancos para vencer sobre nosotros. Porque no son ni mas fuertes ni mas altos ni mas rápidos, si no que escriben su inteligencia. Y la escritura es para siempre.

-Hablo de estrellas y pitahayas, de sol y de espinas, de flechas y venados, de mar y desierto ¿Para qué me sirve leer? ¿Dejaré se ser *Huite*?

-La lectura no te muda la piel, como a la serpiente, ni los huesos, como la muerte; te engrandece el corazón.

-¿Me hace valiente?

-No. Capaz de no alzar la voz y de jugarse la vida, si. Te torna tan poderoso que te enseña a luchar contra ti mismo.

-¿Contra mi mismo?

-Falsamente el hombre se cree más valiente que los demás y se estima en menos de lo que realmente vale. El que ignora la escritura es como un cadáver sin sepultura.

-Ningún *Huite* es hombre mientras no escuche su nombre en los labios de una mujer.

-Como los labios de una mujer honesta el libro hace a los hombres de verdad: valientes y libres.

-Escucha que te lea la historia de de la reina Ginebra y su caballero Lancelote.

-Dices y convences como *Yori*.

Mientras Ósali seguía leyendo, sus miradas se encontraron varias veces, y, con un beso de verdad nunca se terminó la lectura de aquel párrafo dejando el libro abierto.

-Te lo dije. Dices y convences como *Yori* –otra vez dijo *Jusaca-mea*.

-Ja, ja, ja –rió divertida Ósali- como mujer, dirás bien.

-Ja, ja, ja -*Ju-saca-mea* también se rió contagiado de la cascada de alegría que es la risa de una mujer hermosa cuando acaba de besar.

La risa, que aumenta a su máxima expresión el caudal sanguíneo de la mente y los latidos de corazón, es una irresistible embajadora acústica del amor. Todos aceptamos que el amor se enciende como el crepúsculo y, lentamente, va en ascenso. No tiene mayor importancia. Pero los celos, en cambio, aparecen bruscamente y pueden ser terribles como el rayo en medio de la oscuridad; en ese instante, el hombre puede sublimarse para matar al rival por instinto –como entre los animales. Probablemente Diego sintió los dos fuertes impulsos –de celos, de odio- sistólicos cuando observó reír juntos a la pareja de Ósali y *Ju-saca-mea* al final de la tarde. Además es más fácil ser víctima de aquellos dos dardos ponzoñosos que de las flechas de cupido. Por eso aprendimos desde infantes antes a morder que a besar: primero depredadores; amantes, después.

-"Al fin de todo –pensó Diego atragantándose con la ira- nunca me ha querido porque soy un enano. No nos une el amor, sino el espanto; será por eso que la quiero tanto".

En cuanto la noche oscura se enteró de cuanto sufrimiento se ahogaba dentro del pequeño pecho del Capitán *Saúl*, para no presenciar una terrible venganza, tendió rápidamente su manto sobre los adobes del Fuerte de Montesclaros y comenzó a llorar a cántaros.

La vela del Padre Andrés, rebelde y temblorosa, fue la única luz que se negó a dejarse amedrentar por la tormenta, *Ba-a-Jeca*, sin dejar de iluminar *La Biblia* del misionero, precisamente, hasta el amanecer. ¿Estaba también escribiendo su "*Historia de Sinaloa*"? No lo recuerdo ahora. Nadie sabe de cual de los dos libros es un rayito de luz que se escapó por la ventana, la clave.

Capítulo, *U-oi Mam-ni Ama U-oi, Doce*

Si el Río Grande de los *Suaquim* ha de verse en una tarde otoñal, cuando los nubarrones pasan raudos, rumbo a la sierra desde el cercano mar, uno piensa que se está en la cubierta de un barco con las velas hinchadas por el viento. Fuera, la luna baña de plata el sendero líquido del río en la noche calma hasta que la llovizna celosa se convierte en tormenta y los separa. Bajo la lluvia hay tiempo disponible en el cual reflexionar, para enfrentarse consigo mismo y rendir cuentas de lo realizado hasta entonces. Es un auténtico error creer que se puede desenterrar el pasado y encontrar los ideales de la juventud, intactos. Al contrario, no hay ningún recuerdo que no haya quedado transformado por el transcurso de la vida, por aquella magia caprichosa del azar, que llamamos *destino*. No es tarea sencilla mirarse al espejo a los cincuenta años y salir airoso, porque el rostro refleja siempre el cansancio a la mitad del camino y la inconformidad que le dicta algo más que falta por alcanzar. Los hombres también tienen su otoño: desde el rey más encumbrado hasta el más humilde misionero.

En la mañana siguiente, con el fresco aroma de la tierra mojada el Padre Andrés mandó llamar a Don Bautista, para decirle:

-Los *Huites* se organizaron alegremente para trabajar en la tierra, aprendiendo pronto a manejar la coa, la pala, el pico y la azada. Así que considero que ha llegado el tiempo de regresarlos a su tierra –más bien a sus peñascos. Junta a tu gente y regresa con ellos a tu pueblo.

-Padre ¿está inconforme con el trabajo de los *Huites*?

-Al contrario, puede que esta sea mi tarea más importante. Érase una horda vagabunda y guerrera que hoy siembra y reza, fabrica adobes, y vive en paz. Ellos y tú son jóvenes, y, yo ya estoy viejo. Todos somos prisioneros de nuestros sueños. Solo Dios sabe que quedará de los míos. Existe un deber al que no puede uno sustraerse, como misionero, ese deber me agobia todos los días: me hubiera gustado mucho ser un embajador de la paz y aportar para el Fin del Mundo una Nueva Era Dorada donde combatir la ignorancia con el arte y la oratoria sagrada. Ahora, con la edad, pesa sobre mí la responsabilidad de luchar contra satanás para salvar algunas almas y en este trance a veces flaqueo, con el coraje de un gigante ciego en el combate, y sufro al describir, en trazos, su historia ensangrentada.

-Tenemos muchos enemigos ancestrales en la sierra y en el desierto ¿Cómo vamos a pelear si no tenemos arcos? ¿Es pecado matar con flechas?

-De aquí en adelante no matarán: *"Ciertamente edificarán casas, y las ocuparán; y ciertamente plantarán viñas y comerán su fruto. No edificarán y otro las ocupará; no plantarán y otro lo comerá..."*

-Que hermosas palabras.

-Las dice la Biblia: *"Tendrán que batir sus espadas en rejas de arado y sus lanzas en podaderas. No alzará espada nación contra nación, ni aprenderán mas de la guerra"*. Serán ejemplo de bienestar, protegidos por el Santo Evangelio, sin hambre de comer carne humana. En caso de guerra los presidiales les darán a su favor la paz. Vivirán, para sembrar, en el surco y en la fe. Para alimentar a una nación se requieren solo tres cosas: el pueblo, la tierra y su lengua. ¿En que piensas, Don Bautista, que te ves tan distraído?

-No hay dolor más grande que despedirme de Ósali.

-¡Ah! No me habías dicho que estáis enamorado de tu maestra ¿Cómo se enamoraron?

-Se lo diré, Padre. Ósali me leía un día por pasatiempo del modo que la reina Ginebra cayó en las redes del amor. Estábamos solos en el río. Aquella lectura fue la que decidió por nosotros. Sin Cerrar el libro de Dante, le di un beso. Y no leímos más.

-Son letras paganas. Ese libro enseña el camino al infierno, pero si alguno intenta escapar, el Cancerbero, perro de tres cabezas erizadas de serpientes y cola de reptil, se le echa encima a mordidas ¿Acaso leyeron eso?

-No señor.

-Son letras malsanas, no de amor verdadero. No vuelvan a leerlas.

-No Señor. Le ruego me perdone.

-Eres joven. Eres digno de perdón.

Cuando Don Bautista le anunció a los *Huites* su regreso no había quien aguantara aquel alboroto. Las familias reunían sus escasas pertenencias y llenaban de alegría sus pláticas, recordando la caza, la pesca y la libertad que se respira en lo más alto del río. Nunca vivieron como prisioneros en el Fuerte de Montesclaros, pero la distancia de su hogar en los peñascos les hacía sentirse como águilas enjauladas. Así que la noticia de emigrar, además de sorpresiva, fue motivo de gran felicidad.

-Ósali, Soy Diego...

-¿Pasa, que te trae tan noche a mi casa?

-Tan solo vine a preguntarte si me quieres ¿Alguna vez me has querido?

-Claro que si, mi "*pollito nalgón*", eres mi hermano.

-Te hablo en serio.

-Eres mi única familia. A ti te debo aprender la castilla, montar a caballo y escapar de la soledad. En una sola palabra eres...como mi propia sangre, vital.

-No, pero no soy yo, ese es el otro. Yo no te quiero como hermano, sino te amo como hombre.

-Diego, por el amor de Dios, no bromees.

-Te llevo dentro de mis ser como un tesoro enterrado. Nunca te lo dije porque siento que me falta un cuerpo humano normal para andar como las demás personas por la faz de la tierra.

-Tu altura es pequeña, pero no es pecado; al contrario tu valor te engrandece y tu verdadero triunfo no ha sido en la guerra sino contra tu propia adversidad. La mayoría deja sombra –la sombra de las cruces en el camposanto- por su gran altura, pero ninguno deja su huella tan profunda en la historia como lo has hecho tú. Me enorgulleces, de verdad te lo digo, Capitán *Saúl*.

-Pero no me amas.

-Te quiero como al mejor de los hermanos.

-Mas bien creo que te espanto. Por ser enano produzco risa para mis enemigos y pánico para mis seres queridos. Nací deforme. Nací inconforme. Me miras para abajo.

--Nadie es perfecto...

-Con horror.

-Ante los ojos de los hombres...

- Con lástima.

-Ante Dios cada quien está hecho a su imagen y semejanza.

-No hay dioses enanos, hay bufones ¿Te parece una tontería, verdad? ¿Vine al mundo para ser la risa de los demás? ¿También tú te ríes de mí?

-¿Por qué me preguntas lo que te puede herir? No reniegues de la vida.

-He nacido enano y despreciable, sé que no se añadirá una sola pizca a mi estatura. La cárcel de mi alma está más estrecha que ninguna. ¿Es acaso una bendición nacer menos que los demás?

-Diego, no blasfemes. La maldición no es "nacer", si no "ser" menos, lo cual significa "peor" que los demás.

-Tú eres la más hermosa mujer del Fin del Mundo. Para ti es muy fácil consolar los mediocres, grotescos y feos sentimientos de un enano como yo. Mi destino ha sido ser siempre el último invitado a la mesa del placer, el encargado de levantar del suelo las migajas ¿Por qué? Un engendro así, no es mérito.

-No eres lo que dices. Al contrario, eres un héroe que ha vencido con astucia e inteligencia las bárbaras tribus de Sinaloa. Tienes la misma estatura del Conquistador Cortés, abriendo el camino para la conversión de miles de almas desamparadas, el mejor soldado de la fe.

-Pero en cuestiones del amor me ahogo en el mar de la falsía, la derrota y las humillaciones. Me has dado la peor de las desdichas, esta tarde, cuando te vi besarte con el maldito indio de los *Huites*.

-¿Nos viste?

-Siempre te he visto. He sido tú más fiel y celoso guardián, tanto de tu vigilia como de tus sueños.

-Lo sé. Y te lo agradeceré siempre.

-Soñé contigo como el amor de los lobos: en el alba. Quise siempre vencer en la guerra para merecer tu amor, o al menos tu admiración, pero fue tan grande el sentimiento de repulsión por mi defecto físico, que nunca te fijaste en mis sueños.

-Nací *Huite* también. Es mi destino...si lo tengo.

-Naciste para ser una reina, porque además de noble eres inteligente y bella.

-Soy más feliz siendo la reina de las abejas en Sinaloa que la misma Reina de España, lejos de mi tierra.

-Tienes la hermosura de la rosa con una gotita de agua prendida de su pétalo. No necesitas de mi ni una sola línea, ni un acorde, ni un verso. Que nadie te toque que a ti no te falta nada.

-No diría yo eso, sin pecar de soberbia y vanidad, porque no lo siento así.

-La reina del amor.

-La rosa también está rodeada de espinas y prefiere la frescura del rocío al amanecer.

-Hace poco te escribí unos versos...

-No sabía que sois poeta.

-También mi corazón es un enano: "Léelo" –le dijo arrojando el papel a sus pies. Recibí con creces la herencia maldita del sufrimiento, en la dosis exacta, que se exige al que nace para hacer poesía.

Ósali desdobló el papel con cuidado. No sentía otra emoción que una extraña repulsión en su pecho, por la declaración amorosa de Diego, pero trataba de ocultarla conociendo su carácter violento e intempestivo. Leyó en silencio -con pausa, sin prisa- cada trazo de la tinta, entre líneas arrugadas del papel despreciado:

Canción del Amante Solitario

-No hay en la tierra par
Que sea más valiente
E infeliz que yo.
Cantada por el juglar,
Que la lleva a plazas y caminos,
Nadie rebaje a reproche mujeriego
Esta declaración:
La mía no es una historia de amor
Si no de errante pasión...

Llegué con mi cabalgadura
Hasta donde chocan
El hierro y el pedernal.
Al suelo bárbaro dije
-sin ninguna reverencia:
"¿Llega el sol? ¡Llego yo!".

El desierto vengador ha urdido algo
Que tus oídos profanos no reconocen:
El canto lúgubre
Del amante solitario
Que te dice con sus dos vocales;
¡A-uh! ¡Que horror es esto!
¡El fin del mundo! ¡A-uuh!

Si el coyote tuviera
La desgracia de ser yo
¿Quién se lo quitaría?
¿El coraje de derramar dos lágrimas:
Una por él cruel destino,
Que no escogió;
Y, la otra, por la sarcástica gesta,

Que tan grande,
Que tan pequeño,
Que tan rico,
Que tan miserable,
-¿Que importa la palabra que me nombra
Si el coyote no aúlla de dolor-
Que tan enano,
Que tan "Sule", me parió?

Y no me da pena confesártelo,
Mientras juzga esta blasfemia
El otro platillo de la balanza:
Cuando alzas tus ojos negros
Hieres con saetas de amor;
Y juro, tocando los Evangelios,
Desde mi bajeza infiel,
Que os amo -más que a Dios.

-Me parece muy trágico y profano.

-O cómico. Tal vez, como la vana música del grillo que para morir, canta... Pero solo vine a decirte que te amo. Yo no se por qué te escribí aquél verso. Olvídalo: *El coyote no aúlla de dolor.*

-Calla, no blasfemes más.

-Aúlla de rencor.

-Que yo nunca te olvidaré.

-Ya es un hábito de mi pesadilla agonizar bajo las patas de los caballos.

-Diego ¡Por Dios!, eres un gran Capitán, y un hombre con cualidades de gigante, como el rey Saúl, pero somos hermanos, casi de la misma sangre, como nos dijo el Padre, y nunca te amaré de otra forma desigual.

-Soy un engendro. Un desgraciado bufón. El privilegio único de los bufones es decir verdades que otros callan.

-No lo digas así. Eres el más grande orgullo mío y del Padre Andrés. ¿Acaso no lo ves?

-Siempre me ocurre una cosa muy rara, que la gente suele recordarme a cada paso: que soy hijo del Padre. La verdad es que él me ha enseñado muchas cosas. Le debo todo. Él fue curándome poco a poco del odio por los que se dicen "normales", y casi lo consiguió. Él me ha llevado por el sendero más áspero de la milicia y -por lo menos aparentemente- que recorre un vencedor. El Padre me curó de todo eso –pedantería, temores, cobardía- simplemente dando por sentado que yo era como su propio hijo –secreto y digno brebaje.

-Nadie elige a su padre.

-Es muy difícil elegir un padre perfecto ¿eh? Y yo corrí con suerte. Nunca quiso que le tuviera miedo y lo logró cambiándome del diccionario la palabra *miedo* por *respeto*. A nadie le tengo miedo, pero a todos, hasta el más insignificante enemigo, guardé una dosis suficiente de honor.

-Ya eres célebre entre los Conquistadores.

-Ser célebre en el Fin del Mundo, es casi ser un perfecto desconocido. Pero, ahora que estamos hablando de puntos importantes, tienes que saber que vine a pedirte tan solo una cosa: que te quedes a vivir conmigo.

-Diego, por favor, ya te dije que somos como hermanos. Te respeto y admiro profundamente, pero no te amo.

-Puedo matar a todos los indios, como aquel libidinoso capitán que puso una mano sobre tu cuerpo.

-No dejes que el odio te cierre la razón.

-Con mis propias manos, que son lo suficientemente grandes para quebrarle el pescuezo, mataré a tu amante.

-Me llenas de indignación y espanto. ¿Como puedo decirlo de otro modo sin que te enfades? Si fuesen trece puñaladas en el pecho no me matarías más que una sola vez. Aún si abres para comerte mi corazón nunca será tuyo ni de ninguno de los extranjeros. Nací para ser Huite y así moriré.

-Tus palabras me desgarran porque tienen el sabor amargo y despiadado de lo perdido. ¿No hice nada para merecerte?

-No hagas un drama de esa invención tuya. Nunca dije que te amaba. Nada has perdido.

-Cuando la vida es vana, la muerte lo es también. Lo único que me aterra de morir es saber que me entierren con este cuerpo, por eso quiero morir en la batalla destrozado o como trofeo de los salvajes.

-Diego, escucha: Algo, lo sé, te falta.

-Siento a veces temor a la inmortalidad, que sería para mí una prisión perpetua. Que otros se jacten de las estatuas, yo quiero morir del todo: dar la vida, desaparecer, nada más. ¿Qué sentido tiene continuar sin ti?

-Encontrarás el amor.

-Ósali, ya te perdí, no necesitas mentir. Pronto sabré quien soy. Y también lo sabrás tú.

Poniéndose de pie intentó rodear la mesa de madera e incluso arrojó tres libros de un solo manotazo para capturar la cintura de Osali que giraba para que no la alcanzara, cuando el ruido de los pasos inconfundibles del misionero hizo que ambos se calmaran.

-Padre –dijo Ósali, besándole la mano al recién llegado.

-Diego, Ósali, ¿que discuten tan noche? Vengo a decirles que he decidido que los *Huites* regresen a su tierra.

-Padre, los Encomenderos estarán inconformes porque no tendrán trabajadores para sus campos ni sirvientes en sus casas –le atajó Diego.

-No fabricamos esclavos. No es cuestión material sino divina la de convertir los bárbaros en siervos de Dios. Un nuevo mundo de la iglesia, universal, con puertas abiertas para todos. Un sueño que debe hacerse realidad.

-Es más fácil tener pesadillas que sueños.

-Para Dios no hay imposibles. Los *Huites* regresarán a su tierra pero ya no vivirán en los riscos, sino en la ribera apropiada para sembrar la tierra.

-Ante los ojos de los Encomenderos no será una grata noticia quedarse sin labriegos en el Fuerte.

-Muchos de ellos se han aplicado a aprender oficio, saben hacer casas de adobe, sembrar y cuidar ganado. Aún hay entre ellos artesanos que elaboran vasijas de barro. Dios de montes y campos actúa con silbos de pastor, no a golpes de vara, cetro o cayado, de tono amoroso para rescatar a estas naciones bárbaras entre montes y peñascos a la doctrina cristiana sin que haya guerra.

-Si los *Huites* se transforman otras tribus vecinas seguirán el mismo sendero –comentó Ósali.

-Vivían como buitres en los peñascos y volverán a comer carroña cuando se vean libres de nuevo.

-Diego nunca te había escuchado hablar así. La obra de Dios con estas gentes los ha convertido en obedientes cristianos y amoldados a las buenas costumbres están todos bautizados, criados en toda honestidad. Son dóciles en su doctrina y edificados en la fe. Ahora pueden volver a sus riscos y salir vencedores de las tentaciones del demonio. Una nación nueva unidos por la obra de Dios.

-Yo veo las cuestiones militares. La disciplina. La espada en la mano. Las obligaciones del vigilante que mantiene a los lobos con los colmillos ocultos.

-Piensas bien, Capitán *Saúl*, pero no te olvides que los triunfos de nuestra fe no son con las armas, si no con el Evangelio. No seremos autores de delito alguno si en lugar de arrasar vidas humanas, sembramos la razón y el amor al prójimo. Soldados de la fe, ejércitos de Dios.

-No quiero contradecir a vuestra excelencia y seguiré como siempre sus indicaciones, solamente que en el caso de los *Huites*, los mas temibles guerreros, creo que nos equivocamos si los dejamos salir del Fuerte. Sus hijos ya se acostumbraron a la doctrina y sus familias a trabajar en casas y sementeras.

-Aquí tienen la cristiandad con la ayuda de las misiones.

-Pero, lejos de su iglesia, perderán lo ganado, sin duda, tarde o temprano. Por otra parte, conforme crece el número de Encomenderos en los pueblos nuevos, los indios se hacen cada vez menos en número.

-Has triunfado por sobre todas las tribus y sus numerosos y aguerridos flecheros, es cierto, Diego. Pero nada se mueve si Dios no pone los medios. No te ciegue la vanidad de la victoria. La verdadera conquista no es la captura de esclavos y la dominación de tierras, si no la conversión de sus almas. Luchamos contra el demonio que tiene miles de argumentos en contra: la ignorancia, la idolatría, la barbarie.

-A causa de las enfermedades que llaman *Cocoliztli* –intermedio Ósali- que corre como la peste, no debe quedar hoy ni aún la mitad de los "*Yoremes*" que eran innumerables cuando llegó la evangelización. Hay otra suerte de quejas que es la esclavitud que han hecho los Encomenderos españoles de estas gentes al servirse de ellos como mineros, labradores y sirvientes sin descanso.

-Estas gentes por sus pecados, idolatría, hechicerías y homicidios, tenían merecido este castigo. Aunque el gentío ha desaparecido de muchos poblados, en su lugar, desde que entraron los españoles, se han poblado millares de estancias de ganado, granjas, haciendas de campo, minas e ingenios. Aunque es verdad que no podemos excusar a todos los españoles del trato riguroso y servil, la ración de sustento, casa y vestido la tienen segura bajo la protección de su amo –expresó Diego.

-En no pocas ocasiones fallecen gran número de párvulos acabados de bautizar, por lo cual los hechiceros anuncian que el bautismo le causa la muerte al que lo reciba -le contestó Ósali.

-No obstante, todo lo dicho, los sobrevivientes, en muy buen número cristianos proceden, con perseverancia, sin desdecir, ni volver atrás en sus andanzas, ni dar ocasión de alzamiento ni rebelión, guardando siempre fidelidad a los españoles "Gente de Razón". Para Gloria de Dios cada día son más los bautizos, naciendo cada día nuevos hijos de la Santa Iglesia –aclaró el Padre.

-Con cada flecha enemiga peligra nuestra propia vida, por lo tanto, seguiré atento a proteger los caminos y los caminantes –Diego dijo dirigiéndose al Padre.

-Son más de cuarenta mil almas bautizadas. No pasa nada con el retorno de los *Huites* y sus familias. Excepto, si alguna cuestión personal te impide ayudarme como siempre.

-Usted decide, Padre. Haré lo que usted me pide.

-Ven conmigo para decirte como haremos la migración de estas trescientas familias. También quiero decirte que ha llegado la orden del Virrey para que armes una expedición a la sierra de los Chinipas, en busca de unos minerales de plata.

-Si su señoría. Partiré con el amanecer.

-Aquí está el pergamino: *"Orden y mandato al Capitán de Sinaloa para que hiciese entrada al descubrimiento de minas en particular a la sierra de los Chinipas, donde corre la fama de ricos minerales. Que parta y venga con informes de inmediato."*

Capítulo, *U-oi Mam-ni Ama Ba-ji*, Trece

La comitiva de treinta soldados y cincuenta cargadores avanzaron unas setenta leguas a la zona de barrancas, a unos 27 grados de latitud norte y 108 de longitud oeste, donde nace el río de los Chinipas, afluente principal del río de los Suaquim- entre las cimas frías de las montañas y el cálido del fondo de las barrrancas Tarahumaras.

El río es la única ruta hacia el recodo del barranco donde se oculta el pueblo de los Chinipas. La distancia es corta pero el trayecto anfractuoso y empinado lo hacen de enorme dificultad para jinetes y bestias. El panorama es inapreciable por la vista humana porque a la distancia se tiñen de azul, el cielo, y la sierra majestuosa de verde intenso, unidos en pozas tan profundas que el sol no se atreve a penetrar. Los senderos, de empinadas quebradas y bajadas peligrosísimas, al mismo tiempo, escarpados y angostos son trampas fatales para una emboscada, por lo cual cayeron en la trampa de los Chinipas, fácilmente, los aventureros en un atolladero sin salida, lanzándoles peñascos desde las alturas por dos días continuamente. La vanguardia quedó separada de la retaguardia y soportaron estoicamente el asedio sin tener comida ni bebida fresca todo el tiempo. Una reducida cornisa les servia de escaso refugio contra el ataque aéreo a pedradas.

Al atardecer del tercer día no lograban reunirse los sitiados, y los Chinipas que los asediaban robaron el perote de cobre usándolo como tambor de guerra, cantando al viento desde la alta barranca:

-¡No saldrás vivo de aquí, Capitán *Sule*! ¡No Saldrás!

La trampa funcionaba muy bien porque lanzaban peñascos desde gran altura si los sitiados intentaban asomar la cabeza.

Cuando la desolación estaba a punto de hacerlos caer vencidos, una joven mujer apareció arriesgando su vida en el angosto sendero, llamando al Capitán:

-¡Capitán, *Sule*, no dispares!

-¿Quien eres?

-*Sai-ia-li*, la de los ojos verdes Soy cautiva de *Coba---Mea*, caudillo de los Chinipas y Uarijíos.

-¿Qué haces aquí? ¿Hablas castiza?

-Me escapé para avisarte como salir de la trampa.

-¿Qué dices?

-Atrás hay una vereda cerrada con piedras que sube como escalinata hacia la terraza de la barranca para que te defiendas y salves la vida de tus soldados.

-¿No es otra trampa?

-No tienes más que creer en mi palabra, pero piensa, que como vine es por el único sendero oculto que te puede salvar.

-Confiaré en ti, aunque sea lo último que me quede. ¿Saben los Chinipas que te escapaste?

-Todavía no lo saben, estoy segura, porque festejan esta noche con bacanora. Esperemos que se oculte el sol para que la oscuridad impida que lancen piedras sobre tu cabeza y les mandes avisar al otro grupo que esta adelante para que se reúnan contigo.

-¿Están vivos en la vanguardia?

-Igual que ustedes están atrapados sin salida. Pero están muy cerca de ustedes en el mismo camino.

-Yo que conozco el camino iré a avisarles que se regresen contigo para que se defiendan unidos.

-¿Eres valiente? ¿Por qué nos ayudas?

-He sido esclava de los Chinipas y es un tormento vivir entre los riscos rodeados de salvajes. Te ayudo a cambio de mi libertad ¿Qué más quieres de mí?

Cuando caía la tarde, cumpliendo su palabra, *Sai-ia-li*, se preparó para salir sigilosa.

-Al llegar los llamas "Cristianos", para que no te confundas con algún enemigo y les dices "No disparen, vengo en nombre del Capitán Hurdaide, traigo su sello para que no desconfíen de mi palabra".

-Así lo haré. Y cuando regrese, aullaré tres veces, como coyote, para que sepan mi destino.

-¡Espera! ¿No pueden venir los Chinipas por el mismo camino que tú seguiste?

-No bajarán. Son supersticiosos y no luchan de noche porque les temen a los demonios de las barrancas que, según su creencia, los arrojan al despeñadero. Tenemos solamente esta noche para escapar con vida. Mañana al salir el alba, *Coba-Mea* estará en pie de guerra de nuevo.

-No perdamos más tiempo. Yo te acompañaré.

-Tú no sabes andar sin ruido. Te delatas fácilmente. Ten confianza en mí y prepara el contraataque que será con el amanecer.

Y se alejó envuelta en la penumbra, aunque la luna iluminaba los altos riscos, en la ladera, en el fondo reinaba ya la más cerrada oscuridad. El tiempo avanzó lentamente, también en la oscuridad, y todos permanecían empuñando sus armas en espera de la estrategia de la osada mujer. Entregándole el Capitán un papel con su sello para que la vanguardia se regresara y se alejó ante el asombro y la admiración de todos los sitiados.

-"Cristianos, vengo en nombre del Capitán Hurdaide" –dijo la clave.

-¿Quién vive? –preguntó una voz desde la oscuridad que rodeaba la vanguardia, sorprendidos por escucha la voz de una mujer.

-"Cristianos no disparen. Vengo con orden y sello del Capitán"-repitió la clave.

La vanguardia al ver el papel con sello dejo de temer una emboscada y aceptaron las órdenes de regresarse, dejando las cabalgaduras maniatadas.

Cuando escucharon las tres señales convenidas, el aire frío de la noche se hizo mas intenso por un viento que quiso venir a presenciar la escapatoria. Reunidos los dos grupos con el Capitán y *Sia-ia-li* al frente retrocedieron el camino andado y a poca distancia encontraron unas piedras salientes donde estaba la escalinata oculta hacia la planicie. Cargaron sus armas los mosqueteros y subieron a paso lento pero firme y al salir a la superficie la mañana empezó a clarear y encontraron posiciones de batallas tras las rocas con el campo lleno de adormilados Chinipas que no esperaban ver surgir a los soldados en su propio campamento. Lanzaron piedras y flechas pero la respuesta de las armas fue tan contundente que los gritos de alarido se convirtieron en gritos de muerte y viéndose perdidos ante el poder de los extranjeros, víctimas de terrible espanto huyeron los salteadores dejando abandonados el campamento, donde antes festejaban su victoria adelantada, sembrada de cadáveres.

Viéndose vencido y derrotado por la traición de la esclava, *Coba-mea*, le gritó con voz feroz, cuando huía:

-Regresaré por mi venganza, *Sai-ia-li*, no lo dudes *Ui-la* traidora, y te sacaré el corazón que me robaste.

Era *Coba-mea*, robusto y de gran altura, de fiero rostro y horrendo mirar, cubierto con una capa de color azul larga hasta los pies, las orejas adornadas con grandes arracadas, y portaba una hacha de piedra inseparable de su mano derecha, con una tira de cuero enredada a su muñeca.

Despejado el campo de enemigos, finalmente llegaron al pueblo de los Chinipas que hallaron abandonado y las minas que buscaba no tuvieron tanta ley como se esperaba.

Regresó la expedición sin encontrar pobladores Chinipas que huyeron dejando desolado el pueblo en el fondo de la barranca. Considerando Diego la inutilidad de su jornada mandó que se suspendiese la conquista de la sierra hasta nueva orden.

-¿Como te llamas? –Le preguntó mientras cabalgaban de regreso- ¿De dónde eres?

-Soy de dos naciones, porque nací en *Ocoroni* y me criaron mis captores en las barrancas Tarahumaras. Mi nombre es *Sa-ia-li*, La de los Ojos verdes, pero me apodan U*i-la*, la ramera.

No era india pura. Su piel clara y su pelo castaño dejaban adivinar su sangre mestiza, pero lo más sorprendente era el color verde aceituna de sus ojos, en contraste tan brutal como dos esmeraldas engarzada en el mármol.

-Pareces *Yori*.

-Mi madre fue la lengua del *Yori* que viajó por el norte de las Casas Grandes.

-¿Como se llamó tu madre?

-*Tui-tsi*, La mas Bonita, de *Ocoroni*,

-¿Y tu padre?

-Nunca lo conocí. El brujo de la tribu me dijo que mi padre era "Hijo del sol" porque tenía el cabello rubio, como tú. Y los ojos azules, como tú.

-Por las señas hablas del Capitán Ybarra.

Narró primero que la raptaron los Apaches y después estuvo algunos años como esclava de los *Tepehuanes* que la obtuvieron como botín de guerra en una batalla contra los *Queleles*. Pero siguió siendo esclava. Por su belleza exótica y su clara inteligencia aprendió de cada amante en turno su lengua. Por hablar varias lenguas nunca estuvo destinada al trabajo doméstico sino mercancía de trueque entre guerreros y ladrones. Varias luchas se llevaron a cabo por su causa, de manera que pasó de una a otra sierra, antes de ser esclava de los Chinipas y de *Coba-mea*.

Era una muchacha realmente atractiva y provocativa. Poseía una energía vital tan desbordada y erótica como una bailarina gitana, una excepcional belleza que todos quisieran poseer para ser feliz, una belleza tan bizarra que, de tan rara, resulta inimaginable, a la vez que indescriptible. Cuando vio la oportunidad de escapar no lo pensó dos veces y buscó la manera de llegar al bando contrario, del famoso Capitán *Sule*.

-¿Como llegaste a Chinipas?

-*Tsi-ua-ua*, el gran hechicero tarahumara me rescató de los Tepehuanes en un poblado del río Papasquiaro.

-¿Chihuahua?

-*Tsi-ua-ua*, "El más grande".

-¿También fuiste su amante?

-No.

-¿Para que te llevó, entonces?

-Para viajar y predicar en toda la sierra. Traía consigo un ídolo de piedra y hablaba su boca por él. Los incrédulos se reunían extasiados cuando tocaba su tambor mientras yo bailaba entre fogatas a nuestro alrededor.

-Tenía más seguidores tu baile que el tambor del hechicero.

-Te equivocas Capitán. El tambor y yo los atraíamos como abejas a la miel, pero el estruendo de sus palabras, hacia temblar a los asistentes, trasformándolos de dóciles venados en temibles guerreros con cada frase ardiente de su voz. Era imponente al hablar. El que le escuchaba se convertía en "Hijo de *Tsi-ua-ua*", del hechicero, si juraba matar a los extranjeros. Todos juraban reunirse en una gran rebelión.

-¿Estás segura de lo que dices?

-La rebelión está acordada para el próximo invierno.

-¿La rebelión?

-Claro, capitán. Toda la sierra se rebelará contra los blancos. Por eso llegó *Coba-mea*, para que escuchara la voz del ídolo.

-O sea, la voz del hechicero. ¿*Tsi-ua-ua* convenció a *Coba-mea*?

-No, de ninguna manera porque *Coba-mea* es un rebelde.

-¿Como acordaron la rebelión, entonces?

-Le puso un precio para acompañarlo en la revuelta.

-¿Le pagó como a un mercenario?

-No se que quieres decir.

- Le pidió una prenda a cambio de su complicidad.

-Si.

-¿Cual fue el pacto?

-Yo.

-¿Tu fuiste el precio que pagó el hechicero?

-*Coba-mea* es un guerrero temible y en la sierra todos le temen y lo admiran, pero al mismo tiempo es un rebelde que gusta de ser libre. El hechicero no lo convenció fácilmente, pero cuando hicieron el trato, el hechicero mandó que me trajeran y *Coba-mea* aceptó de inmediato guerrear por mí. "Es una serpiente de sangre fría", le dijo el hechicero cuando me entregó "atractiva y mortal".

-Te quedarás a mi lado –le dijo Diego. Tenemos que avisar al Fuerte de la rebelión que amenaza a los mineros y misioneros de Papasquiaro.

-Creo que ya es demasiado tarde. El fuego se extiende por la sierra llevado por el viento norte, solo *Ba-a-jeca*, una tempestad puede apagarla con la lluvia.

-Mandaré a avisarles de todos modos.

-Como tú ordenes, Capitán *Sule*. Huyendo vine a ti. Ya mi alma la llevaban los coyotes, que se la quería tragar. Nunca fui libertina. Cuídame para que no me hagan más ataduras y te daré, a cambio, mi propia vida. Me has hecho merced de quitarme de esclava, desde ahora no tengo mas que servirte como mi amo.

-Tu desventura terminó. Habrás de ser libre y te llamarás "*Mar-y-Luz*" –le dijo colocándole un Rosario en su pecho. Mar, por tus ojos verdes; y Luz, porque me salvaste la vida –le dijo el Capitán abrazándola por el largo talle, porque sus hombros no rebasaban esa altura.

Ordenó a sus soldados que regresaran al Fuerte, porque decidió quedarse unos días en compañía de *Sai-ia-li*, en Ocoroni.

-Gracias Capitán *Sule* –le contestó- "*Mar-y-Luz*" nunca cederá. Libre nació y libre morirá.

Y al punto empezó a llorar y abrazándose al Capitán comenzó a sosegarse, cobrándole gran devoción y agradecimiento, dispuesta a seguirlo hasta el Fin del Mundo. Hay un testigo de aquellas noches de placer mundano que no quiere alzar la voz. Se trata de un *co-pi-tsi*, una luciérnaga, que a cada giro de su viaje sensual, apaga su linternita fluorescente para que nadie se entere de la entrega mutua de dos cuerpos sedientos de amor, dos seres expulsados de la cuna de los perfectos: una, esclava del deseo, y; el otro con el estigma de un enano.

Mar-y-Luz debió sentirse fascinada regresando a su tierra después de su largo cautiverio y de tan profundas trasformaciones en su vida. Recordaba su casa familiar pero la figura de sus padres estaba difusa en su recuerdo porque la era infantil, antes de los tres años, se borra fácilmente. Ahora regresaba rodeada de la comitiva de soldados españoles, pero sobre todo al lado del temible Capitán *Sule*.

Con el tiempo *Mar-y-Luz* se hizo ama –y amante- de casa, aderezando la vida y la comida del Capitán, dándole guiso de calabaza, frijoles, carne seca de venado y noches de intenso amor como a su marido y salvador: Un amor perfectamente de esclava.

La mujer en esta latitud es un ser forzosamente alienable, dependiente del amo masculino y ahora *Mar-y-Luz*- no podía ser la excepción.

Convertido en otro mito el Capitán *Saúl* se tornó en una leyenda que se salva una y otra vez de los tremendos peligros que le acechan, a pesar de que todo parece en su contra y que sucumbirá ante ellos, por su aparente fragilidad humana. Y no solo se salva: encima resurge victorioso y con su poderío incrementado, haciendo temer y temblar a sus enemigos numerosos. Tiene la voluntad de jugar fuerte a ganar o morir; la desmedida ambición de gloria a menudo parece conducirlo más al infierno que al paraíso. Nunca piensa en dar marcha atrás, al contrario no teme dar la vida a cambio de una victoria. Ahora junto a la inseparable *Mar-y-Luz* creía haber encontrado no solo el polo opuesto que lo atraía sino también la diáfana sencillez de aquellos que viven, en el mediodía del espíritu, bajo la luz apasionada de la luna llena.

Lamentablemente llegaba el amanecer y se rompía el encanto de la suave piel silenciosa de su amante. Sin despertar, el corazón de Diego, sin embargo, soñaba dormido. O, despertaba soñando y hablando bajo la luz de las estrellas, decía:

-Yo he sentido el perfumado roce de tus cabellos en la oscuridad de la noche. El territorio ajeno de tu vientre en la suma inconcebible de latidos de tu seno. Que yo nadé, contigo en la cascada. Que yo, un instante, hablé a tu oído. Y anhelo morir junto con cada noche, ¡Oh inseparable aurora!, antes que acabes tú con el recuerdo de Ósali en mi boca.

Y decidió regresar al Fuerte de Montesclaros, aunque había pensado quedarse dos meses en *Ocoroni*, los asuntos de su milicia le hicieron cambiar de opinión y regresarse al Fuerte de inmediato. Mejor dicho el recuerdo amargo de Osali lo hizo regresar.

Después de bañarse en el río, al día siguiente se despidió de *Mar-y-Luz*, para recorrer el largo trecho de *Ocoroni* al Fuerte.

A mitad del sendero, se encontró de pronto frente a un Sinaloa, que al verlo intentó huir de su presencia:

-¡Detente! ¿Por qué rehúyes al Capitán *Saúl*? –le preguntó sacando amenazante su látigo.

-No me mates, *Sule*, soy gente de paz. Voy por mi pueblo para traerlos a vivir con la Reina de los Huites.

-¿La Reina de los Huites? ¿Te has vuelto loco? –le preguntó mientras un veloz presentimiento le hizo pensar en Ósali.

-Es un nuevo poblado donde no hay guerra ni esclavos, la tierra de Don Bautista y la Reina de los Huites. El mismo Padre les dio su bendición.

No esperó más para hendir el viento con su látigo y chasquearlo fuertemente en el dorso del informante.

-Dime la verdad ¿Quién te envió para decirme tal engaño? –y le repitió el mismo castigo en el otro costado haciendo brotar siete hilillos de sangre.

-Todas las tribus lo saben –contestó soportando estoico su quemante dolor. Pero no pueden decírtelo.

-No mientas que puedo matarte si me engañas.

-Nadie me envió. Todos queremos ser libres como La *Reina de los Huites* y vamos a vivir en su aldea.

Volvió a levantar su diestro manejo del azote, pero ya no lo lanzó hacia el indefenso indio. Jaló las riendas y la sangre de su caballo empezó a circular a borbotones y no paró de galopear hasta llegar al Fuerte.

Hay tiempos que no registra la memoria. Hay gritos de dolor que no brotan nunca del pecho. Este es uno de ellos. La última cuestión salió desbocada desde lo más profundo de su desgarrado corazón y no esperó la respuesta, porque no quiso escucharla:

-¿Quién es la Reina de los Huites?

Capítulo, *U-oi Mam-ni Ama Na-qui,* Catorce

La ceremonia del matrimonio de Ósali y Don Bautista alborotó a toda la comarca del río *Suaquim*, reuniendo al pueblo de los *Huites* en una nueva llanura donde resolvió el Padre darles la tierra para su cultivo. Los *Huites* fabricaron tres grandes enramadas en el centro donde se reunieron para presenciar el acto. Ella lucía, como soberana, esplendorosa y bella en su traje de algodón blanco, adornada con una flor de amapa en el cabello. El consorte a su lado lucía un pantalón de gamuza de venado, camisa blanca y botas españolas que el Padre le regaló.

-¡La Reina de los Huites! ¡*Huites Tchoqui*! "¡La Estrella de los Flecheros!" -murmuraba el populacho.

El Padre Andrés frente a ellos se movía con lenta precisión dando a cada paso un toque de realeza europea a la rústica campiña. Llevaba en su mano izquierda una Biblia y en la derecha su Rosario. Al conjunto les rodeaba el silencio y la expectante mirada de cientos de reunidos, esperando que hablara. Y les habló en su propia lengua, bajo su propio cielo:

-Hijos míos. El Señor esté con vosotros... –siempre iniciaba así sus sermones.

-...Y con tu Espíritu –contestó a coro castellano la concurrencia, llenando de solemnidad el acto a la intemperie, mientras el viento hacia silbar quedo las hojas de los árboles, sin interrumpir la acción, para llevar la noticia por todas las veredas y recodos del río.

Cuatro sombrillas de palma tejida formaban, como balcón de lujo, el único asiento de piedra ocupado por el más anciano de la tribu, que escuchaba decir al Padre:

-*Creó Dios al hombre y a la mujer a imagen suya. Por eso dejará el hombre a su padre y a su madre y se unirá a su mujer; y vendrán a ser los dos una sola carne* –sentenció, repitiendo de memoria el fragmento bíblico.

-Por el matrimonio la mujer adquiere el derecho de ser madre y el hombre el deber de respetarla; ambos, unidos por el gran mandamiento, prometerán amarse el uno al otro para siempre. O, hasta que la muerte los separe. "*Una sola carne*" significa que los esposos se pertenecen, que forman una unidad indisoluble, que es un nuevo ser que recrea el mundo y da origen a la vida de los hijos.

Guardó un breve silencio para darle realce a la última sentencia, conocedor del efecto que tiene la oratoria en el alma de las multitudes:

-Existe un rincón, llamado poligamia –pronunció- en lo más profundo del infierno para quien ultraja y traiciona el amor del matrimonio.

La forma tradicional de los matrimonios en estas tribus era concertada por los padres sin consentimiento de la pareja entre 15 y 16 años de edad. Acordada la fecha el novio recibía a su futura esposa en el umbral de su choza, colocándose ambos en un petate nuevo, cerca del fuego preparado con anticipación. El hechicero ataba los vestido de los novios danzaba siete vueltas alrededor del fuego elevando emotivas plegarias a los dioses. Después los novios se daban de comer pinole, mientras fuera los invitados y familiares bailaban y cantaban en el patio bebiendo bacanora y comiendo carne de venado. Quizá era un ritual bello y simbólico, pero estaba permitida la poligamia especialmente para los guerreros más fuertes. Así que la ceremonia de este día era novedosa y de gran aceptación, sobre todo por las mujeres.

-El blanco de la novia -el Padre inspirado continuó diciéndoles- significa pureza. Su velo, virginidad. Y, su ramillete de flores, un mensaje de fertilidad. Lanzar semillas después de la ceremonia representa a la futura descendencia. Y los pétalos, que arrojan a su paso los invitados, los mejores deseos de un futuro lleno de amor y felicidad. No debería, pues, ser una sorpresa que el lazo del matrimonio sea el más duradero y extendido por toda la tierra, porque este sacramento es la base de toda sociedad humana.

La emoción se anudaba en cada garganta contenida por los anillos constrictores de la laringe, ante el inusual espectáculo. Las otras jovencitas asistentes se encontraban con las miradas plenamente convencidas de convertir sus artes amatorios en una bendición del misionero, dispuestas a pedirle que, próximamente, las casara. La alegría era como la superficie del mar, fresca y ondulante sobre el conglomerado de asistentes.

-La vida propia y ajena se regocija cuando una pareja postra su futuro ante el altar, es indudable –decía el inspirado ministro, tosiendo tres veces en seco para aclararse la garganta y separar la emoción de la voz.

El epílogo del acto desbordó todos los sentimientos juntos en un aplauso y una gritería:

-Ósali: ¿Juráis amar a Don Bautista hasta que la muerte os separe?

-Si. Lo juro.

-Don Bautista: ¿Juráis amar a Ósali hasta que la muerte os separe?

-*E-ui*, Si. Lo juro.

En el Nombre del cielo os declaro: Marido y Mujer. Lo que Dios unió nadie en la Tierra los separe. Id en paz. *Consumatum est.*

Se tomaron ambos de las manos, unieron sus labios frente al misionero y caminaron sobre las palmas y semillas de maíz y calabaza que los asistentes arrojaron a su paso, mientras cantaban viejas tradiciones en su lengua y los más jóvenes bailaban en torno a los tambores que antes usaron en la guerra. Subieron a caballo los novios y se alejaron por T*a-a ili-bo-o*, el caminito del sol, rumbo a la playa de Topolobampo, dejando atrás un coro de cánticos y bendiciones que llenaron de música sus sentidos. Así es el amor, cuando se descubre: como un tesoro que se da a manos llenas.

El único ceño fruncido y boca apretada, reacia y mezquina, de los asistentes fue del anciano *O-le Tá-cali*, porque presagiaba un castigo de los dioses para los seguidores de la nueva religión. Se levantó apoyado en su vara de mezquite y caminó rumbo al nacimiento del sol, murmurando:

-Los *Huites* nacieron libres. Para vivir como el águila en los peñascos. Para alimentarse de los corazones más valientes. Viven y mueren por la guerra. Lejos de las rocas escarpadas de sus cuevas, sin arcos ni flechas en sus manos, el dios del viento norte los castigará. Los *Yoris* traen la muerte a caballo como una maldición. Y la nación *Huite* desaparecerá para siempre: *Ili-Siua Sebe Jeca Betchi-bo-o* ¡dios del viento norte, ten la última compasión de los *Huites*!

Nadie escuchó las últimas palabras del anciano que arrastrando su larga vara de mezquite, se regresó a vivir entre los mismos peñascos de sus ancestros, sin voltear atrás. El había sido lo que todos los ancianos reniegan de ser -un ciego, un sordo, un tullido con memoria- desde que el mundo es mundo. Puede decirse de él que era un erudito anterior a las profecías, y el que sabe demasiado, sabe que debe morir. Ya sé que no tiene lógica esta cuestión. Es tan significativo como el verso aquel -primicia del Génesis y fin del Apocalipsis: "Polvo eres y en polvo te convertirás".

En muy poco tiempo con tarea ardua y cotidiana, despejaron los *Huites* el camino, allanaron la maleza de los campos, fabricaron adobes y se dedicaron con fervor inusitado a labrar la tierra como aprendieron de los españoles. Los niños asistían diariamente a la escuela donde Ósali les enseñaba a leer y a cantar, convirtiendo el pequeño poblado en un emporio de trabajo y feliz convivencia bajo el mando y el ejemplo de Don Bautista que no descansaba de recorrer el territorio procurando la armonía de los nuevos terratenientes. La doctrina era diaria para las mujeres y la misa al amanecer eran dos tareas primarias e ineludibles. Las tribus vecinas llegaron a solicitarle a Don Bautista, permiso para vivir con ellos y aprender el cultivo y el pastoreo que llenaba de vigor sus campos y de alimentos sus chozas. La construcción de la iglesia de adobes en el centro del poblado ocupaba todas las tardes a los atareados *Huites* que antes de lo esperado dejaron de pulsar el arco y en el olvido la temida puntería de sus flechas. Arrancaron de los montes el árbol de la sabia venenosa porque ya no se ejercitaban sus jóvenes en la guerra. Nadie hablaba de corazones valientes.

En todas partes era reconocida la alegría de aquellas gentes, en especial por su "Reina de los *Huites*", que venia a ser ya muy querida, adornada y honrada, trayéndole presentes de comida, y piedras hermosas. A cambio, Ósali les obsequiaba con pláticas de la doctrina y de las costumbres y modo de vivir de los lejanos *Yoris*. Pero lo que sobre manera les causaba admiración eran sus enseñanzas para que todos los niños y mujeres jóvenes aprendieran a leer y a escribir.

El Padre, lleno de gozo de ver en tan poco tiempo los resultados esperados de su obra, recibía a los indios y a sus familias que a toda prisa se le acercaban y llegados a su presencia arrodillados le asían de la sotana, y sin apartar de él sus ojos le decían:

-"*Ítom A-tchai*", nuestro Padre, "*Itom ca-li*", nuestra casa.

Toda la tribu de los *Huites* se redujo a este nuevo poblado, prometiendo, para siempre, no volver a sus picachos. Junta ya toda esta nación, se le agregaron gran cantidad de tribus vecinas con tanto gusto que cortaron cedros de la sierra y construyeron su iglesia de tres naves, trocados en hábiles y dóciles carpinteros. Todos los sábados se reunía la comunidad para rezar a coro el Rosario en su lengua. Todas las noches cantaban en cada choza la doctrina cristiana viviendo en suma paz. Resplandecía en el pueblo una particular devoción en oír misa, aprender a leer, trabajar y cantar como un fiel rebaño en las mismas gentes que antes fueron fieras nacidas y mal criadas entre riscos.

Don Bautista, era el primero en acudir al trabajo de las tierras y la edificación de la iglesia, alentando con su ejemplo a los demás. No descansaba diariamente de recorrer los caminos y labradíos, distribuyendo entre los más trabajadores un potro y una vara de justicia, lo cual estimaban en mucho sus gentes. Aparte de su valor, su virtud mas señalada era la de socorrer a todo aquel necesitado que le acercara. A tal grado se hizo estimable y admirable la pareja, que su pueblo los trataba, como si fuesen de porte y corte real.

Cuando el Padre Andrés regresó al Fuerte, dos meses después, el Padre Méndez lo recibió explicándole su ventura de regresar por los caminos desde *Ocoroni*:

-A nadie le deseo vivir en las barrancas, ni al peor de mis enemigos.

-¿De verdad le impresionaron? –contestó sereno el Padre Andrés.

-Es, en el fondo, un purgatorio rodeado de crueles peñascos –continuó el Padre Méndez. En la montaña domina el frío y los encinos; en las cañadas profundas, el calor y la selva. Viven los Chinipas en dos mundos al mismo tiempo: uno cerca del cielo y el otro cercano al infierno; entre paredes de piedra enormemente verticales. De las siete barrancas surgen siete arroyos que alimentan al río de los *Suaquim*, y en la más profunda que llaman, *Urique,* dicen que está escondida la cañada del cobre, custodiada por un demonio.

-Es terreno inexplorado pero de gran interés por las minas de cobre para el Virrey desde que hay testimonio de Gaspar Osorio y otros mineros españoles que hicieron la primera entrada a las barrancas desde San Miguel de Culiacán en 1589, pero solo unos cuantos sobrevivieron al pavoroso invierno y nunca mas regresaron -le contestó el misionero.

-Yo vengo igual de espantado de los despeñaderos. Todavía cuando me acuerdo me suda y tiembla de horror todo el cuerpo, pues se abría a mi mano izquierda una profundidad que no se le veía al fondo, y a mi derecha se erguía una losa vertical húmeda y fría.

-Y ¿Diego? ¿Dónde está el Capitán?

-Le envía esta carta para explicarle que estará un tiempo en *Ocoroni* como vigía de los movimientos de los rebeldes Chinipas.

Mientras recibía la carta, los Encomenderos se reunieron de inmediato en torno al Padre Andrés, como acordaron, para reclamarle su proceder. Los rostros denotaban coraje contenido desde su partida.

-La salida de los *Huites* nos ha perjudicado a todos porque están los campos y las casas sin servidumbre.

-no son esclavos.

-La conquista de estos bárbaros no los exime de trabajar para ganar el sustento. La Encomienda, por orden del rey, es prioritaria al trabajo de las misiones ¿Por qué nos arrebata nuestro real derecho?

-"Al César lo que es del César. A Dios lo que es de Dios". –repitió el versículo para calmar la tensión.

-¿Quiere saber más que el Papa? –en tono grosero una voz anónima del grupo le gritó.

-Comprendo su enfado, pero deben considerar primero que ninguno de los *Huites* fue "Encomendado" a la administración de ustedes. Llegaron por su voluntad a recibir la doctrina, y por su propia voluntad regresaron a su tierra.

-Usted los liberó, como si fuese su atributo. Es ridículo hacerles una ceremonia de casamiento como reyes de Europa a estos salvajes antropófagos.

-Son nuevos cristianos. El Virrey, Marqués de Guadalcazar, dio su licencia para que se fundasen pueblos y extender los dominios de la conquista.

-¿Piensa acaso formar otro país? ¿Piensa dirigir la rebelión de los esclavos para separarse del reino español?

-¡Soberbio! Mide tus palabras.

-Es subversivo.

-Soy leal al Rey de España, pero soy ante todo súbdito de los ejércitos de Dios y Misionero de la Fe Católica en Nuestro Señor Jesús. Va mi alma en prenda. No vine por oro ni por plata como la mayoría de ustedes que vienen en busca de fortuna terrenal. Vengo a rescatar infieles, a luchar contra los demonios del Fin del Mundo. Predico el amor a Dios y la libertad entre los hombres.

-Esta es la cuestión: ellos no son libres; no tienen albedrío ni derecho; son *neófitos*.

-También son súbditos de España.

-Forman parte de la Encomienda y por añadidura reciben la doctrina religiosa, pero no tienen derecho a sembrar ni a poseer nuestra semillas ni nuestros instrumentos de labranza, porque alimentamos en estos su fuerza bárbara y en una cruenta guerra nos aniquilarán con nuestras propias armas. Aquí está el verdadero peligro: ¿Quién espera que estas tribus salvajes se olviden de comer carne humana?

-Ninguno de nosotros.

-Nunca cambiarán.

-Son hijos de Dios, también –señaló el misionero.

-Es necesario tenerlos con las cadenas al cuello, como fieras que son, hasta que los hijos de sus hijos dejen de vivir adorando la violencia.

-El asiento de esta nación nueva es Sinaloa...-sentenció el Fraile.

-¿Qué está usted diciendo? ¡La única nación es España!

-Son una nación porque perseveran en los frutos de la fe, con gran fidelidad a la iglesia católica y el reino español. En todos los ejercicios de la piedad son primero –y no miento que en muchos casos mejor que algunos peninsulares. Arrojaron sus arcos y flechas al fuego y aceptaron el bautizo convertidos en siervos dignos de Dios. Este mérito los hace acreedores a sembrar y vivir como cualquier otro cristiano. Casarse y tener hijos es para la bienaventuranza de la Conquista. Una raza nueva al servicio de Dios Todopoderoso.

-Su lenguaje a favor de esos salvajes significa que su lealtad a la jerarquía del rey, expiró.

-Dios me libre de la maldición que dices.

-Es subversivo dejar sin servidumbre a la clase española en medio de tanto salvaje. Pediremos la ayuda del Virrey y del Gobernador de la Nueva Vizcaya. Ya mandamos una comisión de colonos inconformes a entregar por escrito nuestra queja para que nos envíen su protección.

-Los Encomenderos hemos sido relegado a un segundo término por los representantes del poder real. Tenemos temor de vernos rodeados de indios agresivos, pero al mismo tiempo nos quedamos sin sirvientes ni trabajadores, lo que hace cada vez menos rentables las Encomiendas.

-¡Y cada vez más ricas a las misiones Jesuitas!

-Yo mismo iré a Durango a rendir cuentas de mis actos, en noble reverencia del ministerio evangélico que predico desde hace muchos años en este desierto. Por lo pronto les ruego regresen a sus Encomiendas que en pocos días llegarán más labradores a trabajar para el engrandecimiento del Fuerte y sus moradores.

-¿Dónde está el Capitán? Tiene el deber de proteger nuestra vida y pertenencias y hace dos meses que nos tiene en el abandono.

-Vendrá pronto. Primero salió a las barrancas, y ahora vigila los caminos de *Ocoroni* para evitar un ataque sorpresivo de los *Chinipas*.

-¿Acaso fue parte de la estrategia que abandonara el Fuerte para permitir la fácil partida de los *Huites*?

-Aquí estoy, a tus espaldas, miserable.

La figura clásica de Diego montado en su negro caballo, como una sombra sigilosa, surgió desde atrás del grupo y avanzó lentamente hasta colocarse al frente de los inconformes y alborotadores

-¡Cálmense los ánimos! Los invito a dialogar con prudencia y respeto –dijo el Padre en tono mediador.

-Obedezcan a la autoridad su quieren ser escuchados –dijo Diego.

-¿Quien eres tú para exigirme que te obedezca si tengo Derecho de Encomendero?

-Eres un mediocre portugués y viniste con la ambición de llenar tus alforjas, sin importarte la vida de nadie. No trabajas para el rey, ni para España, si no para engordar tus alforjas de oro y plata.

-Invertí mi dinero para comprar bueyes y arados. Es justo que cobre por usarlos.

-Sin el trabajo del Padre Andrés, no tendrías vida siquiera entre estos salvajes. La guerra no se gana con las armas ¿no has aprendido todavía? Se gana con las almas. Las misiones son los ejércitos de Dios, sin las cuales estaríamos indefensos en este páramo.

-Tú eres Capitán, no misionero.

-Todos somos misioneros, pero debemos respeto a la autoridad del Rey, que representa el Capitán –intervino el Padre en tono conciliatorio- y espero que esto no sea un punto final para que mañana sigamos conversando. No perdamos la cordura. Vendrán otros grupos a recibir la doctrina y trabajarán en el Fuerte mientras aprenden a ser cristianos. Esta es la verdadera intención de la Encomienda, y no la esclavitud, a fin que sea Nuestro Señor servido y domine la conquista los enormes territorios que aún nos faltan de conocer.

-No nos convencen sus argucias. Ya pedimos al gobernador que avise al Virrey y a la Santa Inquisición de su proceder. Tenemos Derechos y los vamos a defender.

-¡Los misioneros y el Capitán quieren fundar la "Nueva Andalucía"!

-¡Quieren traicionar al Rey!

-¡Quieren hacer su propia patria!

-Ya basta de estupideces. Retírense antes que colmen mi paciencia y los expulse del Fuerte.

-No le hagan caso, es solo un bufón.

Y sin mediar otra respuesta que un seco y relampagueante chasquido el látigo de Diego se incrustó en pleno rostro del Encomendero y antes de que terminara de aullar de dolor, sorpresivamente, fue envuelto por el lazo del Capitán y arrastrado por el caballo hasta el portón principal del Fuerte, donde arrojándolo al suelo, dio órdenes a la guardia de que no le permitieran volver a entrar.

Cuando Diego regresó a galope la reunión de los inconformes había desparecido, dejando solo al Padre en medio de la plaza, sumido en el silencio, donde antes reinaba la gritería y el alboroto.

-No debiste hacerlo –le reclamó en voz baja.

-No hay otra manera de contener la estupidez de las turbas más que con la fuerza.

-El demonio encendió la hoguera, cuyo anfiteatro es esta provincia. Cuando el tiempo nos haya consumido a todos el Creador sujetará el albedrío de los rebeldes, y nacerá una nueva raza de Sinaloa.

-No se debe confiar todo a la fe, Padre.

-Dios mueve al jinete y este la espada. El hacedor de violencia, te lo he dicho muchas veces, libra su batalla como un gigante ciego. ¿No sabes acaso que la mano del Creador gobierna el destino de cada gente?

-¿Y quién mueve a los imbéciles? ¿Quién mueve a los rebeldes? Porque yo no distingo bien a uno del otro. No se cuál es cuál.

-La fuerza de la Palabra hace milagros.

-Perdóneme, Padre, los impacientes puñales también obran maravillas en la raza humana.

-Estáis muy alterado, como nunca ¿Qué os pasa?

-Nunca pensé que dejara partir a los *Huites* y menos que dejara a Osali entre esos salvajes.

-¡Tu también, hijo mío! -los sentidos de Diego captaron el bajo tono de su patético grito. La nación de los *Huites* ahora es de cristianos y sembradores. Con el matrimonio de Osali y Don Bautista, han cambiado el rumbo de su destino y aprenden a vivir libres.

-No digo nada a ese respecto. Lo que me parece inadmisible es que usted haya permitido que Osali se casara con un salvaje.

-No tenía impedimento alguno. Me pidieron que bendijera su unión y lo hice con gusto. Son una pareja de cristianos.

-Yo la amaba Padre.

-¿Qué dices? Ella es como tu propia hermana.

-No es verdad.

-Ella te quiere solamente como su propio hermano, y tú debes protegerla, como lo hicisteis desde niños.

-no soy tan austero en el juicio como usted.

-La pasión te ciega. Te empequeñece el corazón. Guarda tus sentimientos en otro cofre cerrado que nada tiene que ver con el Capitán de esta provincia. A mi regreso, tendremos tiempo de hablar.

-No voy a proteger a los *Huites*.

-Mientras regreso de Durango te pido que actuéis como Capitán y protejas a la nación de los *Huites* de sus enemigos. Es una orden.

-Las tribus vecinas quieren reunirse a vivir con ellos, diciendo que son un pueblo libre. No me necesitan. En cambio, permítame viajar en su lugar a la Nueva Vizcaya, porque usted corre mayor peligro yendo solo.

-Yo te necesito al frente de esta provincia para mantener el orden riguroso mientras regreso. Si el Señor Todopoderoso lo permite saldré antes que termine octubre, y el próximo verano, volveré.

-Hay muchos salteadores del camino a Durango, y no quiero sentir remordimientos si algo llegase a ocurrirle.

-"No temas ni desmayes –recitó el Padre- porque Yo estaré contigo dondequiera que fueres". No te preocupes por mi persona, pero si te encargo en gran manera que visites y atiendas al Padre Rector, que ha caído enfermo. Llegaré a visitarle.

-¿Que le pasa al Padre Martín?

-Tiene muchos achaques ocasionados por su desmedido afán de trabajar y mal pasarse.

-¿Tiene remedios para su mal?

-Sangrarle tantas veces como le vienen pujamientos de vientre, pero cada día se debilita más. Esta impedido de andar. Tiene empero tanto vigor espiritual que diariamente asiste a misa llevado en silla al oratorio y a su pobre y humilde celda.

-Son muchos años de este admirable misionero, ejecutando los actos más humildes, como barrer, regar la iglesia y llevarle de comer en el provecho de sus prójimos. Es un santo.

-Ya son veintiséis años misioneros, desde que fue señalado a la provincia de Sinaloa en 1590, cuando era dominios de Satanás y la más cruel barbarie. Entonces, él solo fundó pueblos, bautizó miles de almas y edificó los primeros templos de troncos y adobes.

-A riesgo de perder su propia vida.

-Es verdad el gran riesgo que ha vivido desde el martirio del Padre Tapia, a punto de ser flechado en los caminos, pero nunca retrocedió por temor sus pasos.

-Los indios le decían "El Caminante" porque nunca lo detuvo el sol, ni la sed ni el hambre para predicar el santo evangelio en el desierto tan olvidado del mundo.

-La última vez que fui a visitarle en Sinaloa, no logre verle, porque me mandó decir que estaba muy ocupado en sus oraciones y en sus escritos. Lleve con usted el más afectuoso saludo de mi parte, para el santo fundador de las misiones de Sinaloa.

-Así los haré.

Aunque *Mar-y-Luz* pasara de mano en mano anteriormente a causa de su insólita hermosura, por uncir su destino al Capitán de los invasores de Sinaloa nunca mas quedará sola, ahora volverá a levantar la cabeza como una hembra de incondicional lealtad. En el modo de vestir también siguió siendo de Sinaloa porque gustaba de las faldas de gamuza, las blusas de algodón blanco y una flor de amapa engarzada en su pelo –sin pretender jamás convertirse en blanca ni española.

Las versiones de unos y otros se contradicen. Su tribu, despreciándola, le llamaban"Ui-la", liviana o casquivana. Si por una parte admiraban su exótica belleza, por otro consideraban a la hermosa esclava pérfida, astuta como la serpiente, falsa y hasta despreciable por haberse unido al poderoso capitán de los invasores. Pero los blancos, prendados de su salvaje juventud, castellanizaron "María Luisa", la consideraban una aliada fundamental y a nadie molestaba que endulzara la dura y solitaria vida del conquistador, aparte de acompañarlo como lengua y consejera. En total, aparte del nombre *Sia-ia-li* tuvo tres sobrenombres: "María-Huila" que le dio su tribu; "Mar-y-Luz" que le dio su amante, y "María Luisa"; que le dio la posterior leyenda.

-Te noto preocupada, *Mar-y-Luz*

--Capitán, que bueno que llegaste –le dice *Mar-y-Luz* al recibirle. Tengo algo que decirte.

-Te ves mas linda –le dijo abrazándola colocando su oído derecho en su vientre.

-Adulador que eres. Pero no quería decirte eso.

-¿Qué es, entonces?

-Llegaron rumores hace dos días que atacarán Papasquiaro cuando salga la luna llena.

-¿Estás segura de lo que dices? El Padre Andrés viaja por esos caminos a Durango

-Su vida corre peligro. Llegaron dos fugitivos, Lautaro y *Ba-a-aui-eme*, hace dos noches y contaron que los Tepehuanes y *Coba-mea* reunieron unos dos mil guerreros para unirse a la rebelión de los esclavos.

-¿Donde se encuentran ahora?

-Lautaro y Ba-aui-eme viven a salto de mata, andan por los caminos de los renegados, pero son nativos de *Ocoroni*.

-Me refiero a los rebeldes Tepehuanes.

-Dicen que se reunieron hace dos lunas en la cumbre de Romúrachi.

-¿Dónde está eso?

-Es el techo del mundo.

-¿Dónde?

-Es la cima más alta coronada de nieve donde nacen los ríos de toda la sierra. Ahí nace el *Papagochi*, que corre hacia el norte y forma el río de los *Yaquis*; hacia el oriente escurren los arroyos que dan vida al río de los *Conchos*; hacia el poniente alimenta la gran cascada del *Basaséachi* que culmina como río de los *Mayos*; y finalmente al río de los *Chinipas* dentro de una cañada cálida y profunda que unido al río *Siquirichi* y *Urique* forman el río de los *Suaquim*.

-Es increíble lo que dices.

-Ya es muy tarde para avisarle al Padre, ya deben estar cerca de Papasquiaro.

-Partiré de inmediato en ayuda.

-Mejor deberías cuidarte de Lautaro y *Ba-aui-eme* porque son sagaces y asesinos despiadados. La gente les teme y no los desobedecen.

-¿También tu les tienes miedo?

-La verdad, si.

-Yo te protegeré.

-Ya saben que soy tu mujer y no me lo perdonan. Lautaro prometió desde niño al dios del norte que yo seria su mujer y ahora que me encuentra viviendo contigo en *Ocoroni* temo por mi vida y por la tuya.

-Nadie amenaza al Capitán de Sinaloa.

-Son traicioneros y sanguinarios, no lo olvides.

-Dejaré una escolta permanente, para resguardo de tu casa.

-Mejor llévame contigo, conozco las lenguas y los caminos de la sierra.

-No quiero que corras el mismo peligro que yo.

-Corro mas peligro lejos de ti.

-No puedo llevarte hay muchos peligros y "Queleles".

-Nada me pasará, siempre he montado a caballo.

La Rebelión de los Esclavos se extendió como un incendio arrasando los poblados de la sierra –Santiago Papasquiaro, Tepehuanes, San Ignacio Atotonilco, Zape y Santa Catarina- quemando las iglesias, matando todos los españoles y nueve misioneros Jesuitas. En noviembre de 1616 la rebelión de los *Tepehuanes* atacó el pueblo de Santiago Papasquiaro dejándolo en ruinas y bajo ellas un centenar de extranjeros sacrificados. Primero asesinaron a los misioneros Hernando de Tovar, Sebastian Montaño, Bernardo de Cisneros, Diego de Orozco, Juan del Valle de la Paz y Luis de Alavés. Tres días después, el 19 de noviembre, cuando caminaban rumbo a Tayoltita sacrificaron a dos misioneros de la sierra: Juan Fonte y Jerónimo de Moranta y sus cuerpos abandonados a la vera del camino. Al cuarto día descuartizaron en Teneraca a Hernando de Santarem, que fue misionero de los *Guasave*.

El Gobernador de la Nueva Vizcaya, Gaspar de Alvear y Salazar se ocupó de sofocar la rebelión a sangre y fuego, por lo cual no recibió al Padre Andrés hasta un mes después de su llegada, diciéndole:

-La historia se repite con la rebelión de los *Tepehuanes*.

-Tras la tormenta viene la calma, Señor Gobernador.

-La conquista de estos salvajes tiene que ser con las armas.

-En Sinaloa la reducción por medio de la fe avanza sin guerra.

-La revuelta de la sierra se va a extender a todo el territorio, por lo tanto permanecerá usted hasta nueva orden en esta capital.

-Soy misionero y no tengo ningún temor.

-Ya sacrificaron a nueve misioneros y no habrá más expediciones hasta que los soldados tengan el pleno dominio de los salvajes.

-En Sinaloa las cosas son diferentes.

-Decapitaron al Padre Juan Fonte y a Jerónimo Moranta en Santiago Papasquiaro. No quiero más víctimas. Por lo tanto, usted, se quedará aquí.

-Quisiera volver de inmediato a Sinaloa, para continuar la evangelización.

-Las quejas de los Encomenderos dicen de usted y su trabajo, precisamente, lo contrario.

-Vine a usted para responderle por mis actos.

-Lo acusan de subversivo y traición al rey.

-Son infundadas y venenosas las quejas de los colonos en afán de enriquecerse a cualquier precio –Le dijo al Gobernador.

-La cuestión es que sus acciones están llevando a los indios s ser libres e independientes. ¿No le parece peligroso e irracional bautizar y nominar a estos salvajes como reyes al estilo de Europa, cuando la rebelión de los esclavos amenaza a toda la Conquista?

-Aunque muchos sueñan con ir tras el oro y la plata, nosotros vamos en busca de las almas. Las quejas son infundadas, se refieren con egoísmo materialista únicamente a la pérdida de esclavos.

-Para el Virrey Velasco y el Rey, Don Felipe, las expediciones y la conquista tiene que ser ordenadas. En una palabra: colonizar. Es decir, extender los dominios de su Majestad por toda la faz de la tierra. Pero se entiende que en estos días no estamos ni en la salud ni con las armas que sería menester para la conquista de Sinaloa.

-Usted conoce el poder de los cielos y la palabra de Dios para la domesticación de las tribus salvajes.

-La revuelta de los esclavos ha sido tormentosa y sangrienta. Cuando confiamos solo en el poder de la evangelización ha sido un rotundo fracaso. La muerte de los misioneros prueba a usted lo contrario de su dicho.

-La muerte de los Padres, es para la gloria de la Iglesia.

-De cualquier manera, recuperaremos el control militar primero antes de depositar las tareas de la conquista en manos de los misioneros. Sobre su asunto particular no quiero enjuiciarlo siquiera porque conozco de antemano su probada inocencia, pero permanecerá en el Colegio Jesuita de esta ciudad hasta que se apacigüe el fuego de la insurrección.

-Señor Gobernador, le pido me conceda regresar cuanto antes porque corre más peligro el rebaño sin pastor.

-Continuará su misión cuando el tiempo lo disponga sin mayores peligros, mientras se recupera de su agitada vida misionera.

Cuando la reunión sin acuerdo de las dos partes estaba por concluir, se acercó un mensajero al Gobernador para notificarle al oído, algún asunto que le hizo levantar los párpados de inmediato, y fijar su mirada en el rostro sereno del Padre Andrés:

-Acaba de llegar el Capitán de Sinaloa.

-¿Diego? ¿Como es posible?

-Que pase el Capitán de Sinaloa.

-Su señoría –entró Diego saludando al Gobernador con una inclinación de su cabeza.

-¿Qué os trae a la Nueva Vizcaya sin mandato superior?

-Vine a avisarle al Padre Andrés de los peligros de la rebelión tepehuana.

-Ya es demasiado tarde para evitar la revuelta.

-Le acabo de pedir que permanezca en la capital hasta que los caminos se despejen de salteadores y los pueblos se tranquilicen bajo el mando militar.

-Me place hallarle con vida, Padre. Vine sin permiso porque las noticias alarmantes de la rebelión de los esclavos me hacia temer por su vida. Yo protegeré su camino de retorno.

-No hay permiso para ningún blanco para transitar por los peligrosos caminos de la sierra.

-Podemos rodear por las costas de Nayarit y Sinaloa para regresar al Fuerte.

-No señor, Capitán, no hay regreso hasta nueva orden. Pero, dígame, ¿Que responde a las quejas de los colonos que usted ha abandonado el resguardo militar del Fuerte de Montesclaros?

-He sido el vasallo mas fiel del rey de España.

-Las tribus de Sinaloa han quedado perfectamente dominadas bajo su mandato.

-Permítame, Padre, escuchar la versión del propio Capitán. Los colonos se quejan de autoritarismo y abuso del poderío militar para su interés personal.

-No tengo ninguna propiedad minera ni terrenal en Sinaloa, más que servir a los santos designios de las misiones del Fin del Mundo.

-Es cierto que los misioneros hablan maravillas de su persona, y tienen en la capital de la Nueva España su trabajo en la más alta estima, no lo niego. Pero, explíqueme, ¿Cual es la causa de la inconformidad de los colonos? ¡Dígamelo sin rodeos!

-La ambición. Rodeados de tanta tierra como de soledad, es muy fácil sentirse dueño de bienes y personas. Ninguno está conforme con lo que tiene. El Encomendero quiere tener minas de oro; el minero, alimentos almacenados como las Encomiendas;

los colonos el mando sobre los feligreses, cuyo número aumenta considerablemente a unos treinta mil almas.

-La Conquista no está ajena a los aventureros, ávidos de poder y riquezas, pero la obediencia al Rey de España y todos sus mandatos están por encima de cualquier interés materialista. Ni colonos, ni militares ni misioneros son diferentes a cualquier otro súbdito del rey. Cada quien ocupará su lugar en la historia.

-A los colonos los atrae el metal; a los misioneros el celo apostólico.

-¿Hay extranjeros entre los misioneros?

-Tienen distinta nacionalidad, pero son todos siervos de Dios y ciudadanos del mundo.

-Tenga usted de mi parte la confianza para continuar en el puesto de Capitán, para lo cual le ruego, en lo sucesivo, no actuar en campaña militar sin orden superior. No habré de enjuiciar al Padre Andrés ni su caso, porque la trayectoria de los misioneros de Sinaloa, en especial del Padre Andrés ha sido conocida y reconocida aun en la Corte Española como digna de admiración y de honra.

-Seguiré los pasos del Padre Andrés, siempre.

-Os respeto Señor Gobernador.

-Pero en este momento crítico, no saldrán de Durango hasta que la rebelión de los esclavos *Tepehuanes* sea controlada.

-Puede llevar muchos días.

-Un año, al menos.

-No debemos alejarnos tanto tiempo de las misiones para no perder lo ganado.

-La autoridad debe de estar presente.

-Necesito tiempo.

-Necesitamos regresar a Sinaloa.

-En un año estará el camino nuevamente despejado.

-Un año es demasiado tiempo.

-La rebelión puede extenderse sin control. Precisamente dando muerte a personajes españoles, alimentan el odio de sus ejércitos, por eso no quiero sacrificar más blancos. Les ruego me concedan el tiempo que requiere una acción militar por el difícil territorio de la sierra.

-Señor Gobernador, si vos lo concede, viajaremos por Nayarit y llegaremos sin peligro a Sinaloa, para mantener la paz en las tribus del Fin del Mundo, antes que se unan a al revuelta.

-Voy a meditarlo. Les mandaré llamar en cuanto sea necesario.

-¡Ah! Y tened cuidado con los alacranes, que aquí tienen fama de mortales.

Capítulo, *Ba-ji Mam-ni,* Quince

En el lejano Fin del Mundo, el pueblo de los *Huites* crecía, día con día, en su número de habitantes y sus campos de cultivo se extendían por amplias extensiones, con maíz, frijol, calabazas, chiles y sandías en abundancia. Su ganado bovino era ya tan abundante como el de los Encomenderos y su caballada sumaba fácilmente unos doscientos ejemplares, llenando de febril actividad la vida de sus pobladores. En la tarde, acudían corriendo a la iglesia para la misa y por las noches en cada casucha no se oían sino las voces y rezos de sus oraciones. La chiquillería asistía por la mañana y tarde a la doctrina donde la maestra Ósali, procuraba enseñarles a leer y escribir con grandes resultados. Con grande fervor, llegado el tiempo de la cuaresma, no cabían de contento y gusto por representar los actos cristianos que aprendieron del Padre Andrés, y se disponían, dejando pendiente su trabajo, reunirse para el festejo. Nadie usaba flechas ni arcos para vigilar los caminos porque vivían confiados en su nueva nación. Don Bautista, recorría constantemente los senderos, preocupado por la siembra, el riego y la cosecha de sus campos cada vez más extensos. Llegaban con mucha frecuencia viajeros de tribus vecinas, decididos a vivir en el nuevo poblado de la felicidad.

Coba-mea, mientras tanto, empezó a hacer leva de los indios más fieros de la sierra, con la finalidad de llamar a la rebelión de toda la provincia de Sinaloa.

-Hermanos, *Io-eme,* –les decía ufano- los blancos han traído la muerte a nuestra tierra y habrán de pagar cara su osadía.

-¡*Yori mo-octi!* ¡*Yori mo-octi!* "Mueran los blancos" –le respondían a coro.

El grupo de rebeldes encontrose en el camino de Chinipas al pueblo de los *Uari-hios,* "Los Canasteros", o *Baro-hios* "Periqueros", a una escolta de siete presidiales acompañada del misionero italiano Julius Pascuale y el recién llegado de España, Manuel Martínez.

-Pueden regresar al Fuerte –les había dicho el Padre Méndez. Hay un verdadero peligro en vivir en medio de estas fieras, quédense mejor a resguardo, al menos el mes de febrero.

-Dios estará con nosotros, como en los años y pueblos anteriores.

-Los demonios andan sueltos. Hay rumores de rebelión en la sierra cercana.

-Yo confío en el Padre Pascuale, apenas tengo diez días en la Provincia de Sinaloa.-respondió entusiasta el Padre Manuel.

-Entonces, vayan y regresen con Dios.

Los misioneros empezaron a reunir a los *Uari-hios* para construir la enramada para la iglesia con gran ánimo y alboroto. Una semana después estando atareados en levantar la enramada, fueron rodeados por el grupo rebelde y numeroso de *Coba-mea.*

-¡Rodeen la enramada! -dijo el temible *Coba-mea.*

-¡Detente! Estamos trabajando en paz y desarmados.

-¡Embusteros! Vienen a matar nuestros *buquis* con su bautizo –dijo el jefe de los alzados.

-Otros pueblos viven en paz con la ayuda de las misiones, como los *Huites*. Si quieres te regalamos espejos, ropa y cuchillos que traemos.

-Son pueblos cobardes. Sus bienes serán nuestros cuando mueran ¡Ja! ¡Ja! ¡Ja!

-¿Matan seres indefensos?

-Defendemos nuestra tierra, nuestras mujeres y nuestros *buquis*:

-¡préndeles fuego! –ordenó el jefe rebelde.

-¡Detente, Satanás! Hay gente inocente con nosotros. Déjalos salir, pues son de tu propia sangre. Si quieres sangre que te baste con derramar la nuestra. Solamente te pedimos nos permitas la última confesión para la salvación de nuestras almas.

-Que salgan los *Uari-hios*, pero a los invasores que se los trague el fuego.

-No voy a huir ni a volver la espalda –dijo, valientemente, el Padre Pascuale.

Los misioneros sentenciados a morir, se hincaron para rezar al cielo. Al Padre Martínez una flecha le atravesó la gran arteria aorta abdominal, diciendo con las manos aferradas a la mortal flecha en plena caída del rostro en la arena:

-¡No muero triste, muriendo por C-r-i-s-t-o!

Al Padre Pascuale, todavía de rodillas y con un Rosario en las manos, le llovieron gran cantidad de flechas envenenadas, pero solo una, que dio en su corazón, le quitó la vida.

-"Señor: Creo ser –pensó en la rapidísima fracción del ultimo segundo te vida- una persona humilde. En todo caso trato de ser digno seguidor de Tus Pasos: Aunque no siempre lo soy. Tengo muchas patrias y a todas las quiero como a Italia, ya que todos somos ciudadanos del mundo. De modo que espero seguir coleccionando patrias en el Fin del Mundo. Puedo ir queriéndolas a todas sin pensar en los mapas del *Novo Mundis* (sonríe).Creo que todos sentimos de cerca la nostalgia de mamá antes de morir (llora). ¡Mama Mía! ¿Dónde está mi mamá? En todo caso aprendí a rezar en latín: esa ha sido mi conquista personal, la más perfecta de todas (pausa para morir). ¿Quien sabe lo que he dicho? ¡Todo el mundo, desde luego! No hay ninguna biografía en la que no ocurra esto en el último renglón. Siempre busqué hasta hallarle –era una obsesión mía en el firmamento- la estrella más brillante de cada noche de Sinaloa: Su luz ha desaparecido ahora. O, algo así. ¿A quién y cómo decirle que desaparece la exquisita comida italiana del mesón familiar? Dime, Señor: ¿Dónde-está-el-Paraíso! ¡Ya sé: Debí morir antes! (Y murió después).

Más allá de la muerte los dos cuerpos de sotana negra quedaron de cara al suelo y recibieron en el dorso yerto otra flechería que no significó dolor para ninguno. Lo que ahora nos ocupa es la infamia. Yo me di cuenta que la tempestad de saetas no correspondían a "la madera que canta" en la victoria. Eran, más bien frías acciones sin reacción. Sin sangre no hay herida; sin vida siempre llega tarde el martirio.

-¡*Noti-mea*! –gritó *Coba-mea*.

-Ordene gran jefe.

-Arráncales la cabeza para que no vuelva ningún blanco a esta sierra. Y quemen el pueblo para que sean escarmiento a todos los demás. Los cuerpos déjenlos a la intemperie para que lleguen los carroñeros *Q*ueleles a cebarse con ellos.

-Gran jefe *Coba-mea*- dice el cabecilla de los *Uari-hios*.

-Habla, *Noti-mea*.

-Algunos Guazapares huyeron a Chinipas y van a avisarle a los presidiales de nuestros actos.

-Vamos a incendiar también sus casas. Que ninguna choza quede de pie en su tierra. Esta vez no hagan fiesta de tambores para que no se escuche nuestro siguiente paso: La rebelión está en marcha.

-¿A donde iremos Gran Jefe *Coba-mea*?

-Iremos por caminos distintos, y en grupos pequeños para no llamar la atención, rumbo al río *Suaquim,* al nuevo poblado de los *Huites*.

-Los *Huites* son un poblado numeroso.

-Mañana estarán todo el día de fiesta porque festejan el sábado de gloria -Dijo Lautaro. Además no tienen guerreros ni arcos. Rodearemos el pueblo y cuando escuchen tres aullidos del coyote llenarán el poblado de flechas.

-El grupo más numeroso se quedará atrás esperando que inicie la batalla, después que ataquen los arqueros, llegarán con las hachas de piedra y rematarán a todo el que quede con vida –señaló *Ba-aui-eme*.

-Apunten primero al corazón de Don Bautista porque "Jefe caído, pueblo vencido" –les exigió *Coba-mea*- Quiero cinco flecheros de la mejor puntería para que maten a Don Bautista primero. No deben de fallar la puntería. Los *Huites* están desarmados y confiados, así que serán presa fácil, pero no debemos darles ninguna oportunidad porque si se defienden, son temibles en la lucha cuerpo a cuerpo...

-No fallaremos. Mataremos primero al Don.

-Solo una cosa deben tener en cuenta: Después de matar a Don Bautista quiero que capturen con vida, sin lastimar, a la Reina de los Huites.

-¿Quieres que sea tu mujer?

-La quiero de rehén, solamente.

-Lautaro y Ba-aui-eme se encargarán de capturarla.

-No fallaremos, gran jefe *Coba-mea*.

-Les sacaré los ojos con mis propias manos si fallan ¿Entendido?

El suceso trascurrió de forma tan rápida y violenta que la cacería humana fue indescriptible. Tal cual lo planearon, las flechas aniquilaron primero a Don Bautista haciéndolo danzar de dolor e impotencia conforme se derrumbaba sobre el suelo frente a los azorados ojos de su pueblo. Los *Huites* sorprendidos y desarmados, cayeron uno a uno, dando cumplimiento a la fatal profecía del hechicero que anunció su debacle. El llanto de las mujeres y los niños no se apagó hasta que el último de los *Huites* perdió la vida en el brutal asalto. Ósali enloquecida de espanto y sufrimiento fue capturada por los salvajes y llevada por los asaltantes ante el jefe *Coba-mea*. El poblado fue incendiado como macabro final de la venganza, dejando las cenizas revueltas con sangre. Los renegados tomaron los caballos y se alejaron llevándose prisionera a la Reina de los Huites rumbo a la sierra. Unos cuantos sobrevivientes escaparon rumbo a sus peñascos y la breve epopeya de su tribu llegó a su fin.

-¡Préndanle fuego para que nadie regrese a este pueblo maldito! –Ordenó *Coba-mea* antes de la retirada.

-Maldito renegado ¿Por qué matas a mi gente? ¿Qué te hicieron para que vengas a derramar su sangre? Los *Huites* son pueblo de paz –dijo Ósali inundada de llanto.

-Eran valientes y temibles con el arco y la flecha hasta que se convirtieron en esclavos de los *Yoris*.

-¿Por eso los matas, animal salvaje? ¿Porque están indefensos? ¡Eres un traidor contra tu propia raza!

-Son órdenes del Capitán *Sule*.

-¿Qué dices?

-El Capitán me ordenó matar al Don Bautista y quemar tu pueblo .Ja! ¡Ja! ¡Ja!

-Mientes, serpiente venenosa.

-¡Cállate, Coyota! Tú eres la principal traidora de nuestra raza. Has convertido a los más poderosos guerreros en esclavos de los *Yoris*. Tú eres la maestra que les arranca las ideas de la cabeza a los *buquis* para que aprendan a rezar y sembrar en lugar de cazar y pescar como les enseñaron sus ancestros. ¿Quién es la traidora? ¿Quien hace a los esclavos?

-Siempre quise servir a mi pueblo.

-Un pueblo sin flechas está perdido.

-¿Quién hace los muertos? ¡Fuiste tú, no lo niegues! Niños, mujeres gentes desarmada e indefensa ¿Por qué no te tragaste el corazón del más valiente? ¿Por qué no te llevas ninguna cabellera para adornar tú casa? ¿Sabes por qué? Porque eres un *Quelele*, zopilote, que matas en bandada y por la espalda.

-Te nombraron "La Reina de Los Huites" ¡Mentira! ¡Bah! ¡Ilusos! ¡La Reina de los Esclavos! fuiste en su lugar...Y ya no quiero escucharte porque voy a perder la paciencia.

-Mátame, cobarde, no me importa. ¿Por qué me dijiste que te ordenó el Capitán *Sule* esta matanza? ¿Fue cierto? Muéstrame la paga y te creo.

-Tú lo quisiste –respondió amenazante *Coba-mea*, y dirigiéndose a su secuaz le llamó:

-¡Lautaro!

-Tú mandas gran jefe.

-Tráeme lo que te pedí.

Le gritó a Lautaro que se acercara, para entregarle el corazón de Don Bautista entre sus manos. El músculo cardiaco aún estaba rodeado de convulsiones negándose a morir, cuando *Coba-Mea*, a dentelladas, frente a Osali, se lo tragó.

-¡Nooo! ¡Dios Mio! ¡Nooo! –Gritó cubriéndose el rostro con las manos.

-¡Ja! ¡Ja! ¡Ja! Tú quisiste verlo.

-¡Demonio! ¡Desgraciado! ¡Maldito, renegado!

-Cállate, ya. Aprende a respetar a *Coba-Mea*.

-No te tengo miedo.

-O, te arrancaré los ojos.

-¡Lautaro!

-Ordene Jefe *Coba-mea*.

-¡Tráiganme la yegua blanca! Nos la vamos a comer.

-Trae un potrillito.

-Tráiganlo también.

-No se coman al potrillo, déjenlo crecer –pidió Ósali.

-llévensela prisionera y no le den agua de beber todo el día, por si intenta escapar no tenga fuerzas. Átenla con delicadeza de las manos porque es "La Reina de Los Huites"...y está embarazada... ¡Ja! ¡Ja! ¡Ja!

Caminaron dos días hasta llegar al sitio más alto de las barrancas, lugar preferido de *Coba-mea* para festejar sus tropelías. Mandó encender una hoguera y los danzantes bailaron a ritmo de los tambores tragando bacanora cada noche para festejar su triunfo, mientras aparecía la luna llena. Ósali fue encerrada en una cueva, atada de pies y manos en el mismo lugar donde se encontraba prisionera *Mar-y-Luz*.

-¿"*La Reina de los Huites*"? –preguntó a modo de bienvenida.

-Y tú, ¿Quién eres? ¿Acaso me conoces? Me llamo Ósali.

-Soy *Mar-y-Luz*, la mujer del Capitán *Saúl*.

-¿Que haces aquí? No sabía que Diego tuviera mujer.

-*Coba-mea* me tiene prisionera también.

-¿Por qué atacaron a mi pueblo? ¿Tú lo sabes?

-*Coba-mea* juró vengarse del Capitán y sabe que tú eres el único amor de su vida.

-¿Tú se lo dijiste? ¿Lo sabías tú?

-Sí, se lo dije. El Capitán decía tu nombre dormido en mis brazos, y, yo misma se lo dije a *Coba-mea*, imprudentemente. Nunca imaginé que su sed de venganza lo hiciera arrasar con tu pueblo.

-Te perdono, no tienes la culpa de lo que me pasa.

-Cuando el Capitán *Saúl* venga por ti le pides que me perdone.

-Nunca vendrá. Estamos desamparadas. Diego atormentado por los celos, dejó desamparado El Fuerte para que los rebeldes destruyeran al poblado de los *Huites* en su ausencia. Para que los Chinipas mataran en complicidad a Don Bautista –dijo secándose las lágrimas.

-Te equivocas. Diego es un guerrero implacable pero tiene el corazón de un gigante. *Coba-Mea* es un asesino cruel, sanguinario y embustero, no lo dudes.

-Creo que Diego me traicionó.

-Te equivocas. Diego es un gran hombre.

-*Coba-Mea* me dijo que le ordenó que nos atacara aprovechando su ausencia.

-Miente. *Coba-Mea* es el único traidor. No vuelvas a dudar. Cuando veas al Capitán *Saúl* le dices que lo amé...

-¿Y si no regresa?

-...De la misma manera que él te ama a ti. Volverá por ti. Le dices que tiene dos hijas, de talla normal, que crecieron en el mismo río *Ocoroni*, a mitad del camino de la sierra. Una, *Sa-ia-li*, con los ojos verdes. Otra con los ojos azules, *Sia-li*.

-Han de ser preciosas las gemelas y tan distintas a todo el mundo.

-Se dicen muchas cosas falsas, aun en las leyendas, pero esto falso no es: son como dos gotas del cielo ¿Por qué me las robaron? –dijo las ultimas cinco palabras, llorando con desconsuelo.

Como esa misma noche se dio cita la luna llena, El carcelero las interrumpió para sacarlas de la cueva y llevarlas atadas hasta el centro de la planicie iluminada por la gran hoguera. En el estrado, una silla alta de troncos, a manera de cetro principal quedo instalado exactamente frente al precipicio, donde el jefe de los rebeldes ocupó su pedestal, extendiendo su capa color azul regio frente a la explanada.

-La venganza de *Coba-mea* ha llegado –dijo en voz alta, para que todos se callaran, y continuó diciendo-: A la madre luna ofrendaran su cuerpo en la hoguera.

-Si eres tan fuerte y valiente no negarás mi último deseo, poderoso *Coba-mea*.

-¿Por qué me adulas con tu lengua de serpiente? ¡Sé que me odias, maldita! –alcanzó a decirle atraído del misterioso destello de sus ojos verdes.

-¿Acaso tienes miedo a las mujeres?

-Pídeme lo que quieras, menos salvar tu vida ni de la Reina de los Huites, ¡Ja! ¡Ja! ¡Ja!

-Una jícara con agua.

A coro festivo sus compinches soltaron un concierto de carcajadas también.

-¡Ja! ¡Ja! ¡Ja!, La Reina de los Huites ¡Ja! ¡Ja! ¡Ja!, ¿Olvidé servirle agua a su majestad? ¡Sírvanle agua! ¡Rápido, obedezcan! ¡Una jícara para su Reina! ¡La Reina de los Cactus está embarazada!

-La última danza –habló decidida a ser obedecida.

-¿Quieres bailar?

-El agua para el cuerpo, la danza para la vida, son una sola cosa. No puedes negarte.

-¡Suéltenle sus amarras! pero tengan cuidado que su alma es como una cascabel.

-Ósali, no olvides lo que te dije. Huye por el río, los Chinipas son tan cobardes que no se atreverán a detenerte –le dijo en secreto con la cabeza inclinada- Si vives tú, vivirá tu vientre también.

Mar-y-Luz dejó caer suavemente su cabello sobre los hombros, desatando la correa con sensual movimiento de sus manos en lo alto, cautivando a todos los presentes con el estético movimiento de su cuerpo que se contorneaba, al ritmo del tambor de guerra. Cada espectador conteniendo la respiración y en silencio tenia un ángulo diferente del inusitado espectáculo, pero todas las miradas convergían en la anatomía ondulante y movediza de la bailarina. Desde el cielo, la luna iluminó con más intensidad la escena pero nadie prestó la mínima atención a sus luminosos celos. La belleza de una mujer, cuando baila, cautiva siempre a los hombres, pero a la vez, los enamora, de algún modo causa la envidia de los mismos dioses. Cuando uno está enamorado, uno está ciego; uno ve la danza tal como la ven los dioses: divina.

Los tambores aumentaron su frenético ritmo y el eco de su sonido se repetía contra las paredes oscuras y profundas del barranco. La bailarina dejó caer suavemente su ropa con el mismo movimiento encantador de su cuerpo que se contorneaba dócilmente, mientras sus brazos extendidos, hacían girar de manera circular sus manos, trazando garabatos de amor en el aire, descendiendo en torno a la estrecha cintura y armónica cascada de sus esbeltas piernas. Sus pies, sin alas, desplegados sobre sus puntas, dotaban a su movimiento de caderas de un ritmo impactante, del cual ninguno de los espectadores pudo sentirse ajeno. Su voluptuoso baile la llevó insospechadamente al umbral del mismo precipicio, envolviendo el ambiente, gradualmente, en su ritmo, tan cerca de *Coba-mea,* que el perfume de su piel sudorosa llegó a rozarle dos veces, haciéndole súbdito otra vez de sus encantos. Los tambores con latidos cada vez más fuertes de su enorme corazón, hicieron más frenético su revuelo.

Cuando la luz de la hoguera parpadeó en una fracción pequeñísima de tiempo, *Mar-y-luz* se lanzó repentinamente sobre el cuello de *Coba-mea* y con su propio abrazo lo impulsó en su viaje para lanzarlo, junto con ella, por el cercano precipicio.

Los tamboreos callaron. El eco se arrepintió también.

-¡Maldita Serpiente! –alcanzó a decirle mirando con pavor el último destello de sus ojos verdes.

-¡Oh! ¡Dios Mío! –gritó Ósali, cubriéndose el rostro aterrorizada del acto vertiginoso de la heroína.

No se oyó ningún otro grito de mujer en el ávido precipicio, solo un alarido demoníaco que se tragó a *Coba-mea* en las oscuras fauces del barranco.

Capítulo, *Ba-ji Mam-ni Ama Se-nu*, Dieciséis

La guerra contra la rebelión de los esclavos terminó con la muerte del cabecilla *Tsi-ua-ua* y la paz volvería a los caminos de la sierra un año mas tarde, pero, el Padre Andrés y Diego sumaban a cada día una desdicha a su monótona espera. El primero es viejo y decidió ponerse a escribir su historia de las misiones; el otro es joven, impetuoso aún, y decidió regresar, con o sin permiso del gobernador, aduciendo que el presidio de Sinaloa no podía permanecer desamparado bajo ninguna circunstancia, y fue e entrevistarse, después de una larga espera, en la casa del Gobernador:

-Soy un soldado del rey –le decía a modo de justificarse ante su presencia.

-Para mandar, lo primero es obedecer, Capitán.

-Quiero pedirle me permita regresar urgentemente a Sinaloa, ya no aguanto más este encierro.

-No quiero más muertes de españoles, ya lo dije a vos y al Padre Andrés.

-Las tribus de Sinaloa son feroces y salvajes si dejamos que reanuden su vida de guerreros.

-Es una osadía de vuestra parte venir a pedirme que cambie de opinión.

-Es por el bien del Rey y sus propiedades.

-Ya está controlada la rebelión pero hay que ser prudentes. Ha costado mucha sangre dominar la rebelión de los *Tepehuanes*. Acepto, que regresen pero con una sola condición.

-Acepto sin pensarlo dos veces.

-Dejar el Fuerte de Montesclaros en manos de los colonos.

-¿Dejar el Fuerte sin mando militar ni misioneros? Nosotros construimos El Fuerte por órdenes del Virrey Don Juan de Mendoza y Luna, Marqués de Montesclaros.

-Ya partió al Perú. No os preocupéis que ahora sea el nuevo Virrey, Don Luis de Velasco y Castilla, Marqués de las Salinas del Rio Pisuerga. Tendréis el mando pero sin residencia.

-¿Abandonaremos El Fuerte que tanto trabajo nos ha costado construir?

-Con esta medida los Encomenderos calmarán sus quejas e inconformidades contra las autoridades locales. Por esta causa he dejado también que el paso de este tiempo remedie los males y se calmen las quejas de los Encomenderos.

-Son unos malagradecidos.

-Conozco, Capitán, el arrojo de la sangre que corre por sus venas, pero no quiero más discusiones al respecto. No quiero la intervención de la Santa Inquisición ni otras autoridades de la Nueva España en este asunto de Sinaloa. Por eso os aconsejo que aceptéis con prudencia y disciplina mi mandato.

-Lo siento, señor Gobernador, y le pido acepte mis disculpas.

-La misión del Padre Andrés continuará desde la Villa de San Felipe y de Santiago en el río Sinaloa.

-De mi parte acepto.

-Llamaré al Padre Andrés dentro de una semana les enviaré el mandato para que las órdenes se acaten por todas las misiones de Sinaloa, si acepta mis condiciones... desde luego.

El Padre Andrés guardó silencio cuando se enteró de las condiciones del Gobernador para aceptar su regreso, y sin embargo, las aceptó. Así que regresaron en el mes de agosto, casi dos años de su partida, al Fin del Mundo, con el mandato del Gobernador en sus alforjas de abandonar el Fuerte de Montesclaros y radicarse en el Fuerte de San Felipe y de Santiago ubicado a orillas del río Sinaloa.

La lluvia hizo más lenta la travesía por la sierra hasta bajar al poblado de Mocorito, donde los recibieron con gran alegría, pero con inesperadas noticias, los Encomenderos del lugar.

-Dios Bendito, los cuide en su camino.

-El Señor sea con vosotros.

-Que bueno que regresaron a tiempo.

-Necesitan con urgencia al Capitán en Sinaloa.

-¿Que ha pasado a los Encomenderos del Fuerte de Montesclaros?

-Nada todavía, pero los rebeldes Chinipas atacaron *Ocoroni*.

-¿*Ocoroni*? No hay gente blanca de razón, ni encomenderos en ese poblado.

-Asaltaron la casa de tu mujer y la secuestraron.

-¿*Mar-y-Luz*?

-y sus hijas.

-¿Hijas?

-Las gemelas recién nacidas desaparecieron con los raptores.

-¿Quién es el culpable de tal vileza?

-*Coba-Mea*.

-Padre voy a rescatar a *Mar-y-Luz*.

-Diego, hijo mío, se que el dolor te hiere en este momento, pero debes recordar que el gobernador nos acaba de ordenar no realizar ninguna acción militar sin su conocimiento y su consentimiento.

-La vida de *Mar-y-Luz* es para mí más importante que el mandato militar, así que iré de cualquier manera.

-Espera Capitán, han pasado muchos días y la gente cree que en una danza ritual, los Chinipas la ofrecieron al "Demonio de las siete barrancas".

-¡Dios Mio!

-Pero la peor noticia de la rebelión de los Chinipas es que mataron dos misioneros y atacaron los pueblos de la sierra.

-¿Mataron dos misioneros?

-Al Padre Julius Pascuale y al Padre Manuel Martínez.

-Dios los tenga en su Santa Gloria.

-Quemaron el pueblo de los *Uari-jios*, el de los *Ua-tsa-pali* y el nuevo poblado de los *Huites*.

-¿Atacaron al pueblo de los *Huites*? –preguntó el Padre Andrés.

-Y... ¿la Reina de los *Huites*? –inquirió, con ansiedad Diego.

-Fue una masacre.

-Es una verdadera rebelión.

-Mientras celebraban la misa y las festividades del domingo de ramos, cuando más entregados estaban en la iglesia de su poblado, los guerreros renegados los degollaron a todos, incluyendo a Don Bautista.

-¿Y La Reina de los *Huites*? –preguntó Diego de nuevo.

-Se la llevaron prisionera.

-Mataré a *Coba-Mea*, aunque sea lo último que haga en esta vida.

-Mejor piensa en salvar a Ósali.

-No creo que siga con vida.

-Debéis tener mucho cuidado, Capitán, porque en los pueblos se dice que como venganza tú abandonaste a los *Huites* dejándolos solos para que los mataran.

-Nunca actúe así.

-Lautaro y *Ba-aui-eme* engañaron a tu gente diciéndoles que urdieron, contigo, su venganza.

-Malditos renegados. ¿Hubo sobrevivientes?

-Casi no.

-Todos los guerreros Chínipas van a morir.

-La venganza es mala consejera.

-Saldremos al amanecer tras los rebeldes.

-Los Chínipas dominan las barrancas y los caminos de la sierra.

Arribaron al Fuerte de Montesclaros y Diego organizó su ejército con sumo cuidado especialmente en las armas de fuego y hierro, sin llevar cargadores ni alimentos como en ocasiones anteriores, para darle gran velocidad de desplazamiento a su ejército. Partieron rumbo al oriente, donde nace el río de los *Suaquim*. Llegaron al atardecer al pueblo de los *Choix* y consiguieron dos guías expertos para avanzar por los empinados senderos de la sierra.

-Les caeremos por sorpresa.

-Es imposible sorprender a los Chínipas porque tienen vigías en lo más alto de la sierra para vigilar los caminos y los caminantes.

-La clave será la vanguardia.

-Nada se mueve sin que lo vean los Chínipas desde sus altas cuevas.

-¿Miran de noche?

-Por supuesto que no.

-Vamos a acampar esta tarde, mientras la vanguardia despeja el sendero. Volverán a avanzar con el alba pero en silencio, colocándole piel de venado en los cascos para que no se escuchen sus pasos.

-Pero la vanguardia será vista de cualquier modo.

-Excepto si avanza de noche.

-Claro.

-Y sin ruido.

-Desde luego.

-La vanguardia seré yo.

-¿Tú solo, Capitán?

-Mataré a los vigías para que avancen hasta el poblado de los Chínipas.

-Son inalcanzables los peñascos.

-Conozco el sendero secreto.

-Capitán, que te acompañe un sirviente.

-Iré yo solo para que funcione el plan.

Y partió en su corcel negro junto con los últimos rayos del atardecer. Su cabalgadura recorrió los senderos abruptos con agilidad y fortaleza de manera que al caer la noche había llegado, sin que nadie lo observara al sendero oculto que *Mar-y-Luz* le enseñó.

Subió, paso a paso, guiado por la solitaria luz de la luna hasta emerger en la planicie rocosa de la sierra y con su mortífera daga, a los cinco vigías, uno por uno, aniquiló. El avance de la columna se reencontró de nuevo con el Capitán y acordaron caminar el último trayecto para rodear en silencio al poblado de los Chínipas.

-Manda a *Maso-leo*, para que indague como se defienden los renegados.

-Capitán no tienen ninguna defensa.

-Es una gran noticia.

-Tienen prisionera a la Reina de los Huites.

-¿Estás seguro?

-Está amarrada y encerrada en una cueva.

-Primero rescataremos a Osali.

-Es más importante su vida.

Desde la cercana arboleda el pueblo se veía quieto, con varias columnas de humo saliendo de las chimeneas, pero sin actividad ni guardias porque estaba clareando el alba.

-Rodearemos el poblado pero no atacarán hasta que hayamos recuperado a la prisionera.

-Allá en el fondo están las cuevas donde tienen a los prisioneros. No tenemos más que una sola oportunidad si la aprovechamos.

Diego avanzó pecho a tierra con su daga inseparable y llegó hasta la cueva principal hallándola vacía. Hizo la misma búsqueda en dos cuevas cercanas y también las encontró vacías. No había ni guardias ni prisioneros.

-No hay prisioneros.

-¿La habrán matado?

-No lo creo. Siempre que hay sacrificios hacen fiesta.

Dos cachorros empezaron a ladrar jugueteando con la muñeca de trapo, ajenos al trajín del campamento que iniciaba las actividades de la fría mañana, mientras una leve llovizna amenazaba denunciar la llegada de los intrusos. La guardia se dio cuenta de la escapatoria de los cachorros persiguiéndose uno a otro. Hasta que los disparos de los soldados convirtieron la paz del campamento en una batalla campal, con gritería de alaridos y muerte de los sorprendidos Chínipas dejando el campamento ensangrentado.

-¡Huyan! ¡Huyan Chínipas! ¡Es el hechicero *Sule*!

-¡Remátenlos a todos!

-¿Las mujeres también?

-¡Dije a todos, sin excepción! Y mis órdenes se cumplen siempre.

-¡Capitán *Sule*! ¡Capitán *Sule*!

-¡Atrápenlo! ¿Por qué grita aquel desgraciado?

-Está al borde del precipicio.

Un indio de larga cabellera al verse herido y abandonado de sus cómplices, temeroso de la venganza del Capitán *Sule*, después de luchar sin lograr escaparse, se acercó al despeñadero, dando gritos para llamar su atención.

-¡*Sule*, maldito *Sule!* –volvió a gritar.

-¡Detente! –le ordenó Diego. ¿Por qué huyes de mí?

-No te acerques, hechicero. Si das un paso más me arrojaré al barranco sin decirte mi nombre.

-¿Qué me importa quien seas? ¡Nadie eres para el Capitán de Sinaloa! Yo no hablo con los muertos, y tú eres uno de ellos ¡Arrójate de una vez, desgraciado!

-¿Sabes quien soy yo? ¿No lo sabes? Ruégame que te lo diga.

-Muere como un perro –le dijo sacudiéndole el rostro con su látigo.

-¡*Ba-aui-eme*! –le gritó al mismo tiempo que decidió arrojarse al precipicio.

-¿*Ba-aui-eme*?

-¿Donde está la Reina de los Huites?

Una vieja que guardaba de cerca el cuerpo ensangrentado de su hijo pequeño, fue la única sobreviviente que se atrevió a decirle, con rencor:

-Nunca la encontrarás. Se la llevaron a Rarámuchic. Los renegados van a la cima del cielo. Allá no hay jefes. Lo único que aquí dejaron es este potrillo.

-¿Qué rumbo tomaron?

-Todos los caminos van y vienen de Rarámuchic.

-¿Y *Coba-Mea*?

-El nuevo jefe se la llevó a los Apaches.

-¿Donde está *Coba-mea*? ¡Responde, bruja!

-Hace dos lunas cayó en el barranco.

-No te creo, vieja bruja.

-¿Ves aquel potrillo? Es de la yegua blanca que se comieron ¿Ves a mi gente muerta? ¿Como te voy a mentir?

-Tráiganme el potro, será para mí. Se llamará "Rucio" a causa de la lluvia que está cayendo –dijo Diego.

La sangre del caballo andaluz, daba al potro el color "Rucio", que significa "Rocío", en alusión a su color blanco lloviznado con lunarcitos negros, y su porte vigoroso y elegante que heredó de la yegua blanca de Ósali.

Luego, el Capitán ordenó que diez espías se aventuraran por los distintos caminos de la sierra a Rarámuchic y regresaran con noticias del fugitivo y su prisionera. Se llevó al desamparado potrillo junto a su cabalgadura. El resto de su ejército lo condujo hacia el norte al poblado de los *Uari-hios*. Llegaron tres días después y rodearon el caserío indefenso que no esperaba el asedio del Capitán *Sule*. Al verlo en su caballo negro, el pánico se apoderó de hombres y mujeres, que trataron de huir, pero el cerco militar se había cerrado.

-¡No nos mates, Capitán *Sule*! –gritó *Noti-mea*.

-Ustedes mataron sin compasión a dos misioneros.

-Fue *Coba-Mea*.

-Ustedes son sus cómplices y bailaron de alegría con ellos. No lo niegues, perro maldito.

-Déjanos vivir, nosotros no somos culpables.

-No lo mereces.

-Y te diré lo que buscas.

-¿Tú sabes lo que busco?

-A la Reina de los Huites.

-¿Sabes donde está?

-Sí. Lautaro la raptó.

-No mientas porque te arrancaré la lengua. Ya me lo dijo la bruja de los Chinipas que está en algún camino de la sierra alta.

-Son mentiras. Al saber que regresaste a Sinaloa, Lautaro se escondió para que nadie lo hallara, llevándose secuestrada a la mujer y otras nueve doncellas para entregarlas a cambio de su seguridad. Yo si sé donde está.

-¡Amárrenlo! –ordenó Diego a uno de sus soldados.

-Te diré la verdad, Capitán *Sule*.

-Cuélguenlo de los pies en aquel árbol y háganlo que se balancee para que medite bien sus palabras.

-No necesito que me cuelgues para decirte la verdad.

-¡Disparen! –ordenó Diego a sus soldados. Maten a todos los hombres primero.

Unos trescientos *Uari-hios* indefensos, quedaron sin vida en un horrendo espectáculo que *Noti-mea* alcanzó a ver desde su perspectiva invertida con el suelo azul a sus pies y el rojo de la tierra ensangrentada en su cielo.

-¡No maten a las mujeres! ¡No maten a los niños! –gritó *Noti-mea* colgado de los pies. Ellos no tienen culpa alguna: ¡Te diré lo que quieras!

-¿Donde está la Reina de los Huites? ¡Habla miserable!

-En la nación de los Yaquis.

-¡Remátenlo! –sentenció Diego.

-Capitán *Sule*, te he dicho la verdad. La mujer tendrá un hijo la próxima luna.

-¡Mátenlos a todos!

Capítulo, *Ba-ji Mam-ni Ama U-oi*, Diecisiete

~Cruza el río, corre, ve y dile a los *Yaquis* que no vengo en son de guerra –dijo el Capitán al *correveidile*. Que me entreguen a la Reina de los *Huites* que tienen secuestrada. Si me la entregan los demás alzados vivirán en paz. Diles que tengo dos rehenes para que eviten atacarme por sorpresa.

El río de los *Yaquis*, "Los que hablan a gritos", era el más extenso, caudaloso y turbulento de El Fin del Mundo. Nace en dos lejanas vertientes: una proviene del rio Ba-a-bispe, "Donde cambia el rio", en las montañas rocallosas; y la otra del rio Balo-hiaqui, "Pericos", en la sierra tarahumara. Ambas corrientes se unen y descienden al valle, recibiendo los caudales de los ríos *Moctezuma*, *Sa-ua-ipa*, "Hormigas", *Te-coli-pa* "Piedras del rio" y el arroyo *Ili-jiaquim*, "Río Chico", antes de correr libre por las llanos desde la loma del *Oviáchic*, "Paso difícil", rumbo a la isla *Ui-bu-lai*, "La isla del atardecer", pero tuerce el rumbo ocho leguas al norte para desembocar en los esteros de las Guásimas. Por esta razón, le llamaban los conquistadores: *El Rio Grande del Espíritu Santo*.

Exactamente enfrente, visible desde la loma, estaba al otro lado del río el pueblo de *Jeca- tá-cali*, "Casa del viento", con unos cinco mil *Yaquis* reunidos. La última frontera del fin del mundo era el río *Yaqui*: La *Sonora* se llamaba la región desconocida que se extendía hacia el norte; la región sur, *Sinaloa*.

El Capitán vio a su mensajero cruzar a nado el caudaloso río de ida y de regreso trayéndole la breve respuesta:

-Lárgate de nuestro río, Capitán *Sule*, con las manos vacías, por el mismo rumbo como llegaste. Si te quedas en Sonora no mirarás salir el sol de nuevo. Entréganos las doncellas que capturaste lavando en el río porque son ajenas a tu guerra las hijas de *Anabai- Lutec*.

-Acepto retirarme, pero quiero que envíen a su cacique a negociar la paz e intercambiar rehenes. Que vengan al Fuerte y serán respetados sus emisarios. Entonces les entregaré sus mujeres, rehenes, para salir con vida de este predicamento.

Mientras el campamento empezó a levantarse para la retirada, su *correveidile* regresó de nuevo con la última sentencia de los *Yaquis*:

-Lárgate de *Jeca Ta-cali* o morirás junto con el atardecer. Para negociar contigo la entrega de las dos mujeres y los renegados que buscas, *Anabai-Lutec* irá desarmado a verte al Fuerte.

Al Capitán nadie le hablaba en ese tono, pero en esta ocasión comprendió que no tenía mas camino que la retirada para salvar la vida y se dio la media vuelta.

Tres días después apareció en El Fuerte el cacique de *To*-im, *Anabai-Lutec*, pidiendo entrevistarse con el Capitán *Sule*:

-Entrégame a mis hijas como prometiste.

-Si quieren la paz les exijo que me entreguen a la Reina de los Huites que ustedes esconden en su territorio.

-Nada te quitamos a ti, Capitán *Sule*. Las mujeres que entregó Lautaro fueron a cambio de un pacto. Cada una fue entregada, como es costumbre, a los guerreros más valientes para que les den hijos.

-Lautaro es un terrible delincuente y tiene que ser juzgado por sus crímenes ¿Dónde esconden a la Reina de los Huites?

-Es un secreto. Pero está a salvo en alguno de los Once Pueblos del río.

-Mas les vale darse por vencidos antes de guerrear conmigo, porque les mandaré "La casa que flota" para que los ataque por el río y tres escuadrones de soldados a caballos para que los derrote.

Sus palabras eran las más arrogantes que se escuchaban en bastante tiempo, tratando de impresionar a *Anabai-Lutec* que seguía callado soportando las amenazas del Capitán:

-Si me entregan a la Reina de Los Huites te doy mi palabra de vivir en paz sin luchar contra los españoles.

-Tu palabra no vale. Tú no eres nadie para la nación Yaqui. La mujer que quieres nos fue entregada junto a otras doncellas que aceptamos.

-La Reina de los Huites es ajena a esta tierra. No les pertenece a ustedes.

-La recibimos como tributo y ahora es de nuestra tribu.

-Es una mujer secuestrada. Pertenece a la gente española.

-Es otra mujer, nada más. Es una y muchas mujeres de esta tierra.

-Te equivocas. Ella está educada entre los blancos.

-Su sangre es de Sinaloa.

-Su savia es española.

-Diré al Consejo de Ancianos tus palabras y tendrás respuesta antes que salga la luna llena. La voz de los Ancianos es la voz de la nación Yaqui.

-Te entrego salvas a tus hijas, como te prometí, para que te convenzas que en lugar de la guerra, si me entregas a la cautiva, tendrán la paz. Y junto te acompañaran veinte *Tehuecos* para proteger tu camino a casa.

-No necesitamos tu ayuda. Nos basta el guaje y el pinole para regresar. No necesitamos caballos ni armas ni *Tehuecos*. No necesitamos la paz porque nacimos y vivimos para la guerra. La paz es de los muertos.

-Acepta la compañía de los *Tehuecos* que son leales y de mi confianza –insistió el Capitán- para que traigan de regreso a la mujer que ustedes tienen secuestrada. Me importa su vida más que ninguna otra cosa en el mundo. Si algo le sucede a ella, no descansaré hasta acabar con tu tribu.

-Partiremos antes que el sol –contestó el cacique.

La comitiva partió en la hora del amanecer y cuando llegaron al arroyo del *Teso-paco*, "Cueva en el llano", fueron detenidos por los vigías *Yaquis*, quienes rescataron a su jefe antes de matar a los acompañantes y arrancarles la cabeza, como su bélica costumbre. Solo dejaron un mensajero con vida para que le advirtiera al Capitán que no volviera a territorio Yaqui.

-¡Capitán *Sule*! ¡Capitán *Sule*! ¡Mataron a todos! ¡Llegó el único sobreviviente!

-Tráiganlo de inmediato.

-Los *Yaquis* mataron a todos los *Tehuecos*.

-¡Malditos *Yaquis*!

-Dijeron que son tus enemigos, y te envían el mensaje que no vuelvas a su río. Que no te entregarán ni al fugitivo ni a su cautiva.

-¡Traidores, son unos indios traidores! Pero no dejaré impune su felonía: ¡Soldados! Preparen sus armas y caballos; vamos a darles una lección de la reputación y el valor de los españoles.

Armó el Capitán su contingente con cuarenta soldados a caballo y dos mil indios de leva a pie. Y llegó en el menor tiempo posible a la loma de *Jeca Ta-Cali* en la orilla izquierda del río Yaqui. Lo primero que hizo, después de armar el campamento, fue enviar dos mensajeros para exigirle la entrega de la Reina de los *Huites*, pero los Yaquis los tomaron prisioneros nuevamente y les arrancaron la cabeza, preparándose al otro lado del río para la inminente batalla.

Al romper el alba el día siguiente, los Yaquis atacaron al campamento de españoles y sus aliados en una batalla que duró todo el día, por lo cual el Capitán dio la orden de retirarse para salvar la vida, dejando el campo con cientos de cadáveres a sus espaldas. Seis días después regresó el contingente derrotado al Fuerte con gran desánimo y multitud de heridos.

La tercera jornada se armó de nuevo con más coraje y deseo de venganza contra la tribu *Yaqui*, reuniendo unos cincuenta soldados españoles y cuatro mil aliados. El ejército más grande visto en esas latitudes. Cuando regresó al río en el mismo sitio de las derrotas anteriores, en la loma de *Jeca Ta-cali*, envió como de costumbre sus dos mensajeros con cartas selladas ofreciéndoles la paz, a condición que entregaran a la cautiva y al fugitivo. Pero la respuesta fue la misma: decapitaron a los dos *correveidiles*.

La tremenda batalla se inició al rayar el alba con el asalto de los *Yaquis*, causando a los extranjeros tantas bajas y heridas que el Capitán, viendo la derrota inminente, dio la orden de retirada.

-¡No hagan fuga! Retírense en forma ordenada, protegiéndose las espaldas unos a otros. Yo los protegeré en la retaguardia ¡Que no cunda el pánico!

Y la gente al principio comenzó la retirada ordenadamente abandonando el campamento, pero ante la algarabía y flechería de los Yaquis, los indios aliados se llenaron de miedo y huyeron corriendo por el monte, dejando a la vanguardia del Capitán y veinte soldados abandonados a su suerte.

-¡Regresen! ¡Regresen a pelear!

-La lucha es inútil. Entrega las armas, Capitán, para que trates de salvar la vida.

-¡Sois unos cobardes!

-Cuidamos regresar con vida.

A su regreso al Fuerte la noticia de la muerte del Capitán y su derrota ante la tribu de los Yaquis ocasionó un verdadero cisma en la naciente población.

-¡Mataron al Capitán!

-¿Dónde y cómo cayó el Capitán? ¿Quién fue testigo de su muerte?

-Yo lo vi luchar desde su caballo pero rodeado de una turba de Yaquis, de lo cual no creo que haya salvado la vida ninguno de los soldados de la retaguardia. Nosotros tuvimos un poco más de suerte y aprovechamos el único recurso de la huida antes de que nos alcanzara el flecherío.

-Algunos murieron en el mismo sitio, pero la mayoría de heridos logramos salvar la vida. Que los misioneros recen por su alma y la de nosotros que se queda rodeada de estos salvajes.

Con cinco heridas en la cara y los brazos, el Capitán y su vanguardia estaba sentenciado a morir cruelmente derrotado, pero nunca cedía el arrojo y el valor luchando al frente de sus soldados valerosos.

-Soldados –les dijo- peleen en nombre de la corona de España. Disparen de modo alternado para cubrirnos, unos a otros, la retirada.

-Capitán, los Yaquis tienen los bastimentos y pólvora del campamento, solo nos queda un poco en las alforjas.

-Los caballos están heridos y muy agotados por el sol que nos mata de calor.

-Estamos rodeados de unos siete mil salvajes en este matorral.

-Enciendan el pasto de inmediato –ordenó el Capitán.

-¿Qué Dices Capitán? ¡Nos quemaremos!

-Enciendan el pasto rápido, yo se lo que les digo.

El fuego sobre la leña seca corre junto con el viento y la escuadra de los españoles, aunque rodeada de humo, quedo separada de los arbustos que rodeaban su trinchera improvisada. En ese momento descubrieron la estrategia del Capitán porque los Yaquis incendiaron los arbustos para obligarlos a rendirse rodeado por el fuego, pero el zacate quemado previamente, les sirvió de escudo protector contra las llamas que los rodearon sin poder llegar a poner en peligro su vida quedando así frustrada la intención de los atacantes.

El sol también guerreaba contra los extranjeros con el día caluroso y la sed los obligaba a chupar las balas de plomo en la boca para refrescarse porque el agua del río distaba tan solo media legua pero protegidas por siete mil guerreros implacables.

La noche acudió en su auxilio porque cesaron de atacarlos dejando una guardia de Yaquis mientras la mayoría se repartía el botín capturado en el campamento abandonado y encendían fogatas para iluminar, a tamborazos, su victoria anticipada.

-Soldados no teman. Esperen que la noche nos cubra para intentar la retirada.

-Es imposible escapar a nuestro destino, Capitán.

-Nadie escapará al destino si antes se da por vencido. Soltaremos los caballos heridos y sedientos para que en tropel se larguen al río en busca de agua. Los Yaquis creerán que escapamos y los seguirán en la obscuridad rumbo al norte, mientras nosotros escapamos protegidos por el silencio de la noche camino sur de los mayos, que son nuestros aliados. Nadie hablará, ni hará ruido, que delate nuestra última carta. Cada quien salvará su vida caminando en silencio al sur, donde estaremos al amanecer.

La última estrategia se ejecutó con impecable precisión, porque al punto de la medianoche cuando los Yaquis festejaban tener la presa rodeada, soltaron los caballos heridos que partieron en tropel relinchando de dolor al río, y tras ellos la tropa de indios a pie, corriendo por los matorrales a obscuras y desconcertados a pie. Tuvieron que esperar el amanecer para encontrar las bestias en la ribera del río a distantes tramos y el campamento vacío de los cautivos para darse cuenta del magnífico engaño.

Cuando, repuestos de la sorpresa, intentaron capturar a los fugitivos estos habían llegado al territorio de los Mayos quienes los protegieron de inmediato. Los principales, *Osa-mea* y *Bootisua-mea*, ofrecieron al Capitán recuperar las fuerzas con una abundante comida. Diego redactó un mensaje para el Padre rector Martín Pérez, utilizando el último pedazo de papel de sus alforjas y como tinta la pólvora de arcabuz y como pluma la punta de su daga italiana.

-Es un hechicero que se escapó con vida en nuestra propia tierra decían los Yaquis en su reunión.

-Tenemos el botín de sus caballos, armas, ropas y utensilios pero se escapó la presa principal, que es el Capitán *Sule*. Nadie estará a salvo en el río.

-Vencimos al ejército mas poderoso que los españoles han reunido jamás de cuatro mil aliados.

-Pero no tenemos ninguna cabeza de los vencidos en nuestras chozas.

El río de los Mayos curó la dramática sed y las heridas de la derrotada vanguardia, dándole protección y comida abundante para regresar al Fuerte donde la alarma se extendió ante la increíble derrota, creyendo al Capitán muerto en la batalla.

-Padre, los Encomenderos estamos a riesgo de morir también abandonados por los presidiales ¿Quién los envío a una muerte segura en el río de los Yaquis? Toda la provincia se puede levantar en armas, viendo como fueron derrotados nuestros soldados.

-Tenéis razón –dijo el Padre Martín Pérez, rector. Enviemos cartas a todos los Encomenderos y misioneros que se reúnan en el Fuerte para reorganizarnos ante la posible rebelión de las tribus de Sinaloa. Que mañana estén todos reunidos aquí para tomar una decisión.

-Hay que avisarle al gobernador de Vizcaya que la muerte del Capitán del presidio ha sido por su propio riesgo y de gran daño para la colonia española.

-Que le avisen al Virrey, los Encomenderos no estamos conformes con la autoridad de los misioneros que dejan de proteger nuestra vida, viendo el peligro en que queda lo que tanto trabajo ha costado.

Al día siguiente, reunidos los ocho misioneros de la provincia de Sinaloa, se dispusieron a rezar una misa por el Capitán y los veintidós soldados muertos en la batalla.

La misa se celebraba con el ánimo abatido de todos los participantes y la desesperanza llenaba de silencio el rústico recinto, que de pronto retomó en gritería y acción, saliendo al escuchar que llegaba uno de los soldados con la buena nueva:

-¡Regresa nuestro Capitán! ¡Está vivo, con sus valientes soldados!

- ¡Vivos somos!

El mensajero le entregó al Padre rector el mensaje del Capitán: *"Perdone Dios a los que nos desampararon en la batalla. Yo y los soldados heridos que conmigo quedaron, aunque heridos, estamos con vida y vamos caminando poco a poco, por el cansancio rumbo al Fuerte". Capitán de Hurdaide.*

-¡Alabado sea el cielo! –Dijo- está vivo el Capitán Hurdaide y regresa con toda la vanguardia para bien de muchas almas y naciones. Gracias a Dios por ver y oír suceso tan maravilloso. Que después de tan arriesgada aventura y desamparo, hayan escapado con vida de enemigos tan furiosos y salvajes como los Yaquis Vayamos a su encuentro.

Y una comitiva de más de cien gentes caminó a su encuentro.

-¡Capitán, el Señor está contigo! ¡Ha sido un milagro tu regreso!

-Los traidores nos dejaron desamparados. Vamos a buscar a los irresponsables para darle garrote por haberse fugado.

-Eres valeroso y prudente, Capitán, te conviene reconocer la flaqueza de los que huyeron de la batalla porque si los ejecutas, las tribus cercanas verán la oportunidad de rebelarse contra tu autoridad -dijo el Padre Andrés que fue a su encuentro.

-Regresaré a cobrar cara la derrota –contestó Diego.

-Siento por esta vez contradeciros, pero los Encomenderos han enviado queja al Gobernador de la grave amenaza que padece El Fuerte, porque están inconforme con la salida de los *Huites* a su tierra, y la guerra desastrosa contra los Yaquis. Mientras no lo ordene el virrey, no habrá otra batalla sin su correspondiente autorización.

-He trabajado siempre al servicio de Dios y del Rey; he luchado contra estas naciones belicosas sin descanso y ahora, que he tenido una sola derrota, me juzgan sin causa justa.

-Nadie desconoce tu valor, Capitán. Más bien lo que no están conformes es por la temeraria batalla, a más de cincuenta leguas del Fuerte. La derrota no tiene héroes ni mecenas.

-He dado gran número de victorias sin recibir joyas ni halagos sometiendo a todas las tribus del fin del mundo.

-Pero se te olvida una sola cosa: La conquista es cuestión de la nación española, no es propiedad exclusiva de ninguno de los soldados del rey, y tu has fracasado últimamente por saciar tu venganza personal, en vez de actuar con la consigna estrictamente militar.

-Es cuestión de táctica y corregir los errores de la anterior batalla, para vencer a los aguerridos Yaquis.

-Recuerda que los salvajes de esta tierra han sido fácilmente vencidos con los actos de la fe, no con las armas. Si Dominas su alma, el cuerpo se rinde a tus pies. Esta es la clave secreta. ¿Ya lo olvidaste?

-Soy el Capitán de Sinaloa y asumo mi responsabilidad por los actos de guerra. Temo por la vida de Osali y mi deber es recuperarla.

-Ahora daremos cauce a los ejércitos de la fe. Confía en la fuerza de La Palabra.

-Ningún misionero quiere ir al río de los Yaquis.

-Lo sé. Yo mismo iré para rescatar a Ósali. Soy el misionero de Dios y te pido, en nombre del Rey que claudique tu afán de venganza.

-Doblegaré a los Yaquis como a todas las tribus que he doblegado, aunque sea lo último que haga en esta vida.

-En tu lugar de Capitán seguirás hasta que lo ordene el Gobernador.

-Son salvajes y destruirán nuestro trabajo.

-Tú sabes bien que no saldrán de su territorio ni atacarán lejos de su río.

-Sabrán en la Nueva España que fuimos vencidos por unos salvajes.

-Como la luz y la noche, la historia de esta conquista da vida y la quita. Da fama y olvido. Renombre y oprobio. Pero sobre todas las cosas, nunca se te olvide, que da la oportunidad de servir a Dios. Cura tus heridas del cuerpo y pide consuelo para tu dolor.

Capítulo, *Ba-ji Mam-ni Ama Ba-ji,* Dieciocho

El anciano Padre Pedro Méndez, cumplidos los ochenta años, partiendo de Navojoa continuó la conversión de la última de las misiones en el lejano y serrano pueblo de *Sa-ua-ipa* y su cacique *Tsi-Tsi-bota-li*, "El señor de la gran montaña", en la alta rivera del río *Yaqui*, oficiando su misa bajo la enramada principal. Sea de esto lo que fuere, *Sa-ua-ipa, llamada "Pueblo de los Corazones"* se halló ser la nación más dócil y más culta de todas las que hasta allí se habían descubierto. Habitaban en unos valles de bello cielo y saludable temple, cercados de montes no muy altos. En el traje, son muy diferentes: los hombres se cubren con una pequeña manta pintada de la cintura a la rodilla, y cuando hace frío usan unas mantas grandes de algodón; las mujeres van cargadas de vestidos, y al entrar en la iglesia hacen tanto ruido como si fueran españolas. Se ponen a más de eso un delantal, que en muchas suele ser negro, y parece escapulario de monja. Las doncellas especialmente usan una especie de corpiños muy bien bordados; y así todas son honestísimas. Son estos *Pimas* muy sobrios en el comer, y por eso gozan de muy buena salud. Sus casas son de barro y de terrado, a modo de las que se hacen de adobes, y mejores, porque aunque el barro es sin mezcla de paja, lo pisan y disponen de manera que queda como una piedra, y luego lo cubren con maderas fuertes y bien labradas. En las danzas que hacían en muestra de alegría, fue muy de notar que, aunque danzaban juntos hombres y mujeres, ni se hablaban ni se tocaban inmediatamente las manos, sino asidos a los cabos de mantas o paños de algodón, y las mujeres con los ojos en el suelo con grande compostura y recato. La primera misa bajo la enramada reunió a todos los habitantes de *Sa-ua-ipa*, la mayoría por curiosidad, con una excepción:

-¡Ave negra! ¡Lárgate de mi tierra! –le gritó el hechicero, armado de un par de cuchillos de obsidiana.

-¡Detente, demonio! –gritó asustado el Padre.

-¡Te mataré!

Los cuchillos de obsidiana rasgaron la sotana e hirieron en los brazos y espalda al sorprendido misionero, que cayó fácilmente en el suelo y estuvo exactamente debajo de la mano armada de su agresor a punto de morir. El jefe *Sisibotari* alcanzó a ver el peligro y arrojándose con su propio cuerpo protegió la vida del Padre y desarmó al agresor. Tenía el brujo las manos frías y húmedas, era de cuerpo más bien alto y enjuto. Era humilde e hipócrita: humilde a la manera de los traidores.

-¡Captúrenlo y amárrenlo para llevarlo prisionero!

-Es el hechicero de los *Ba-a-tuca*.

-¡Maten al *Yori*, antes que mate a los *buquis* con su bautizo! –replicó el brujo.

-Manden avisar al Capitán de Sinaloa sobre la traición de este hechicero.

Cinco días después llegó un escolta de tres soldados con la orden de ahorcarlo al atardecer, en el centro del pueblo para ejemplo de los demás. Por su propia cuenta los testigos sacaron silenciosamente sus arcos y a flechazos terminaron de cumplir la sentencia del rebelde.

Por orden del Provincial en lugar del anciano Padre Méndez llegó el Padre Bartolomé Castaños a continuar la conversión de *Sa-ua-ipa*, para que el Padre Méndez se recuperara de sus heridas y ya se retirara como misionero. En los años anteriores el anciano Padre Méndez había trabajado arduamente en la conversión de los Mayos, reagrupándolos en siete pueblos a la ribera de su río, con sus siete iglesias hechas de jacales. Oriundo de Portugal, nació en 1555, en Villaviciosa, diócesis de Evora, en Braganza, llegó a México en 1588 y aprendió náhuatl antes de ser comisionado, junto con el Padre Hernando de Santarem, a la Provincia de Sinaloa. Anduvo en mula más de dos mil leguas, dominaba cinco lenguas y trabajó con unas cuarenta tribus bárbaras de Sinaloa, construyó unas veinte iglesias y bautizó unos treinta mil Mayos. No duraría su receso más de dos años cuando solicitó su regreso en una carta al Provincial Nicolás de Amaya.

- Dios esté en su corazón, Padre Castaño.

-Así sea. Os agradezco la bienvenida, Padre Méndez.

-Me alegra que seáis tan joven, además de portugués.

-Somos paisanos. Vengo de la *Cidade* do Santarem.

-¿Alguna vez ha sentido hondamente la nostalgia del paisaje natural portugués?

-Si, pero muchísimo. Yo recuerdo cuando descubrí en mi infancia la belleza del mar de Lisboa y su concierto de olas que se bañan en la *Praia do Vilamoura* de la costa azul. Me posé en el mismo sitio de donde partió Vasco Da Gama para rodear el mundo. Patria de marinos y soñadores es mi *Oporto* lejano.

-*Portus Cale*, Portugal, el "Puerto Bonito". Yo amo la Vila Nova de Gaia, al otro lado del río Duero, la costa atlántica de inmensas noches para contar cuentos marineros del antiguo saber fenicio.

-De su mesa: el bacalao, el caldo verde, las francesinhas, y el lechón de *Bairrada*.

-El célebre vino del Duero, del Alentejo y del Miño.

-Los generosos de Oporto y Madeira.

-Lo más nostálgico es el canto del fado y la viola.

-El fado es un lamento natural en *Lusitania*, la tierra de los más osados navegantes del mundo.

-Según la leyenda, *Os Lusiadas*, los descendientes portugueses de Luso, hijo del dios Baco, cayeron en brazos de Las Nereidas, diosas del mar.

-Si no tuviese el orgullo de haber nacido ahí, viviría siempre con la añoranza de la pasión de los portugueses por las aventuras.

-Y ¿Sinaloa?¿No es una gran aventura?

-He sentido mucho más el Mar del Sur que los recuerdos antiguos al levantar un puñado de arena en este lugar. Sus ríos me impresionan tanto como sus llanuras. Levantar un puño de arena, pensar: "Aquí tengo el fin del mundo en la mano, aquí está el desierto sin fronteras". O llevar la mano al agua y decir: "Bueno, lo que estoy tocando es el *Mare Nostrum*". Esto me emociona profundamente. Cuando llegué al río de los Mayos, y me encontré en el último rincón de esta tierra, *In extremo hoc térrea*, solo, entre innumerables bárbaros, simplemente lloré.

-Tal vez no sea El Fin del Mundo.

-Tal vez no. Pero la soledad, hace que para mí si lo sea. Es bochornoso llorar así (se ríe). La arena y el agua se escapan fácilmente de las manos.

-Eso quiere decir que uno no descubre nada, que uno va reencontrando lo que ya existe.

-Por un tiempo me retiro al Colegio de México, pero espero volver el próximo invierno.

-Mucho ha trabajado en la región de los Mayos.

-Nunca está la mies terminada. Al contrario en la viña del Señor siempre faltan obreros.

-Los *Yaquis* han dejado las armas al fin.

-Aquella misión correspondió al Padre Andrés, todavía lo recuerdo. Siete años antes desde el inicio de su misión, en el día señalado de la Ascensión del Señor del año

1617, despedí al Padre Andrés y Thomas Basilio. Este último recién llegado de Italia, no conocía la lengua de la región.

-Antes que se retire, por favor, cuénteme la historia.

-Recibieron mandato del Padre Rector, Martín Pérez, de evangelizar a los *Yaquis*.

-Fue un gran peligro, sin duda.

-Nadie conocía el camino. Los temibles *Yaquis* vigilaban los senderos permanentemente y los detuvieron de inmediato. ¡Ese era el gran riesgo!

-No permiten extranjeros en sus tierras.

-Escucha la desconocida historia: Desde la derrota del Capitán Hurdaide se tornaron más altaneros y vengativos con la *Gente de Razón*.

-Quisiera pedirle, Padre Andrés, me permita acompañarles en tan peligrosa aventura –les dije sabiendo que se negarían. A mi me conocen por los cuatro años que tengo trabajando en las tribus del río Mayo y creo que me tendrán mas confianza y consideración.

-Dejemos que Dios nos acompañe, en el camino de esta tierra belicosa y rebelde -me contestó el Padre Andrés.

-Parece empresa imposible por las innumerables dificultades que les esperan entre los salvajes *Yaquis*.

-Partiremos sin escolta. ¿Cuantas leguas hay hasta el río *Yaqui*?

-Once más o menos. Llevan puestas sus cabezas en el tajón, los acompañare unas leguas al menos. Rezaré cada noche por ustedes y esperaré cada mañana su regreso: ¡*Deus os acompanhe*!

-Ya no le interrumpiré –dijo el Padre Castaños.

-El Padre Andrés era el más lacónico de los conversadores, la última noche de su partida a la capital de la Nueva España, me narró esta aventura, como si estuviera hablando en voz alta, con él mismo.

-¿Tenía conciencia de su ingenio? ¡Disculpe, ya no lo interrumpiré!

-Estoy seguro que pensaba en voz alta. Estoy seguro de ello, porque si uno le distraía con algún comentario se incomodaba. Yo diría que se pasó la vida pensando; que lo que ha escrito es una parte minima de lo que pensó, y quizá fuera mejor pensador que escritor. Así me contó:

-Antes de llegar al primer pueblo *Jeca-tacali* de la parte alta del río, salieron a mi paso los dos caciques principales, *Jimsi-mea* y *Conibo-mea*, cubiertos con una piel de león y el otro de tigre, acompañados con un gran número de flecheros. Son estos indios generalmente de más alta estatura que los de otras naciones y más bien agestados en el hablar alto y con bríos diciéndonos con gran arrogancia:

-La tierra que pisas es de la Nación *Yaqui*.

-Venimos en son de paz ¿Por qué me gritas? ¿Por qué me hablas de *tú*?

-¿No ves que soy *Yaqui*, "El que habla a gritos"?

-No ha menester hablar en tono tan arrojado, si venimos a saludar en paz.

-¿Tienen la misma sangre de los soldados españoles?

-Somos misioneros de la santa paz, no traemos armas.

-¿Qué quieres *Yori*?

-Hablar de La Palabra de Dios.

-Los *Yaquis* tienen sus propias palabras, "*No-o-quim*".

-El mensaje de Dios es para todos los pueblos, para que aprendan a vivir, a construir pueblos e iglesias.

-¿No trajeron armas ni caballos?

-Les enseñaremos a sembrar. Traemos trigo, palas, coas y cuchillos.

-Vendrán con nosotros a nuestro pueblo, si el Consejo de los Ancianos los acepta, serán bienvenidos; si los rechazan, regresarán por este mismo camino.

-¿Cuantos pueblos tienen asentados en su río?

-*U-oi mam-ni ama se-un*.

-¿Once? ¿Nos acompañarán a todos los caminos?

-Cada pueblo tiene su *Coba-na-o*. Los pueblos bajos odian a los *Yoris*, es mejor que no lleguen con ellos.

Llegaron a *Jeca-Tacali* y salieron las mujeres y los niños con gran curiosidad de ver a los hombres blancos, sus distintos ropajes, sus utensilios diversos, y las dos mulas que montaban: Un espectáculo sin precedentes. De manera que concurrió un gentío de los poblados y rancherías vecinos.

-Hijo mío, el Padre Basilio y yo llegamos a esta tierra tan apartada y remota, con muchos trabajos...

-Dejamos familia y riqueza en la casa lejana donde nos criaron –habló por vez primero el italiano.

-Es la primera vista a la nación de los *Yaquis*.

-Después de esta vida nos queda otra que pasar. El Dios único que nos ha traído habrá de pedirnos cuentas de las obras que en este mundo terrenal hemos hecho –volvió a decir el misionero de Italia.

-*Conibo-mea*...

-Dime, Padre.

-¿Has oído hablar de la Reina de los Huites?

-Si.

-¿Sabes donde se encuentra ahora? ¿Estás seguro? -Me interesa mucho verla.

-En *To-im*.

-¿Está prisionera?

-Si. Es la mujer de *Ogbo-Mea*, el sanguinario. La obtuvo como botín en una pelea contra *A-ia-mea,* después que Lautaro la trajo a regalar.

-¿Puedes llevarme a Torim?

-No. En el quinto pueblo nadie entra sin permiso y, si entra, no sale con vida. Te aconsejo mejor que te quedes río arriba para que tu vida no corra peligro.

-¿Son belicosos?

-Allí está la "Loma Sagrada", es el centro de reunión de los Once Pueblos *Yaquis*. Tienen un *Coba-nao*, jefe *"Anabai-Lutec"*.

-Con él hablaré.

-El Consejo Supremo, formado por cincuenta ancianos, de gran respeto y saber, ordena y manda a todos los *Yaquis*. Para que llegue un extranjero se requiere de ser llamado por el Consejo.

-Iré de cualquier modo.

-Dejarás tu vida si te atreves. *Jeca-tacali, Co-co-i, Ba-a-cum, Abaso-oim,* aceptan la visita de los Padres, pero de *To-o-im, Bí-cam, Ra-a-um, Pótam, Uíli-bim, Uásima y Uai-mam,* son rebeldes y odian a los Yoris.

Llegaron al pueblo de *Abaso-im*, rodeados de un gentío como de seiscientas gentes que curiosos y admirados, veían a los Padres llegar montados en sus mulas, un verdadero espectáculo para la gente que nunca había visto hombres blancos ni bestias de carga. Como el Padre Andrés hablaba en su propia lengua aceptaban escuchar sus sermones y bautizar a los niños. Preguntaban los extranjeros si había enfermos para visitarlos y rezar por la salvación de su alma, así que le informaron de un indio enfermo en el próximo poblado de Tó-o-im. Tres años corrían desde que juntos, dieron principio a esta nueva misión y cristiandad y decidieron que el Padre Basilio, que ya dominaba la lengua, se quedara a seguir con los bautizos mientras el Padre Andrés se aventuraba al poblado de Tórim.

-Padre, hay un *Io-eme* enfermo, con llagas, en el pueblo de *Tó-im* –le informó un *correveidile*.

-Quiero ir a rezar por su alma.

-Es muy peligroso. El *Coba-nao,* no quiere que vayas.

-No me importa el peligro, quiero ir a salvar su alma.

-Iré yo a visitarle –dijo el Padre Basilio.

-Mejor iré yo porque los *Yaquis* muestran más estima y rendimiento cuando se les habla en su propia lengua. Mientras se quedará usted a bautizar los niños que están pendientes.

-Como usted diga, Padre.

-Vuélvete porque es una traición del enfermo para matarte –le advirtió el *correveidile.*

-¿Una traición?

-Si. Quieren matarte. Mejor no vayas. Culpan a los blancos de traerles esta enfermedad.

-De todos modos iré a ver al enfermo.

Llegó el Padre y sus dos guías hasta las milpas, media legua antes de Tórim, y encontraron al enfermo tirado en el suelo. Era un viejazo, como un gigante caído, con pústulas en todo el cuerpo y la cara. No se podía menear del lugar sin dar gritos y su hedor pestilente invadía el jacal. Su boca babeante dejaba asomar la lengua roja e hinchada, dándole un aspecto monstruoso de iguana por su facies nodulosa y deformante. Su ojo derecho tenía una llaga manando pus en la pupila cegándolo totalmente.

-¡Es el mal de viruelas! ¡Es un castigo de Dios!

-¡*Co-co-li-tsi*!

-¡Dios los agarre confesados!

-¿A qué vienes aquí? ¿A matar gente? ¿En ese animal andas? –dijo con voz cavernosa el desahuciado.

-Estás enfermo. Déjame rezar por ti. ¿Fuiste a Sinaloa? ¿Viste algún otro enfermo de esta peste?

-Si. Fue con los Guasave –respondió el hijo que lo cuidaba. Y las calenturas lo tienen postrado hace cinco días.

-¡Lárgate, *Yori*! Prefiero la muerte que tu presencia ¿Quién te mandó llamar? Traes faldas negras, *Chucu-li cualim,* ¿Acaso no eres hombre?

-¿Como le hablas al Padre de esa manera?

-¡Tú cállate! Porque también a ti te mataré.

-Me avisaron que estás enfermo y quise venir en tu ayuda.

-Padre, suba en su mula y mejor vámonos de aquí.

-¡Trae el arco y las flechas! ¡Corre hijo! ¡Mátalos! para que no regresen al río de los *Yaquis.*

-¡Detente! Venimos sin armas. Es importante curarte para que no se enfermen los demás.

Una flecha rasgó el viento y de un sólido chasquido le atravesó el corazón antes de dejarlo muerto a uno de los guías con la cara en el polvo.

-¡No dispares, por el amor de Dios!

-¡Vas a morir espantapájaros! ¡Buitre maldito! –barbotó arrojando las últimas babas sanguinolentas.

Saltó a su mula y salieron corriendo y varias flechas pasaron cerca de su cabeza. La última acertó la pierna derecha del otro guía, produciéndole gran hemorragia, pero afortunadamente no era envenenada y logró llegar con vida al pueblo de *To-im* donde el cacique los recibió y lo curaron.

-¿Como te llamas?

-*Anabai-Lutec.*

-"Se Acabaron los Elotes", ¿Tu fuiste a Sinaloa?

Le lavaron la herida en el río, lo cubrieron con hojas de sábila, y lo inmovilizaron con una malla tejida de palo de pithayas.

-Te advertí que no llegaras con el enfermo.

-Quise rezar por su alma, pero ordenó a su hijo que nos matara. Venimos en son de paz y desarmados. El otro de mis guías quedó muerto frente a la choza.

-Seguramente su cabeza adorna la entrada.

-No tengo autoridad para castigar a nadie por sus actos pero reuniré esta noche al Consejo de Ancianos para que delibere el asunto.

Después de la reunión acudió de nuevo con el Padre para decirle que acordaron entregar al hijo del enfermo al Capitán de Sinaloa para que lo castigara por intentar asesinarlos; que tenía autorización y permiso de la tribu para venir y capturarlo.

-¿Puede venir el Capitán de Sinaloa a capturarlo?

-Es la decisión del Consejo.

-¿No lo atraparán para matarlo?

-El Consejo tiene la palabra de los dioses, nunca miente, nunca falla. Vendrá libre y libre saldrá. Solo puede traer dos escoltas.

-Mandaré avisarle para que venga por el prisionero.

-Ustedes regresarán a *Abaso-oim*, porque el Consejo ordenó que nadie venga a vivir a *To-o-im*.

-Haremos lo que mandas.

-Enviaré un mensajero al Fuerte, pero el Capitán no puede venir a su pueblo para que lo traiciones y lo mates.

-Puedes enviar uno de los nuestros para que veas que tenemos la fuerza de la palabra.

-¿Como garantizan que sea verdad su palabra?

-Como sea.

-Entreguen a Lautaro el fugitivo.

-Dile al Capitán que te entregamos a Lautaro, porque no es de nuestra tribu, para que confíe en nuestra ley.

Y le escribió una extensa carta donde le explicaba la situación actual y el permiso de los *Yaquis* para que entrara a sus tierras a capturar al rebelde que los atacó. En la misiva le decía, en el último párrafo, que en el pueblo de Tórim estaba prisionera la Reina de los Huites, que a su llegada le tendría más información pero que llegara lo más rápido posible.

Cinco días después regresó el *correveidile* de *To-im* con dos presentes: un caballo para el cacique del pueblo y un cargamento de flechas.

-El Capitán te envía de regalo este caballo en agradecimiento por haber salvado la vida del Padre y por haberle entregado a Lautaro para ahorcarlo en la plaza del Fuerte –le comunicó el mensajero al Coba-na-o, el jefe Anabai-Lutec.

-Y ¿las flechas?

-Son para todo el pueblo. Me ordenó que las arrojara en el centro de la plaza y le dijera a los *Yaquis* que tomaran las flechas y las guardaran porque vendrá a visitarnos dentro de seis días.

-¿Para qué son las flechas?

-Dijo que si queremos matarlo necesitamos tener muchas flechas para matarlo.

-Nadie lo matará si viene solo sin sus escoltas.

-Así le dije.

-Esperaremos que llegue. Tira las flechas en la plaza.

La llegada del Capitán de Sinaloa fue un acto de verdad impresionante. Acompañado de su escolta, dos soldados armados con espadas y cascos de hierro, cuatro perros galgos, su capa roja cubriendo la parte posterior de la cabalgadura y su látigo amarrado de la silla de "Rúcio" eran dignos de admiración entre el gentío de *To-im* que se reunió a recibirlo. Primero salió *Anabai-Lutec*, el gobernador, *Coba-na-o*.

-Gracias te doy, *Coba-na-o* por salvar la vida del Padre Andrés.

-Tienes permiso del Consejo de Ancianos de capturar al culpable.

-El viejo enfermo murió hace días.

-¡*E-ui!*

-El hijo se entregó cuando llegué a su milpa sin oponer resistencia. Me dijo que mató al guía por órdenes de su padre.

-¡*E-ui*!

-Por eso lo perdoné.

-¿Lo perdonaste? Eres justo, Capitán *Sule*.

-"Egüi".

Todo el pueblo reunido en torno a la plaza seguía de cerca la conversación y estaba de acuerdo en el señalamiento de los dos jefes. La reunión estaba punto de concluir cuando el relincho de un caballo en la loma llamó la atención de Diego.

-¿*Ie-Tchi*? Ese caballo negro, es mío.

-El caballo es mío, lo gané en una lucha –le contestó el jinete que llegaba al galope.

-¿Quien eres tú para hablarle así al Capitán de Sinaloa?

-Huiste la última batalla. Tu *Ca-ba-i* estaba suelto en el río, ¿por qué lo reclamas ahora?

-El caballo es mío porque lo traje desde Durango, y vas a devolvérmelo.

-*Ogbo-Mea* tiene razón, Capitán *Sule* –intercedió el cacique.

-¿*Ogbo-Mea*?

-Lo ganó en una pelea matando a *Ai-ia-mea*.

-No me importa lo que tú digas. Ese caballo es del Capitán de Sinaloa, todo el mundo lo sabe. Creí que había muerto de las heridas de la batalla.

-Tu sangre *Yori*, no vale nada en territorio Yaqui.

-La tierra y su gente son súbditos del Rey de España -Contestó el Capitán a *Ogbo-Mea*.

-Esperen. Los dos tienen que obedecer la decisión del Consejo de Ancianos. Al caer la tarde volveremos a reunirnos en este lugar. Mientras tanto, les ordeno se separen. Si alguno intenta pelear por su propia cuenta, será capturado y ajusticiado.

-Acepto obedecer.

-Acepto.

Anabai-Lutec reunió a los ancianos y al concluir su asamblea, trajo el mandato:

-La decisión del Consejo es la misma tradición de los guerreros Yaquis. Cuando dos hombres se disputan la misma mujer, luchan en la plaza teniendo de testigos a todo el pueblo. Igualmente, esta vez pelearán por un *Ca-ba-i*. Los contendientes pueden decidir si usan sus propias armas o la de su adversario. Si el adversario se rinde se le perdona la vida, pero, si deciden luchar cuerpo a cuerpo, pelearan dentro del círculo de los dioses. Se alcanza el triunfo con la muerte de su enemigo. El Vencedor se lleva a la mujer.

El vencedor se lleva a la mujer... y, en este caso, el *ca-ba-i, caballo*.

-No tengo miedo luchar contra los *Yoris* aunque sus armas vomiten fuego.

-Para vencerte no necesito más que mis propias manos. Acepto pelear en el círculo de tus dioses.

La expectación y el silencio rodearon al gentío que caminaron hasta la loma sagrada de *To-im*, donde el cacique dibujó, con conchas de almejas, un círculo de unos ocho metros de diámetro en la cima altiplana. El sol de rayos anaranjados se asomaba entre las nubes del atardecer y el río que rodeaba la única loma del caserío, hacía mas pausado su caudal para unirse a la expectación de los reunidos. Desde este punto, en la lejanía del oriente, emerge soberbia la sierra de los carrizos, *Ba-ca te-te*, y hacia el poniente, se adivina el océano, *Ba-a-tue*, cercano.

Por su ubicación exacta en el centro geográfico del territorio y el sinuoso trayecto del río, los *Yaquis* consideran a este lugar, sagrado. Hacia el norte hay una enorme cabeza de piedra con la boca abierta, *Tami-ja-uei*, que según la leyenda de *Ui-quit*, el Hechicero, fue cercenada de su largo y monstruoso cuerpo. La cadena de pequeñas montañas rocosas que se extiende de cuerpo a cola por más de dos leguas con rumbo a la cercana loma sagrada. Según la leyenda en el pueblo de los *Sulem*, ancestros enanos de los *Yaquis*, había un árbol que hablaba. El árbol era profeta. A la tribu *Yaqui* les enseñó el nombre de todos los astros del cielo, pero también les anunció la llegada del norte de un monstruo feroz. Un día los presagios se cumplieron y apareció una serpiente gigantesca amenazando la existencia de los antiguos, entonces los caciques pidieron a la golondrina, *Uoco-babásela*, fuese a pedir auxilio al Gran Chapulín, *Botsi-mea*, diciéndole:

-Mi Señor. La golondrina te saluda en nombre de los Once Pueblos.

-¿Que buscas?

-Tu gran favor para eliminar a la serpiente que se traga a los *Yaquis*.

-¿Quien te envía?

-El Árbol Que Habla.

Después de meditar profundamente, alzó el rostro para contestarle a la golondrina:

-Di a tu Jefe que tendré el honor de poner mis humildes servicios a las órdenes de los Once Pueblos.

El Gran Chapulín primero afiló los serruchos de sus patas, enseguida subió al cerro de los mezquites y pronunciando ciertas palabras misteriosas dio un salto tan prodigioso que una persona tardaría once días y medio para recorrer la distancia que el Chapulín salvó de un solo brinco, cayendo al centro del campamento de los guerreros *Yaquis*:

-Traigan ramas verdes –dijo- para que cubran mi cuerpo y pónganme encima del Árbol Profeta. Cuando pase la serpiente no podrá verme porque se confunde el color esmeralda del follaje. Cuando tuvo cerca la bestia, propinándole dos brutales espolonazos, separó el cuerpo del monstruo y la cabeza cercenada fue lanzada a cuatro leguas. Pero su "Boca-Abierta" puede hablar, todavía degollada, sin moverse, y les dijo:

-"No pude derrotar a los *Yaquis*, es cierto, pero les advierto que la luna es del color de la arena, y, pasando muchas lunas los *Yoris* vendrán del oriente con armas que vomitan fuego: Que los Once Pueblos combatan sin miedo y sin descanso; de lo contrario quedarán Ocho Pueblos; después Cuatro, y ustedes serán esclavos y despojados de su lengua y de su tierra".

La cabeza de piedra, Boca-Abierta, *Tami-Ja-ue*i, quedó rumbo a Ua-ima, y el último segmento del cuerpo de la serpiente, *Baacot-taca*, es, precisamente la "Loma Sagrada" de *To-o-im.*

La apariencia de los gladiadores era totalmente desigual: en el extremo norte *Ogbo-Mea*, alto y musculoso, férreo y poderoso, descalzo y con el dorso desnudo, anunciaba su victoria frente a la admiración de su propio pueblo. La última batalla que ganó, cuerpo a cuerpo, fue contra uno de los jefes Apaches que vinieron a retarlo para llevar a una de las mujeres. Desde niños los *Yaquis* son educados como magníficos gimnastas dando brincos, saltos, piruetas, maromas y contorsiones sobre el suelo de modo que arquean su cuerpo con la misma agilidad de fieras salvajes. Ruedan por el suelo, giran de cabeza con las manos en el suelo, giran de cabeza con los brazos en el aire, y golpean con pies y manos de manera demoledora. Nacieron para guerrear.

En el lado sur, el extranjero blanco, de apariencia ridícula por ser enano, con botas, pantalón y camisa, causaba, más bien, lástima.

Su estatura apenas rebasaba la cintura de su enemigo. Su andar torpe y zambo, no impresionaba a nadie. Más bien, hacía brotar una cascada de risas burlescas por intentar profanar el territorio sagrado de los *Yaquis*. ¿Por qué no decidió usar su daga o su látigo? ¿Por qué se enfrenta, mano a mano, con un enemigo tan sanguinario como su propio nombre de *Ogbo-Mea*?

Preparados los contendientes, un tambor inició la ceremonia acompañada de una canción tradicional, cantada a capela por *Uí-quit*, el hechicero principal y dos *bui-ca-me*, cantadores. Al terminar la pieza, ya lo sabían los espectadores, iniciaba la lucha a muerte. Contagiados del festivo ambiente, todos palmeaban a ritmo y repetían el mismo canto, mientras los espectadores se sentaban alrededor del círculo de los dioses:

Dios del viento norte,
Antes que tú no hay nadie.
Gracias por enseñarme
El camino de las palabras.
Un día me equivoque,
Pero ahora se quien tú eres:
¡Sauaro de mi destino!
Si algún tiempo perdido bien deploro
Es el que malgasté forjando endechas

De amor: sonantes unas como el oro;
Otras finas y agudas,
Como flechas.
Si das y quitas el sol cada día
Dame valor guerrero
Para vivir eternamente.
Dios del viento norte,
Después de ti no hay nadie.

El círculo de los dioses es muy breve cuando el luchador está adentro rodeado de la mirada de los espectadores. *Ogbo-Mea* giró como acróbata sobre su propio cuerpo varias veces colocando los brazos extendidos en el suelo y elevando sus largas piernas hacia el cielo antes de caer de pie frente a su pequeño enemigo. Su tórax inspirado derrochaba agilidad doblándose fácilmente sobre su cintura. Así que cuando su pierna derecha lanzó la primer patada, hundiendo su talón en el pecho de Diego, casi lo lanzó fuera del círculo por lo cual estuvo a punto de triunfar desde este principio. Diego se revolvió sobre si mismo y regresó a ponerse de pie en el lado oeste del círculo. Nunca había enfrentado a un enemigo tan poderoso. A sus espaldas quedaba el sol y el río; Al frente, el imponente *Bacatete*.

Ogbo-Mea, arremetió de nuevo. Esta vez con más poder rompiéndole de inmediato la boca con un manazo y hundiéndole la rodilla varias veces en el tórax. El sol se tiñó de rojo para Diego, porque cuando cayó de rodillas otro rudo puñetazo le hizo sangrar del párpado derecho y la boca profusamente. La pelea era de un solo lado y los espectadores festejaban, del magnifico exponente de su tribu, el alarde de poderío luchador. Para hacer más notable su lucha hacía varios paréntesis acrobáticos, mientras su enemigo sufría de intenso dolor, contorneando en maromas su cuerpo sin apoyar las manos en el suelo. Se acercó dos veces más para patear sin misericordia la espalda y el abdomen del sangrante adversario, aumentando su ánimo de seguro vencedor.

-¿Este es el temido Capitán de Sinaloa? –Gritó *Ogbo-Mea*- mientras seguía buscando la forma de aniquilarlo lentamente. Porque la lucha era a muerte.

La mitad del cuerpo de Diego quedó semiinconsciente fuera del círculo, pero *Ogbo-Mea* consideró regresarlo para que continuara el espectáculo con la aprobación del griterío. Y jalándolo lo colocó dentro del campo de batalla, nuevamente.

-No tiene caso apresurarse –pensó. Lo voy a destrozar de cualquier manera.

Pidió una jícara llena para arrojarle agua a la cara y acabara de reaccionar. Su victoria era cuestión de tiempo, nada más. En una rápida contorsión logró atrapar la cintura de Diego y levantarlo fácilmente en sus poderosos brazos para azotarlo de espaldas contra el suelo, dejándolo exhausto sin aire en los pulmones, a punto de reventarle las vísceras abdominales por la brutal contusión. Cayó otra vez con la mitad del cuerpo fuera del círculo de los dioses y el gigantón lo arrastró otra vez adentro. Casi sin tener contraparte, lo arrojó contra el suelo dejando el final, un poco para después para que los espectadores enardecidos disfrutaran, junto con él, su anticipado triunfo.

-"*¡Og-bo!*" "*¡Og-bo!*¡Sanguinario!* -gritaban unos.

-"*¡Mea!*" "*¡mata, mata!*" -coreaban los otros.

El cielo, solo para Diego, se tiñó de rojo casi oscuro. Sumido el rostro en el polvo, con el reflejo doloroso de su propia respiración de pronto su memoria se iluminó con el último párrafo de la carta que Padre Andrés le escribió:

"No se lo digas a nadie porque los Encomenderos desaprueban todos tus actos y le avisarán a la misma Santa Inquisición. Ven acompañado solamente de dos escoltas con el pretexto de capturar al indio homicida. Las autoridades tradicionales ya te dieron su consentimiento, pero en el pueblo de Tórim, según tengo informes confidenciales, se encuentra Ogbo-Mea el sanguinario que tiene cautiva a Ósali. Tu astucia y valor serán la clave para rescatarla con vida. Date prisa porque la peste de viruelas amenaza a este río. Cuenta siempre con la ayuda de Dios".

Ogbo-Mea levantó sus brazos al cielo par arrojarse por enésima vez sobre su enemigo. Cuando su última patada se acercaba al caído, el Capitán, súbitamente atrapó su pie derecho, se aferró a la rodilla con los dos pequeños brazos y se le escurrió, ágilmente, entre las piernas para quedar exactamente detrás de su espalda. Con un salto felino, una fracción de segundo antes de que se volteara, con un preciso puntapié, quebrantó la resistencia del único tobillo que sostenía el peso de su cuerpazo, derribándolo en un santiamén, mientras sus brazos cortos, como dos tenazas, le aprisionaron el cuello. Fue tan rápido y sorpresivo que nadie creía lo que sus ojos presenciaban.

Ogbo-Mea se revolvió primero golpeándolo fuertemente con sus puños poderosos, pero no logró zafarse del cepo humano que traía colgando de la nuca. Se arrojó de espaldas para aplastarlo contra el suelo, y aunque logró golpearlo en forma contundente y fracturarle el tobillo izquierdo, los férreos brazos del enano empezaron a taponar el paso del aire por la laringe, haciéndole resoplar y abrir las narinas y después las fauces para reclamar un soplo de aire.

La multitud pasmada y en silencio escuchó un estridor anunciando el inevitable ahorcamiento de su héroe. El Capitán seguía prendido al cuello y mientras los movimientos de *Ogbo-mea* se tornaron mas lentos y espasmódicos. Más distorsionados. Más grotescos conforme avanzaba lentamente el tiempo. Todo esfuerzo de rebelarse le fue inútil. El cielo de Tórim, cruzado por nubarrones anaranjados, dejaron paso rápidamente al negro oscuro, el color de las pupilas dilatadas del vencido. A *Ogbo-mea* no lo sorprendió tanto la muerte, sino la derrota frente al miserable y pequeñísimo enemigo *Yori*. "¡Es un *Sule*!", ¿Cómo no lo pensé antes? ¡Como nuestros ancestros! –se consoló por vez postrera al mismo tiempo que dejaba de escuchar un "crack" humillante de su retorcido cuello.

La muchedumbre parecía petrificada, por la impactante escena final, reunida alrededor de lo que no se sabe: del muerto. Nadie hablaba. Nadie oía. Aunque era un país de casta guerrera, nadie creía lo que sus ojos acababan de ver. Y esto no ha sido descrito, digamos por algún amanuense, porque la lengua Yaqui no tiene escritura propia. Entonces las narraciones extraordinarias, como esta, hacen nacer otra leyenda.

-¡Es un hechicero! ¡No miren a sus ojos azules! ¡Es un *Sule*!

Mientras los parientes recogían el cuerpo inerte del vencido, *Anabai-Lutec* rompió el silencio declarando triunfador al Capitán de Sinaloa:

-*Yori*: Viniste, venciste, y te vas. Tienes libre el camino de *To-im* hasta que se oculte de nuevo el sol; es tuya la mujer, y, en este caso, el caballo. ¡Traigan a la Reina de los Huites!

Mientras la derrota se enseñoreaba de los ánimos de los testigos, y la concurrencia se retiraba al amparo más seguro de sus enramadas desde la vereda del río, con ansiosos pasos, trajeron a Ósali a lo alto de la loma ceremonial para encontrarse con el vencedor, todavía caído dentro del círculo de los dioses.

-¡Ósali! soy yo.

-¡Diego! Gracias a Dios que ganaste ¡Estás herido! ¡Déjame curarte!

-No hay tiempo. Ayúdenme a subir al caballo y partamos de inmediato –Diego ordenó a su escolta.

-Diego...

-Sube a *Ie-Tchi* y salgamos de este infierno.

-Gracias a Dios que volviste.

-Gracias a Dios que estáis con vida.

Las cuatro monturas desandaron la vereda entre el mezquital al mismo tiempo que la luna y las estrellas se asomaron por la loma sagrada. El Capitán de Sinaloa no huyó: montó despacio, a propósito, serenamente, mientras decía para si mismo: "Bueno, yo he matado a un hombre, lo he matado en buena ley y no tengo porque huir". Jaló las riendas de *Rúcio* y con lenta agilidad, para no sentir dolor, lo dejó ir a su propio paso.

-Creí que nunca te vería otra vez. –dijo Ósali desde su cabalgadura, mirando al potro de Diego.

-He luchado varios años por tu rescate sin conseguirlo. Pero gracias a la astucia del Padre Andrés al fin te hemos hallado. Se llama *Rúcio* y es el hijo de tu yegua –le dijo acariciando la blanca crin del potro.

-*Rúcio*, que hermoso ejemplar ¿Dónde está mi santo Padre?

-Nos espera en el otro poblado.

-Diego fue una masacre...

-Calla, después me hablarás de aquello -le dijo apretándose la pierna fuertemente contra la cabalgadura para mitigar el intenso dolorimiento.

-Dijeron que tú lo planeaste para vengarte de los *Huites*.

-Después hablaremos, no pierdas el tiempo. ¿Viste a *Mar-y-Luz*?

-Se desbarrancó.

-¿Que dices?

-Se arrojó al precipicio para salvarme, cuando *Coba-mea* intentaba quemarnos vivas... Le debo la vida. Se agarró de su cuello y ambos cayeron al precipicio. Oí gritar al maldito renegado pero a la valiente mujer, no.

-Una vieja bruja me dijo que las buscara en Rarámuchi, donde las entregaron a los Apaches, pero nadie me dijo a donde se las llevaron.

-Solo dos rebeldes acompañaron a *Coba-mea* en el asalto.

-¿Como se llaman?

-Lautaro y *Ba-aui-eme*.

-Ba-aui-eme se arrojó al barranco, también.

-Lautaro se esconde en esta tribu.

-Acabo de ahorcarlo en la plaza del Fuerte.

-Lautaro escapó por caminos que son infranqueables. Con algunos renegados huyó con rumbo a la sierra conocedores del terreno de sus ancestros y nadie se atrevió a perseguirnos. Me trajo cautiva con otras doncellas a cambio de salvar su vida. El aconsejó a los *Yaquis* como pelear contra tus soldados por eso lograron vencerlos.

-¿Presenciaste la batalla?

-No. Los caciques se sortearon las nueve doncellas. Nadie me quería por estar embarazada y el guerrero *A-ia–mea*, me salvó de vivir como esclava trayéndome como su mujer a Tórim, donde nació mi hijo. A cambio yo le dije como capturar a tu caballo en el río y le enseñé a leer en poco tiempo.

-Ósali...

-Decían que tu cabeza está embrujada y tenían miedo de verte por aquí.

-¿Que pasó con tu pueblo? –en lugar de preguntarle: "¿Que le pasó a Don Bautista?"

-Los renegados mataron a todos los *Huites*.

-La envidia de las tribus.

-*Coba-mea* mencionó que venía por órdenes tuyas a cobrar venganza, y consiguió que te odiara en ese momento. Te lo confieso.

-Sabes que nunca dejaré de amarte en esta vida...ni en la otra.

-Para que su horror sea perfecto el cautivo debe ser acosado por los puñales de su ser mas querido y yo estaba horrorizada por la crueldad de tu venganza.

-Te engañó *Coba-Mea* ¿Por qué atacó a los *Huites*?

-Porque *Mar-y-Luz* le contó que, tú me amabas.

-Ella no lo sabía.

-Una mujer calla lo que no te imaginas.

-Ella me lo confesó todo cuando estuvimos cautivas, y yo le agradezco que haya sacrificado su vida por mí. Me regresó la esperanza cuando comprendí tu inocencia.

-Fue muy valiente...

-"Dile al capitán que siempre lo amé –me pidió que te dijera- como él te ama a ti".

-La nobleza dignifica el amor puro, torna a la mujer en una joya preciosa.

-Que rescataras a sus hijas. Me encargó pedirte que recuperaras a las gemelas que secuestraron los rebeldes y se llevaron a la sierra.

-¿Hijas? Ya me lo habían dicho. No puedo creerlo.

-Nacieron en tu ausencia. Para señas una gemela tiene los ojos verdes, *Tsia-ia-li pusem,* y la otra, ojos azules, *Tsa-li pusem.*

-Yo no creía que existieran ¿Sabes si se parecían a mi? –dijo aludiendo a su estatura baja.

-No, desde luego que no: nacieron normales.

-¿Quién sabe algo de ellas?

-Nadie.

-¿Desaparecieron?

-Nadie quiere hablar porque tienen miedo. Un hijo mío, pequeño todavía, se llevaron también al *Bacatete* y no he sabido de su paradero.

-¿Lo secuestraron los rebeldes?

-No. *Ogbo-mea,* después de matar a *A-ia-mea,* para retenerme prisionera entregó al niño para que se lo llevaran al *Ba-ca Te-te* para educarlo con los guerreros. Según su tradición nadie lo volverá a ver hasta que se convierta en un guerrero-coyote.

-Lo hallaremos con el favor de Dios. ¿Cómo se llama?

-*Jeca-ta U-usi,* "El carrizo que nació del viento".

-¿Por qué le llamaste así?

-Es un nombre legendario.

-Es una tierra de leyendas ¿Quieres contármela?

-En los primeros tiempos había un ave grande llamada "*Io-o-bua*", que se comía a la gente, por lo cual tenían que andar cubiertas con ramas en la cabeza para evitar ser vistas desde el aire. De tantos huesos que el ave había arrojado, se formó el *Otam-ca-ui*, el cerro de los huesos. Cierto día, el ave atrapó a una mujer embarazada, próxima a dar a luz, y al momento nació un niño, que recogido por los ancianos, fue alimentado solo con raspaduras de arco y educado como coyote. Al transcurso del tiempo, "El carrizo que nació del viento", *Jeca-ta U-cusi*, se hizo guerrero y se fue en busca del ave para liberar a su tribu y les dijo: "Siembra este carrizo: si muero no brotará, pero si salgo con bien, retoñará siempre".

-Es de verdad legendario.

-El joven guerrero con dos flechazos en los ojos venció al ave, y arrancándole las plumas de colores las lanzó al viento, de donde nacieron las flores del desierto, los peces del río, las mariposas, el colibrí y las demás aves cantoras. Por su hazaña el río se llenó de carrizos.

-No llores, encontraremos a tu hijo.

-Han pasado muchas lunas. Ya nada se puede hacer. Los niños en esta latitud son como mercancía de trueque: de todos y de nadie. En este punto se deshace mi sueño, como el agua en el agua, es morir de amor. Es morir y seguir viviendo.

-No Llores, por Dios. Esta noche tenemos que escapar con vida.

-El Padre nos espera en *Abasorim*.

Que fantástico seria llegar en el momento en que están sucediendo las cosas para describir más de cerca la profunda emoción de tres seres, Ósali, Diego y el Padre Andrés, que se reencuentran después del tiempo perdido. En el momento exacto en que se disgrega el pasado y escaseando las palabras se funden en un hermoso y presente abrazo. Lo real es que cada quien hace su propia memoria. Lo demás es hipotético, irrelevante.

-¡Ósali, hija de mi vida!

-¡Padre!

-Diego, ¿Vienes herido?

-El pie es insoportable en cada trance.

-Déjame entablillarte con varas de pithaya. ¿Cómo lograste rescatar a Ósali?

-Padre, tenemos que salir del territorio *Yaqui* antes que se oculte el sol. Le contaremos después.

-Cruzaremos el río en *Ba-a-cum* y regresaremos en línea recta con los Mayos. No me canso de dar gracias a San Ignacio de Loyola por tenerlos conmigo. Recé la noche más larga de mi vida y prometí, si regresaban con vida, bautizar aquel pueblo como: "*San Ignacio de Tórim*".

-El nombre es lo de menos, Padre, ya hay muchos "San Ignacios". Ahora tiene que dejar de rezar para escapar con vida. Es el trato con estos demonios. Al ponerse el nuevo sol se acaba la tregua y vendrán por nuestras cabezas.

-Los misioneros tenemos el camino libre, *Pare-bo-o,* para andar por el río, pero las misiones han terminado para mí. Regresaré a la Nueva España, a solicitar una fuerza misionera suficiente para la conversión de todos los pueblos bárbaros del río *Yaqui,* quedaron más de treinta mil almas, después del mal de viruelas.

-Lo acompañaré a cualquier lugar del mundo –dijo Diego.

-Ustedes son mi única familia ¿Me dejarán sola?

-El Padre Basilio se quedará en mi lugar para continuar los bautizos, y ustedes vendrán conmigo hasta la Madre España...

-¡Jesús!, ¡Ayúdeme Padre! ¡Jesús! –llegó gritando el Padre Basilio con un borbotón de sangre del pecho.

-¿Qué os Pasa? ¡Dejadme ver!

-¡Que me han flechado en el pecho!

-Clavóle el pecho de soslayo, de modo que a su izquierda la flecha le hubiese atravesado el corazón.

-¿Moriré?

-Déjeme arrancarle la flecha y sacarle la ponzoña.

-Gracias al cielo, no. La sangre mana en abundancia, pero la herida es superficial y no está envenenada.

-Es un verdadero milagro.

-¿Dónde estaba cuando lo atacaron?

-Rezando junto a la fogata para que la peste no cunda.

-El traidor se ocultó en las sombras de la noche.

-Venga mejor con nosotros para curarle y cuidarle en la misión de Navojoa –le animó Ósali.

-Traigan las mulas –ordenó Diego a sus soldados. Partiremos de inmediato. Suban de prisa. Esta noche estaremos a salvo al otro lado del río.

-Este lugar, se llamará "*Santa Rosa de Lima de Ba-a-cum*", en agradecimiento a la primera dama milagrosa del nuevo mundo, por rescatar con vida al Padre Basilio...

-Vámonos, Padre, casi es un pantano este lugar, y será más fácil de olvidar que sembrarlo de rosas.

-...Patrona de Lima, de Perú, de Las Filipinas y del Nuevo Mundo.

-Huyamos, Padre, la noche nos abandona.

-La noche –sentenció el Padre Andrés, desde el lomo de su mula- viene a ser como otra forma del olvido...y, ya va a amanecer.

Capítulo, *Ba-ji Mam-ni Ama Nai-qui,* Diecinueve

stá cumpliendo sesenta y cinco años usted, Padre Martín.

-Sí, hijo, ya lo sé. Es un triste acontecimiento que la gente me recuerda a cada rato ¡Que le vamos ha hacer! ¡Estoy tan enfermo!

-Tres décadas de misionero en Sinaloa, y no deja de escribir.

-Creo que no he cambiado, que sigo siendo el mismo. Yo era un lector al principio, de algún modo escritor que no escribía. Yo creo que no he cambiado. Me veo siempre como un lector apasionado por las Sagradas Escrituras. Desde luego hubiera sido mejor mi destino que fuera lector y no escritor. La casualidad lleva a unos a escribir. Y a otros, no. Y, vos ¿Cuántos años tenéis de Capitán?

-Otro tanto ¿Qué título llevan sus escritos?

-*Relación de la Provincia de Nuestra Señora de Sinaloa.*

-Será de gran interés en España.

-Sobre nosotros crece, atroz, la historia. Describo en breve el lugar, las gentes de esta geografía y, desde luego, los inicios de la evangelización Jesuita.

-Pero debe atender a su delicada enfermedad.

-El cuerpo que ves no es mío. Es una prisión pasajera para mi alma, un pesado fardo para llegar al cielo. Me importa más salvar mi alma.

-Ha viajado por todos los senderos de Sinaloa con ese "fardo" que usted llama. Sus gentes le conocen como "Parebo-eme", "El Caminante".

-Yo prefiero que me llamen Padre Martín. Pero, claro, la gente gusta decirme así. Había menester caminar sin descanso y construir templos para la conversión de tantos poblados, sin mas ayuda que la Divina Providencia.

-Quisiera rogarle que curara de las llagas que invaden su cuerpo. Necesita que ordinariamente le muden los paños.

-Tantas veces ha venido a mí la sangría que vine a quedar del todo debilitado. Estoy impedido de los pies, corto de la vista, falto de oído y algo tardo en el hablar por habérseme entorpecido la lengua en estos últimos nueve años.

-Pero nunca faltó a misa.

-Por los achaques este último año solo me llevan a oírla con mucho trabajo en una silla del oratorio. Me faltan las fuerzas: ¡Plugo al Señor me llame!

-Testigos son los caminos que todos los años hacía por doctrinar la extensa provincia de Sinaloa.

-Son tan diversos y poco sanos los temples de estos caminos que unos días no podía dar un paso por el excesivo calor, y el siguiente amanecía congelada el agua por la fuerza del frío. Me atormentan más dolores. Ruego a Nuestro Señor llevarme, pues no soy aquí de ningún provecho –habló disneico, oprimiéndose el lado izquierdo del pecho.

-Al contrario, su ejemplo nos enaltece. Debe comer mejor en este caso, para que le regrese la fuerza.

-"No solo de pan vive el hombre, sino de la misericordia del cielo". Hay tiempo de sembrar y tiempo de cosechar –tosió varias veces el fraile.

-Es tiempo de epidemias. La viruela corrió de un lado a otro del río *Yaqui* mientras las gentes huían despavoridas o se convulsionaban por el suelo, sin remedio alguno hasta morir.

-Abandonar el caserío cuando se producían más muertes solo sirvió para avivar la llama de la epidemia con más furor. El mal seguirá galopeando y cobrando vidas sin misericordia año tras año, y no se aplacará hasta que el número de los muertos sume más que el de los vivos –sentenció el Padre.

-Estos hechos hicieron que los Encomenderos vislumbraran como arma de guerra la terrorífica espada de la viruela y enviaran nativos contagiados a las orillas del río de los *Yaquis,* que por su rebeldía eran indomables, para dominarlos.

-La angustia y la desesperación doblegaron la orgullosa raza, obligándolos a pedir, a suplicar, les enviaran misioneros a su tierra para que ayudaran a detener la terrible epidemia.

-Pronto llegarán nuevos misioneros, mientras tanto ordenaron de la capital que nadie vaya al peligro.

-Estimo seguir predicando el Santo Evangelio en esta Provincia y moriré aquí, en el desierto, entre gentes bárbaras, tan olvidado del mundo.

-Admiro su humildad.

-Jamás pretendí ser recordado. Nací ignorado. Morir ignorado es mi anhelo mayor.

-Que linda frase. Tal es también mi suerte. Padre, he venido a despedirme.

-Yo me voy, vos os quedáis, Capitán. Sois un verdadero misionero con armadura. El que se despide soy yo: y más sufre el que se va que el que se queda.

-El próximo verano iré a la capital de la Nueva España a visitar al Padre Andrés. Ósali vendrá conmigo.

-Es un gran hombre. Llévale ni respeto y saludos al nuevo rector del Colegio de San Pedro y San Pablo.

-Lo extrañamos mucho.

-¿Viajarás por Durango? –preguntó con voz cada vez mas apagada.

-Sí, señor.

-¿Puedes llegar a su hermosa catedral y rezar por mi?

-Desde luego, una misa *Ad Honorem*.

-Exactamente, después del sol del atardecer, buscaréis la torre poniente de la catedral...

-La cantera de sus arcos es monumental.

-Y esperaréis que salga la luna, pacientemente...

-Lo haré.

-...Si con la luz de plata alcanzáis a distinguir una dama entre las arquerías del claroscuro campanario, rogad al cielo también por mi madre. Es... el único deseo... que no he cumplido: volver... a donde nací... Me faltan las fuerzas... ¡Plugo... al Señor que... me...llame!

-Padre, ¿puedo hacer algo por usted?

En lugar de la última respuesta una lágrima rodó en silencio. Sus ojos intensamente azules –como dos trocitos del cielo de Durango-, pausadamente, se apagaron. Con cada hombre mueren muchas cosas. Digamos, se pierden para siempre. El Padre Martín Pérez murió en su humilde aposento del Colegió de Sinaloa, el 24 de abril de 1626, enflaquecido su cuerpo, lleno de llagas pestilentes, atormentado en medio de dolores. Los misioneros reunidos para acompañar su primera noche en la muerte, estaban de acuerdo en que había algo misterioso en este velorio. Su vestido exterior era de ordinario una sotana tan pobre que con el paso del tiempo tornose en humildes andrajos, pero en su interior era un hombre culto, de letras, prudente, de juicio tan maduro y certero que todos consultaban a su sabiduría –con olor a santidad.

La inconformidad de los Encomenderos por la falta de esclavos para labrar los extensos campos, fue en aumento. Exigían diariamente al Capitán trajese encadenados a los neófitos para trabajar en El Fuerte, sin conseguirlo. Como no lograban convencer al Gobernador que lo reemplazara urdieron tenderle una emboscada. En secreto, Pedro de Perea y los Encomenderos acordaron esperarlo en el camino de Guasave para asaltarlo, pues sabían que acudía cada año a las carreras de este lugar, confiado y sin escolta, al festejo popular de La Virgen del Rosario.

-Ya conseguí al mejor arquero, para que piensen que fue un atentado de los *Huites* –les avisó Pedro Perea.

-Los *Huites* están aniquilados, sin flecheros.

-*Ui-tcha Bicame*, "Canta la Flecha", es un joven flechero de precisión infalible, aceptó enfrentar al Capitán.

-¿Como lo convenciste?

-Fue fácil: los sobrevivientes odian al Capitán de Sinaloa, pues lo consideran culpable de la debacle de su tribu; cree que sus dioses lo señalaron para vengarse y, tarde o temprano, lo cumplirá.

-¿Y la recompensa?

-Tan solo quiere un caballo...

-Le daremos cuantos quiera, si cumple su trabajo.

-...Y a la "Reina de los Huites".

-¿Como la conseguirás?

-Él mismo se la llevará cautiva a sus peñascos. Ya sin la protección del Capitán ni de los misioneros nadie la defenderá.

-Acepta sus condiciones, creo que es lo mejor para todos. Si falla, nadie notará nuestra estrategia.

-No fallará, es el último guerrero.

Juraron los cómplices guardar el secreto a riesgo de perder la propia vida si algún delator los traicionase. A cambio, Pedro de Perea sería el nuevo Capitán de Sinaloa.

La terrible peste de viruelas no dejaba de diezmar los pueblos del río *Yaqui*, y la llamarada no se apagó hasta que, vencidos en su orgullo, los ocho principales caciques sobrevivientes vinieron a pedir la paz, pues creían firmemente que el azote no se calmaría hasta que permitieran la llegada de los misioneros a su tierra.

-Capitán, *Sule*. Venimos en son de paz.

-*Anabai-Lutec*: ¿Quieres paz? ¡La tendrás!, ¿Quieres guerra? ¡La tendrás! ¿Quieres la viruela? ¡La tendrás!

-Los caminos están desolados. De pústulas murieron la mayoría de nuestros guerreros vomitando sangre y con la lengua hinchada. Sus hijos y sus mujeres por igual. Los jacales están embrujados. El que muere mata a los demás. Todo esta abandonado. La milpa está sin maíz y los hechiceros muertos también.

-Es un castigo por su rebeldía.

-Sabemos que eres "Hechicero" y estamos vencidos.

-Ganaron la batalla, pero perdieron la guerra.

-Queremos la paz, y, por orden del Consejo venimos, pero no queremos ver soldados, sino misioneros.

-¿Respetarán la vida de los misioneros?

-Y construiremos enramadas para la misa.

-¿Los Once Pueblos están de acuerdo?

-Ocho Pueblos sobreviven de la nación tan populosa: Es la maldición del "Boca-Abierta", *Tami-Ja-uei*.

-¡Bah! Son supersticiones. Arrojen los muertos al fuego y alejen a los vivos de los enfermos, es la primera orden. Si cumplen su palabra llegarán los misioneros a rezar por la salvación de sus almas. Regresen a su río que la peste se irá por otros caminos. Si me desobedecen la viruela regresará de nuevo.

-Cumpliremos, Capitán *Sule*.

-Les daré un potro a cada uno de ustedes y ordenaré veinte cargas de maíz en muestra de paz. Cada pueblo tendrá un Gobernador, un Alcalde y un Justicia, encargados de conservar el orden y hacer obedecer la doctrina. Si alguno de ustedes me falla, iré personalmente a colgarlos del árbol más alto para ejemplo de los demás, y si es necesario, regresará el mal de viruelas a castigarlos de nuevo.

-Cumpliremos nuestra palabra.

Aunque tuvo mucho tiempo que merecer el castigo de la viruela y llegar las cartas de informes a la capital de la Nueva España, por la intervención del Padre Andrés, Rector del Colegio Jesuita, se enviaron cuatro misioneros -Cristóbal de Villa Alta, Juan de Ardeñas, Diego de Vandersipe, y Angelo Ballestra- a su territorio junto con el Padre Basilio y el anciano Pedro Méndez, que cumplió su promesa de regresar. Todos estos evangélicos entraron con mucho fervor, y trabajaron de tal suerte que en los dos años siguientes bautizaron unos treinta mil sobrevivientes, de los ciento veinte mil pobladores originales, del río *Yaqui*.

-¡Esperen!

-Tú dirás Capitán *Sule*.

-Una última cuestión ¿Conoces a la Reina de los *Huites*?

-Dirás bien. Tú te la trajiste de *To-im*.

-Así es. Pero quiero saber de su pequeño hijo: ¿Alguno de ustedes conoce a *Jecata U-usi*? ¿Alguien conoce su paradero? ¿Alguno de ustedes ha visto al "Hijo del Viento"?

-Está en algún lugar del *Baca-tete* donde viven los más viejos guerreros, y nadie lo encontrará hasta que termine su educación. Es el máximo secreto de esta nación.

Volverá cuando haya hecho el *Juramento Yaqui* como hombre con otro nombre de guerra.

-¿Juramento?

-Al nuevo hombre lo colocan en el círculo de los dioses.

-Conozco el lugar.

-Ataviado con una máscara de coyote. Con el carcaj sin flechas a la espalda y su arco en la mano, es juzgado por los jefes más valientes y los ancianos del Consejo. Ayuna frente a la multitud durante tres días mientras se oyen cánticos al Viento Norte, al Sol, la Luna y al Río. Si resiste la prueba sin una sola exclamación de dolor, con las uñas de león le rasgan el pecho, la espalda y los músculos, es aceptado en la casta de los guerreros con una exhortación.

-Parece un ritual diabólico.

-Es lo más sagrado para nosotros. Se le entrega un mazo de flechas, un cuchillo de obsidiana, y un penacho de plumas de águila, como insignias del valor indomable de los guerreros *Yaquis*.

-¿Cuando se realiza la ceremonia?

-Con la luna llena de octubre. Si cumple el Juramento se le añade a su nombre verdadero el vocablo *"Mea"* que significa "El que mata en la guerra"; como *Buiti-Mea, Angua-Mea, Nasai-Mea, Jimaco-Mea...*

-¿Que dice El Juramento? Repítelo en castellano.

-*Ée betchíbo caita ínto cocó-uamé*
-**Para ti no habrá ya muerte.**
-*Ée betchíbo caíta ínto em íneenéu*
-**Para ti no habrá ya dolor.**
-*Ée betchíbo caíta ínto cóo-coá*
-**Para ti no habrá ya enfermedad.**
-*Ée betchíbo caíta ínto táa-túuneé*
-**Para ti no habrá ya sol.**
-*Ée bechíbo caíta ínto tátáa-liá*
-*para ti no habrá ya calor.*
-*Ée betchíbo caíta ínto tuca-a-liá*
-**Para ti no habrá ya noche.**
-*Ée betchíbo caíta ínto sebe-liá*
-**Para ti no habrá ya frío.**
-*Ée betchíbo caíta ínto ba-e coco-uamé*

-*Para ti no habrá ya sed.*
-*Ée betchíbo caíta ínto iú-cu*
-*Para ti no habrá ya lluvia.*
-*Ée betchibo caíta ínto io-éme-lia*
-*Para ti no habrá ya familia.*
-*Ée betchibo caíta ínto a-le-uamé*
-*Para ti no habrá ya alegría.*
-*Caíta má-jauné síime, lú-u-tec e betchíbo*
-*Nada podrá atemorizarte.*
-*Lú-utec e betchíbo*
- *todo ha terminado para ti.*
-*Sénu uéi-emé jíba*
-*Excepto una cosa:*
-*Túisi em áet iéu iumáaneú*
-*El cumplimiento del deber.*
-*Éu nái-quia uá-cáa-po*
-*En el puesto que se te designe,*
-*Junáme tau-uáne*
-*Allí quedarás.*
-*Uáca-émac iním joacámta jineú bá-e-cái*
-*Por la defensa de tu Nación.*
-*Em pueplo*
-*De tu pueblo.*
-*Éle-e bénac ojbo-came*
-*De tu raza.*
-*Ua-ca entchim tequí-panoáu*
-*De tus costumbres.*
-*¿Ém téu-uac né-sáuta émpo a-iá-nè?*
-*¿Juras cumplir con el Mandato Divino?*

-El nuevo Hombre-Coyote responde "¡*E-ui!*", "¡*Sí!*", entonces el jefe impone las manos sobre sus hombros y al concluir la ceremonia se inicia el ritual de danzas tradicionales toda la noche, como la Danza del Venado.

-Ahora comprendo que mi derrota me impedía conocer estos bellos versos del arte de guerrear. Vence aquél que posee el sublime fin de luchar con dignidad y alcanza el rango único de la belleza después de la muerte. Pero, regresemos a la cuestión ¿A nadie se le permite el paso a la sierra alta? ¿Hay enfermos de viruela en el Bacatete?

-Ninguno.

-Me consuelas, al menos.

-Por esta razón están más vigilados los senderos de la sierra, para que ningún enfermo pueda contagiarlos.

Los emisarios regresaron a su río con la seguridad de haber hecho un tratado de paz favorable para su gente que al verlos de regreso montando a caballo y cargados de maíz, recibieron con gran alboroto la noticia que al fin se acabaría la peste de viruelas.

Diego se reunió con Ósali para informarle que al menos de viruelas su hijo estaría a salvo en algún lugar del Bacatete.

-En mi secreto corazón, a solas me justifico.

-Si claro, es doloroso lo comprendo. Siento el mismo dolor que tú y escucho de mis antepasados la queja continua por no encontrar a mis hijas, por no conocerlas siquiera. Creo a veces que Dios no existe.

-Dios si existe, claro. Los que dejamos de existir somos nosotros, los seres de barro.

-Es una amarga vileza que te arranquen un hijo. Desde luego hay tantas vilezas contra la vida de un hombre enano que la gente se llena de pavor nada más de mirarlo. Creen que el agua, que es dulce para ellos, es amarga en mi boca. Nacer sin gracia, vivir desgraciado: destino cruel.

-Olvidemos los remordimientos. "El olvido es una condición necesaria para el dialogo, para la curación", como decía el Padre Martín, "El odio retroalimenta la memoria del dragón".

-Tienes razón. El Padre obligaba a la gente a ser ingeniosa, a ser inteligente para hablar.

-Y a no contradecirle, es verdad.

-El Padre Andrés nos espera en la capital de la Nueva España ¿vendrás conmigo?

-Ya te dije que mi hogar está en el Colegio de Sinaloa ayudando a la educación de los niños.

-El Padre Andrés me pidió que fuéramos a acompañarlo este año para viajar con él hasta la propia España.

-Regresaré a los peñascos de los *Huites*.

-¿Te sientes culpable de su debacle? "La Reina de los *Huites*" no tiene la culpa. La guerra del fin del mundo ha sido el fin de la mayoría de las tribus salvajes y nada se puede hacer. La Conquista les trajo también otra manera de vivir, como cualquier súbdito de la corona española.

-Soy la causa de su desgracia, ni duda cabe. Pero no todo se ha perdido. Con tan escasos sobrevivientes, como semillas en la mano, mi deber es ayudarles a crecer y a regresarles la esperanza el resto de mi vida. Tal vez encuentre, algún día, a mi hijo.

-Cada día nacen más "Coyotes" y será más difícil hallarlo, pero si ya lo decidiste...

-Nací Huite y así moriré.

-Tú eres una y muchas mujeres de esta tierra. Regresaré a tu lado para trabajar con tu gente.

-Tú eres el prestigioso Capitán de Sinaloa ¿Para qué te vienes conmigo si sabes que nunca te amé? ¿Por qué precisa un hombre que una mujer lo quiera?

-Persigo tu amor, no la fama. Iré a México y renunciaré al puesto. Siempre estaré contigo. Mi destino eres tú.

-Obra mejor: olvida. Yo me entregaré en cuerpo y alma a la doctrina y la salvación de mi gente. Algún día encontraré a *Jeca-ta U-cusi*, aunque le cambien su nombre de guerrero, y tú ¿has pensado buscar a las gemelas?

-Lo aprendí del Padre Andrés: Ningún caudal, ninguna misión, ningún quebranto supera el titulo de ser padre. Después de las fiestas de Guasave saldré a la capital de la Nueva España y con las nieves de enero vendré a buscarlas ¿Iréis conmigo?

-Olvídate de la Conquista Española ¿Quieres un poco de agua? ¿Un trozo de carne seca con chiltepín? ¿Una tortilla de harina?

-Si, estoy hambriento ¿Y las "Coyotas"?

-No les digas así. Son empanadas de piloncillo.

-No soy yo, son los *buquis*, que se enamoran de los olores de tu dulcería. A mi me encantan también ¿Cómo se te ocurrió hacerlas?

-Son simples tartas de harina, amasadas con manteca, horneadas con poca levadura, y rellenas con el dulce néctar de la caña de azúcar que las mujeres de esta tierra han aprendido a hacer fácilmente.

-Les dicen "Coyotas", como te dicen a ti.

-Es por su color de mestiza. No vayas a la Nueva España hay muchos peligros.

-Nada me pasará.

-El corazón se me oprime dentro del pecho.

-Regresaré contigo. Siempre te amaré.

-Y ¿Si no volvieras? Soñé con una higuera sombría en una vereda rota. ¿En que hondonada esconderé mi alma para que no vea tu ausencia?

-No hay presagios que valgan sin la voluntad divina. Espero que sigamos conversando a mi regreso, que volvamos a empezar. ¿Te acuerdas cuando cabalgábamos juntos? ¿Dibujas todavía?

-La gran luna de mi soledad me perdone, pero tengo miedo que no regreses. Odiabas que te dibujara ¿Ya lo olvidaste?

-Nunca llores por mí. Soy un adefesio, no se me olvida. Dibuja mejor al caballo porque es el ser mas perfecto de la creación. El gran conquistador del Fin del Mundo no es el jinete, te lo he dicho siempre. El verdadero poseedor de la nobleza, el poder, la lealtad y la belleza no es el caballero sino el noble bruto que a cuestas le lleva. Traza su musculatura, su figura dinámica cortando el aire, su mirada inteligente...y, si puedes, su desmedido afán de correr hasta la muerte.

-Cuando regreses, te prometo, lo dibujaré.

-Vamos a la carrera de Guasave y verás los más hermosos ejemplares de Sinaloa.

Los mejores jinetes de todos los ríos venían el siete de octubre a orillas del río Sinaloa para competir en las carreras de caballos, desde que el Capitán llegó a *Uasabú*, Guasave, hace veinticinco años. Era el último día de la fiesta de la *Bienaventurada Virgen María del Santísimo Rosario* y reunía a una gran cantidad de gentes en la primera iglesia de adobes construida por el Padre Hernando de Villafañe.

Difundido en todo el mundo por Santo Domingo "Rosario" significa "Ramillete de rosas" por incluir diez Avemaría por cada uno de los quince Padrenuestro en el extenso rezo, que sirvió también de primer glosario para el aprendizaje del castellano, impregnaba el ambiente de melancólica monotonía –porque siempre repite iguales sones- de sacra tonalidad.

Los primeros años de la carrera los potros eran motivo de obsequio del Capitán a cada cacique y simbolizaban los lazos de la alianza entre los conquistadores y los conquistados. Con el paso del tiempo ya se había convertido en una conmemoración de la amistad, las apuestas y derroche de la alegría. Un ritual pagano lo mas cercano posible a la festividad religiosa. O, viceversa.

La pista recta llana y arcillosa, de unas cuatrocientas varas, daba cabida a ocho carriles. Cada vara, medida castellana, equivale a dos codos, o a tres pies, o cuatro palmos. En el plano sur el ancho río es acaso el único espejo de la tragedia. En el norte, una larga fila de álamos y nacapules abrazan con su sombra a cientos de espectadores. Los potros cinco añeros, excepto *Rúcio* que ya es un garañón, montados a pelo con un dogal y una rienda de bozal, eran admirables. Cuando las monturas están listan en la rayita del partidero, un clásico grito de ¡*Santiago*! dispara la orden de salida dando inicio a la velocidad de los centauros con rumbo a la caída del sol. La estrategia del jinete es la clave para ganar y Diego se colocó al frente desde la partida. Su corta estatura, poco menos de un metro y treinta y cinco centímetros, por única vez se convirtió en una ventaja por el menor peso de cincuenta kilos.

La carrera de caballos ocurre en un santiamén. Es muy emocionante porque el tiempo se desvanece frente a la mirada de cada uno de los espectadores. El tiempo se detiene ¿no? ¡Claro! Pero, es curioso, que en toda esta escena competitiva la sangre caliente de los nobles brutos, no obedezca al pensamiento ni a la lógica, ni a la invención del tiempo tampoco. Al final gana siempre el caprichoso azar.

Rúcio lucía esplendoroso, lleno de vitalidad, ostentando su aire natural del galope, que apoya sus cascos en tres tiempos asimétricos y durante el cuarto movimiento se encuentra libre, ondeando su blanca crin al viento. En cambio, nadie hablará del perdedor a causa de la esquiva apuesta: ¡Uno quisiera detenerse en todos los momentos! ¡En cada tranco! ¡En los cuatro cascos que retumban sobre la tierra! Pero nadie ha ganado la última carrera.

El Capitán Diego Martínez de Hurdaide estaría de acuerdo con este fin. Lo soñó. Sabe que hoy va a la muerte, no al olvido. Sale a la llanura a que lo maten. ¡Lo ha hecho tantas veces! Si no, el Capitán de Sinaloa se hubiera dado cuenta enseguida que la infamia cobraría su presa apostada al final del camino, en *Joso-ta Ue-ca*, "Donde está el árbol frondoso".

Su caballo cayó flechado de muerte, con la misma docilidad de la última página que se dobla, por una traición unos metros antes de llegar a la meta y los demás jinetes en plena carrera avasallaron al Pegaso caído ante la atónita mirada –que viaja del horror al estremecimiento- de la concurrencia ¿Qué arco habría arrojado esta saeta envenenada? ¿Sería aquella maldición ya olvidada? ¡Qué importa! ¡Nada hay más doloroso que contemplar los últimos movimientos de su caballo galopeando sin vida! Diego empuña con firmeza la rienda ignorando que otra mano señalada gobierna su destino final. En medio del silencio le bastó una fracción para despedirse, como le sobra a los amantes con la luna, con un verso o, con un adiós:

-Ósali, mi amor te nombra para siempre ¡No faltes a mis labios en el postrer momento! ¿Dónde está el Fin del Mundo? ¿Dónde los que llegaron primero? ¡Padre: Yo he debido morir antes; pero me faltaba valor! *¡Llega el sol! ¡Llego yo!*

Vano ser el mejor. Una larga peregrinación lo trajo a la Villa de Sinaloa. Su cuerpo no parecía yerto, parece extraño...Su látigo tampoco. Tampoco me asombra que su daga cruel pueda ser –ante la muerte- hermosa e indiferente. Su cuerpo, aún sin vida, despertaba temor entre los testigos porque los vestigios de aquella antigua fama de "*Sule*", Hechicero, crecieron como nunca. Siempre es conmovedor el último ocaso cuando ha hundido sus haces escarlatas entre las formas caprichosas de la única nube en el desierto, pero nunca es más trepidante que un puñado de tierra cuando toca la madera sobre el rústico ataúd: Y el silencio -que yace del otro lado de la tapa- le contesta con un adiós.

Cumpliendo a solas su dibujo Ósali no pudo contener el llanto al recordar la sentencia preferida de Diego: "Ser célebre en el Fin del Mundo, es casi ser un perfecto desconocido... ¡Que otros se jacten de las estatuas! Yo quiero morir del todo: dar la vida, desaparecer, y nada más. ¿Qué sentido tiene continuar sin ti?".

-Está llorando a solas –dice Pedro de Perea, recién nombrado el nuevo Capitán, a su cómplice-: Allá, mírala, está a la orilla de los carrizos.

-Cumple tu trato, *Yori* –le exige *Ui-tcha Bicame*-: que yo ya cumplí el mío.

-Toma mi caballo. Lárgate con ella y no vuelvas atrás. Nadie del presidio te perseguirá -ni el blanco sol, ni la plateada luna- porque el porvenir ha muerto.

Antes de sepultarlo en el templo se escuchó la fúnebre mención del anciano Padre Jesuita:

-"...*Aquí lo dejaron*
los traidores de su propia patria.
Aquel prudente Capitán,
que declinó laureles,
que comandó batallas y bajeles.
Aunque no tiene propiedad de tierras
ni oro de heredad,
su talento, arrojo y prudencia
lo colocan entre los más insignes
Conquistadores del Nuevo Mundo.
Porque a su valor debe,
en todo o en gran parte,
la extendida cristiandad
de innumerables almas,
la Provincia de Sinaloa".

De todas maneras reinó la superstición -entre los que lo conocieron y los muchos que oyeron de lejos hablar de El Capitán, Diego Martínez de Hurdaide- de que su clásica figura sigue cabalgando por el río del tiempo, bajo la luz de las estrellas, entre las sombras de los sahuaros, en busca de "La Reina de los Huites" por todos los senderos que se bifurcan de Sinaloa... ¿De qué está hecho el olvido? Es que no era un hombre para morir como un héroe -como lo es ahora- que está sepultado en el altar de aquella iglesia en que el ayer pudiera ser hoy, el aún y el todavía.